擎云志

李玉梅 著

中国青年出版社

图书在版编目（CIP）数据

拏云志 / 李玉梅著. —北京：中国青年出版社，2024.4
ISBN 978-7-5153-7257-0

Ⅰ.①拏… Ⅱ.①李… Ⅲ.①报告文学－中国－当代
Ⅳ.①I25

中国国家版本馆CIP数据核字（2024）第064170号

拏云志

作　　者：李玉梅

责任编辑：岳虹
书籍设计：张帆
出版发行：中国青年出版社
社　　址：北京市东城区东四十二条21号
网　　址：www.cyp.com.cn
编辑中心：010-57350402
营销中心：010-57350370
经　　销：新华书店
印　　刷：北京科信印刷有限公司
规　　格：710mm×1000mm　1/16
印　　张：19.5
字　　数：242千字
版　　次：2024年4月北京第1版
印　　次：2024年4月北京第1次印刷
印　　数：1-4000册
定　　价：45.00元

本图书如有印装质量问题，请凭购书发票与质检部联系调换。联系电话：010-57350337

自序：壮志堪拏云

又一次来到了武汉这座城市。

新绿萌发，春花初绽，这是一个连空气都蓬勃生发的季节。自然界的生物闹钟深植大地的肌肤腠理，春生发，夏生长，秋收敛，冬收藏。嘀嘀嗒嗒，周而复始，不疲倦、不懈怠，每天提醒着斗志昂扬、精神抖擞的主网人，一群与500千伏高压线路、变电站朝夕相伴的人，提醒他们日复一日迎接朝阳，挥别日落。

每一起严重事故的背后，必然有29次轻微事故和300起未遂先兆以及1000起事故隐患。海恩法则的幽灵一直在游荡，肉眼可见的宁静与平安，不过是因为它暂时屏息凝气，藏起了嗜血的獠牙。只要有一丝一毫的可乘之机，它就会立时现身，露出狰狞的原形，无情反扑。平安，永远是一把高悬在主网人头顶的达摩克利斯之剑，"剑气纵横三万里，一剑霜寒十九州"。

乌飞兔走，流光易逝。2022年，国网湖北超高压公司迎来了重要时间节点：从武汉供电局超高压输变电工区筹建处，到湖北省超高压局；从湖北省超高压输变电公司，到国家电网湖北省电力公司检修公司；再到如今的国网湖北省电力有限公司超高压公司——从1982到2022，整整四十年。中国超高压、特高压从湖北发端，以星火燎原的气势蔓延、铺陈至全国，助力经济社会实现跨越式发展。这四十年与中国改革开放的轨迹几乎是重叠的，从开启新时期到跨入新世纪，从站在新起点到进入新时代，这四十年有风雨同舟，有披荆斩棘，更有砥砺奋进；既是一幅波澜壮阔、气势恢宏的奋斗画卷，也是一曲感天动地、气壮山河的拼搏赞歌。

习近平总书记在庆祝改革开放40周年大会上强调："小到一个人、一个集体，大到一个政党、一个民族、一个国家，只要有信仰、信念、信心，就会愈挫愈奋、愈战愈勇，否则就会不战自败、不打自垮。"

四十载惊涛拍岸，九万里风鹏正举。四十年对一个人而言意味着不惑，四十年对树木而言预示着成材，那对一个有历史、有传承、有追求、有愿景的集体而言，四十年昭示着什么呢？

答案，就在这本书里面。

国网湖北超高压公司现在所处的，是一个船到中流浪更急、人到半山路更陡的时刻，是一个愈进愈难、愈进愈险而又不进则退、非进不可的阶段。管仲在《管子·乘马》中写道："事者生于虑，成于务，失于傲。"选择在四十年这一极其重要的时刻回顾、反思与展望，就是立足于虑，着眼于务，力求戒骄戒躁，在回顾中坚定信仰，在反思中坚定信念，在展望中坚定信心。国网湖北超高压公司已走过千山万水，但仍需跋山涉水。

本书不是表扬稿，其间没有讴歌与赞颂；也不是功劳簿，没有半点披红戴花的况味。我来自遥远的渤海之滨、黄河尾闾，行程数千公里，武汉、宜昌、荆门、襄阳一路迤逦前行，足迹遍及整个超高压公司，采访的干部职工达百人之多，遴选之后被写进书页的有五十几人。这里面有筚路蓝缕的开拓者，有风雨兼程、承上启下的奉献者，更有守正创新、担当作为的奋进者。他们当中有鲐背之年的长者，有正值壮年、风华正茂的中流砥柱，也有刚刚踏入职场、跃跃欲试的90后新人。在书里，我用鲜活丰满的人物串起了超高压公司的四十年的创业史、发展史、奋斗史、创新史，复盘历史，还原真实，书里既有歌声、笑声，也有哭泣和抱怨，甚至疾病与死亡。这是一本不带滤镜色片、没有使用"美颜"相机的创业、守业、兴业实录。

大先生鲁迅说:"只有真的声音,才能感动中国的人和世界的人……"本书努力恪守这个原则,用事实说话,不粉饰、不矫揉、不造作。人世间的真实是最动人的,唯有真实的力量无可匹敌。

武汉的春天,有神州大地最美的春色。志存高远、向着天际流淌的大江,亘古不息。千湖碧波,柳绿花红,一片斑斓与锦簇。若偶有闲暇,临窗听风时,请静下心来读一读本书吧!见人,见事,见思想。手可摘星辰,壮志堪拏云,这是一条了解中国超高压、特高压的不二通道。

目　录

楔　子 ———————————————— 001

上卷：风起云涌

望云篇 >>>———————————— 003
在碧水晴天处 ——————————— 004
我的爷爷苏洲 ——————————— 013
吴语未改鬓毛衰 —————————— 020
傲娇的老林 ———————————— 025
永远的徐老师 ——————————— 031

慕云篇 >>>———————————— 037
红尘往来皆是客 —————————— 038
愿为一座桥 ———————————— 043
青青子衿 ————————————— 048
茶是老的香 ———————————— 053
山高人为峰 ———————————— 058
异姓兄弟·上 ——————————— 063

聚云篇 >>> 073
襄阳魏爷 074
听罗鸣话超能 080
依依东望 085
我是一棵小草 091
向着快乐出发 096

中卷：壮志凌云

追云篇 >>> 105
人生从不惑处开始 106
自由空间 112
身心手谈 119
从一株芭茅谈起 124
起点与选择 130

耕云篇 >>> 135
Ming 136
寄语青年 145
异姓兄弟·下 153
有一种爱叫热爱 158
情系玉贤 164

踏云篇 >>> 171
在"日"字上的日子 172
山河新人 178
曹爸爸 183

彭老师儿 —————————————————— 188

下卷：云蒸霞蔚

腾云篇 >>> ——————————————— 195
双龙会 ——————————————————— 196
相约百里荒 ————————————————— 201
父子兵 ——————————————————— 206
北京，北京 ————————————————— 213
我不是传奇 ————————————————— 220

凌云篇 >>> ——————————————— 229
守护 ———————————————————— 230
高空的风 —————————————————— 235
莫老爷在路上 ———————————————— 241
斗笠十八春 ————————————————— 249
海洋量子号 ————————————————— 254

擎云篇 >>> ——————————————— 261
汤尧的长征 ————————————————— 262
十年成师 —————————————————— 268
越飞越高 —————————————————— 273
张楚谦的调查问卷 —————————————— 280
莫愁前路无知己 ——————————————— 289

后记：折一枝垂杨柳 —————————————— 294

楔 子

　　起初，神创造天地。地是空虚混沌，渊面黑暗；神的灵运行在水面上。神说，"要有光"，就有了光。

　　神，离人类遥不可及。所以"要有光，便有了光"是神话，亦是渺如云烟、亦真亦幻的传说。

　　在很多人的意识里，光与电是等同存在的，恰如歌中吟唱"你是光，你是电，你是唯一的神话！"相较于神祇创造光，电却是真实历经了几千年，才被人类一点点发现、捕捉、认识、掌握并完美利用，在某种意识上，甚至可以说，电是迄今为止人类最伟大的发现之一，它推动着人类文明走进新纪元。

　　一块毛皮与一粒琥珀的偶然摩擦，那一根根松针般竖起宛若被施了魔法的毛发引起了古希腊人的沉思；1752年，一只摇曳着长长尾巴的风筝，在雷电交加中扶摇直上九万里赶赴闪电的邀约；1831年，电磁感应现象被发现，人类历史开启电气时代元年，从此，关于电的探索便路漫漫其修远兮……

　　1878年的上海外滩，一台远涉重洋的小型引擎发电机，在中华大地上点亮了第一盏电灯。

　　1882年，依旧是在上海，中国最早的发电厂——上海电光公司成立。

1888年，慈禧太后的寝宫亮起了北京城的第一盏电灯。

1912年，中国第一座水电站——云南昆明石龙坝水电站投产，这是中国水力发电事业的开端。

1930年，国民政府颁布了《电气事业条例》，逐渐统一了频率和电压。频率采用50赫兹，用户电压[①]为380伏与220伏。这是中国电力工业最早的标准化，且沿用至今。

1949年10月1日，天安门城楼上冉冉升起第一面电力驱动的五星红旗。中国电力事业迎来新生。

1954年，新中国第一条220千伏线路——松东李线投运。

1955年，我国自行设计和施工的第一条110千伏输电线路——京官线建成。

1958年，黄河上第一座大型水电站——刘家峡水电站开工建设。

1981年12月22日，中国第一条500千伏超高压输电线路——河南平顶山至湖北武昌输变电工程竣工。

1988年年底，万里长江第一坝——葛洲坝水利枢纽工程建成。2009年，三峡水利枢纽工程全部完工。2012年，长江三峡水利枢纽工程成为全世界最大的水力发电站和清洁能源生产基地。

1991年12月，中国自行设计建造的秦山30万千瓦核电站并网成功，中国实现内地核电的零突破。

2009年1月，晋东南—南阳—荆门1000千伏特高压交流试验示范工程建成。

2010年7月，向家坝—上海±800千伏特高压直流工程

[①] 电压等级划分：安全电压（通常36伏以下），低压（又分220伏和380伏），高压（10千伏至220千伏），超高压（330千伏至750千伏），特高压（1000千伏交流、±800千伏直流以上）。

建成投产。中国电网全面进入特高压交直流混合电网时代。

2014年，中国特高压技术走出国门。

2015年，中国核电技术走出国门。

……

中国电力，从无到有，从星星之火到燎原之势，如今已在世界上成为一个响亮的中国制造名片！

在广袤无垠的原野、在峰峦叠嶂的山巅，一座座高压线铁塔，穿林海，跨雪原，飞越江河湖海，从南到北，从东到西，把中国的第一阶梯、第二阶梯和第三阶梯勾连成一张无穷大的纵横捭阖的国家电网。

铁塔高耸入云，站在塔上的人壮志堪拏云。他们从望云、慕云到聚云，从追云、耕云到踏云，从腾云、凌云到拏云。"拏云志"是电网人的豪志，是电力史的志书，更是一部新时代的新创业史。我坚信，只有当历史有了名字，无论幸福还是疼痛都会变得具体而深刻。每一朵"云"都有真名实姓，都是人世间的血肉之躯。此刻，从"云"出发，邂逅他们——

上卷
风起云涌

望云、慕云、聚云

1982年,中国超高压元年。
中国第一个500千伏超高压输变电工程平武（平顶山至武昌）工程双凤段正式投入运行。

《如梦令·望云》
雨歇风萧微澜，云卷云舒瞬间。吾乃御风人，笑傲山河探看。唷叹，唷叹，过隙白驹不见。

在碧水晴天处

  武汉的七月，全天候无死角地热。空气中水分含量丰沛，它们在一呼一吸间穿越气管甬道，让骄阳下的人呼吸变得沉重而艰难。雨说来就来，从不预警，天气预报只得用"局部"掩饰着它的误差。雨来得快，去势更快，一阵风吹过就消失得无影无踪。空气更加湿乎乎的，伸出手，在虚空里盈盈一握，摊开手掌，似乎已经握了一把水，温热的水。一直以来，寒性体质的我从内心抗拒空调，将其等同为洪水猛兽一般的存在。然而，此时此刻，身处武汉，迫于武汉火炉燠热的威慑力，我早已经向空调无条件投降，甚至对其制造的凉爽与干燥产生了"报复性"的依赖。

  车里冷气十足，从五里墩国家电网湖北省电力有限公司检修公司出发，沿着汉阳大道西行。刚下过雨，天开始放晴。车窗上还残留着点滴雨痕，水滴仿佛生了触手，牢牢吸附在贴了防晒膜的玻璃上。无论车子陡然加速还是紧急刹车，都不能摆脱这个忠诚无二、一心追随的拥趸。近几天的邀约屡屡受阻，梁志勇老人身体不适无法接受采访，李国兴老人因疫情滞留国外，与这些在检修公司建设发展史上不容回避的功勋人物失之交臂，怎能不让我郁结于心。翻看、查阅厚厚的《大事纪要》，里面只有时间、地点与事件，却没有颜色、声音、味道、温度与感触。一位让人尊崇的长者苏老已安然逝去，一位令人尊敬的干部徐继民也意外殒命，他们带走了属于他们的传奇与传说。纵然是费尽九牛二虎之力也无法全部还原他们的人生故事，只能是点滴拼凑，尽可能地靠近生活的原貌。好在，九十三岁高龄的付老同意接受我的采访，有这位老人家的实证，想必我的求知与求解会顺遂一些。防晒膜犹如施了魔法的滤色片，让雨后的武汉天空蓝得通透，几乎接近于西藏蓝。今天的运气真是好得出奇，居然一路绿灯。凉爽的空调抚慰了我的躁郁，原本堵塞的心情开始一点点变得顺畅起来。

付老姓付，名新臣，家住碧水晴天小区。

付老比我想象中更加精神矍铄。他说现在住的这个房子原本是大孙子的，因为采光好又有电梯，孝顺的晚辈就让他和老伴在这里居住，上下楼方便。天气好的时候，二老就下楼去晒太阳，身心愉悦地沐浴在阳光下。

没等我提问，付老就先问了我一个问题：去湖北省电力博物馆参观过没有？当得知因为突发的武汉局部疫情导致电力博物馆暂停开放后，付老颇为遗憾地摇了摇头："如果你去参观过湖北电力博物馆，就会明白为什么中国的超高压会从武汉发端！"

付老说，1893年，洋务派的张之洞在武昌创办的织布官局装了一千多盏电灯，他们自己发电供自己使用，那是湖北最早能发电的工矿企业。在这之后，公用电气事业陆续在汉口、武昌等地创办。1905年创办的汉口英商电灯公司是当时全国最大的直流发电厂，点亮了长江之滨，点亮了汉口的夜晚。1906年，商办汉镇既济水电股份有限公司成立，两年后的8月，汉镇既济水电公司的电厂投产发电，是当时全国最大的民营电厂，也是湖北公用电业之雏形……湖北电力工业历史非常悠久，从无到有，从弱到强，取得了巨大的成就。因为有这样良好的发端，所以才会在改革的春潮涌动之时便立在了潮头。

回忆起几十年前，第一次接触超高压时的震撼，玻璃体已见浑浊的付新臣老人的眼睛忽然之间多了几分熠熠之色。

20世纪70年代，中美建交后，一批先进技术设备被引进到国内，总计花费外汇43亿美元，史称"四三方案"。其中，花费最多的是武汉钢铁厂的1.7米轧机。1978年，轧机工程各主体厂工程载负荷试车成功，但是当时武汉的电网根本无法满足轧钢机正常运转的需求。而河南平顶山姚孟电厂的2台30万千瓦国产机组刚好投产发电，恰好可以满足武钢的需求。于是，中国首个500千伏输变电工程——平武线（平顶山—武昌）应运而生。彼时，中国的输电线路还在从"110"向"220"过渡，500千伏线路所用的铁塔高度、导线线径、绝缘子串长度、电气设备都与以往大为不同。平武线分两段设计，河南与湖北各自承担区域内的设计与施工。那时谁也没有预料到建设平武输变电工程的这个决定，不但将中国电网建设向前推进了一大步，还将会在中国电网的发展史上留下浓墨重彩的一笔。

1979年3月14日，湖北省电力局以鄂革电劳（79）第17号文批复同意武汉供电局成立超高压输变电工区，对平武输变电工程进行专门的运行与维护。4月，武汉供电局超高压输变电工区筹建处挂牌成立。8月，湖北省计委鄂革计燃字（79）第463号文《关于武汉供电局超高压输变电工区建设计划任务书的批复》，同意武汉供电局建设超高压输变电工区，总建筑面积15000平方米，其中生产性建筑7200平方米，生活性建筑7800平方米，投资控制在150万元以内。12月，武汉供电局临时党委以汉供电发（79）154号文决定：成立中共武汉供电局高压工区筹建处总支委员会。张洪贵同志任书记、工区筹建处主任；童和芳同志任副书记、工区筹建处副主任；曾善林同志为工区筹建处线路负责人、总支委员；龚德昌同志为工区筹建处变电负责人、总支委员；付新臣同志为工区筹建处基建、后勤负责人，总支委员。

作为武汉供电局超高压输变电工区筹建处基建、后勤负责人，付新臣知道，从这一刻起，他的命运就与超高压紧紧勾连在了一起。已经五十一岁的人，满打满算离退休还有不到十年的时间。白驹过隙，时不我待！只有一天当作两天用，快马加鞭，才能与时间赛跑，才能为生产建设赢得时间。

　　据付老回忆，武汉供电局超高压输变电工区的选址可谓是一波三折。最初的意向是在扁担山附近的一个砖瓦厂旁边，那里野草遍地，芦苇丛生，还有大小不等数个不知名的湖泊，其实就是自然形成的水塘。离城区远不说，关键是还要填湖造地，施工难度大、周期长。然而超高压输变电工区的建设工期非常短，这个选址显然不是最佳选择！1979年的10月，500千伏平武输变电工程已经开始施工，凤凰山变电站、双河变电站也已相继开工。作为运行维护单位的超高压输变电工区建设也不能落后，必须赶快另起炉灶，选择更适合的地方。后来又将地址确定在现在的武汉桃花岛附近，地方倒是比之前的扁担山合适一些，但是建设用地范围内已经有居民自主盖起了住宅。付新臣试探着去跟他们对接商谈搬迁时，发现他们一不好说话，二不好相与。如果在此地建设武汉供电局超高压输变电工区，将会在居民搬迁问题上耗费大量的时间与精力。居民坐地起价，不达目的不罢休，但筹建处等不起，更耗不起。没办法，只能改弦易辙，继续寻找更合心意的地方。功夫不负有心人，武汉供电局工程队的一个人提供了一条信息：永丰公社红光大队的五里墩周围有一片地，不种粮食，是居民的蔬菜用地；那附近有一个奶牛场、一个仪表厂、还有一所小学；不足之处就是那块地面积不大，中间有一个斜坡和一个小水塘。付新臣绕着那块地走了一圈，把优势与劣势比较一番之后，觉得还不错。这里没有需要回填的湖泊，也没有让人头疼的拆迁问题，唯一的困难就是这块土地性质属于农田，如果征用，就需要变更用途，调整为建设用地。

　　一直沉浸在回忆中的付老，说到这里时，突然自顾自地笑起来，笑容里一分戏谑二分天真三分俏皮，那是一种极少能在耄耋老人脸上捕捉到的笑容。我，陪同我采访的工作人员，以及付老的家人都被老人家出其不意的笑容惊呆了，不明就里，面面相觑。等到付老兀自笑够了，他清了清嗓子，接过家人递来的茶杯，抿了一小口："想起了几十年前好玩的事！就像发生在昨天一样……"

原来当年，付新臣拿着国家电力部、湖北省政府、湖北电力局的各式批文与批复前往武汉市政府申请土地变更手续，当时的一个领导听完他的汇报，一脸迷惑不解，问："你们造高压锅需要那么大的场地吗？"敢情这位领导把电网的超高压线路中的"高压"二字理解成了高压锅的"高压"。于是，付新臣坐下来，从头至尾将平武输变电工程向这位领导汇报了一遍。当得知这条从河南平顶山缘起的超高压输电线路是专门供给武汉钢铁厂时，这位领导当即拍板，大笔一挥，一路绿灯。

1980年6月28日，热浪袭人，武汉供电局超高压输变电工区基建工程热火朝天地上马了。这年2月开始施工的平武输变电工程长江金口大跨越工程，也已于4月底完成了基础建设。超高压输变电工区建设已经是箭在弦上，不得不发。开工两个月之后，超高压工区从最初的暂借、寄居之所——武汉供电局工程队，搬到了五里墩工地的活动房内办公。刚搬过来的时候，没有食堂，付新臣就去旁边的仪表厂寻求帮助，暂时在仪表厂的食堂就餐。与人搭伙吃饭总归不是长久之计，于是就在大楼主体建设一侧盖了简易食堂。据付新臣回忆，他们的简易食堂有两大特色，一是吃饭的人多，再就是来偷吃的老鼠多。老人家用手比画着说："这么长，这么大的灰老鼠！有时候大白天就哧溜哧溜地跑进来！主要是环境不行，脏乱差。也不是不灭鼠，消灭不干净啊！"

1981年年初，超高压输变电工区办公楼竣工，一边装修一边入驻，有的办公室，人已经进去办公了，门还没有装上。3月底，窗明几净的食堂竣工，终于摆脱了"硕"鼠的侵袭。在付新臣的眼中，工区几乎是一天一个样。办公楼拔地而起，食堂交付使用，宿舍楼开工建设，小水塘被填平，种上了绿化树，摆上了景观石，泥泞的地面最初铺了一层煤渣，后来硬化铺上了沥青……从无序到有序，从杂乱到井然，有时候，付新臣都会怀疑自己的眼睛。超高压输变电这厢步入正轨，平武输变电工程那厢也是紧锣密鼓，10月，凤凰山平武工程凤凰山变电站、双河变电站及线路系统开始调试。随后，两站运行人员进入岗位值班，按三班制进行。11月22日，平武输变电工程送电，220千伏运行。三天后，11月25日，凤凰山变电站500千伏升压试验、投切试验、主变充电成功。

1982年是中国超高压的元年。1月13日，中国第一个500千伏超高压输变电工程——平武（平顶山—武昌）工程双凤段正式投入运行。平武工程架设输电线路594.88公里，设置姚孟（河南平顶山市）、双河（湖北钟祥）、凤凰山（湖北武昌）三座变电站，安装变压器总容量225万千伏安。其中，湖北境内线路长399公里，双河变电站容量75万千伏安，凤凰山变电站容量150万千伏安。凤凰山变电站的"中华第一站"名号便由此而来，且在之后的许多年里一直"独霸"，直到它"年老体衰"涅槃重生为止。

一周之后的1月21日，湖北省人民政府决定设立湖北省电力工业局超高压输变电局，为省电力工业局直属单位，负责湖北省境内500千伏输变电设备运行管理及维护检修工作。从武汉供电局超高压输变电工区到湖北省电力工业局超高压输变电局，这一重大调整的历史背景是为适应葛洲坝水电站电力外送的需要。

葛洲坝工程的研究始于20世纪50年代后期。1970年12月26日，毛泽东主席在葛洲坝工程兴建的报告上批示："赞成兴建此坝。"工程于当月30日正式动工。葛洲坝工程整个工期耗时18年，分为两期：第一期工程1981年完工，实现了大江截流、蓄水、通航和二江电站第一台机组发电；第二期工程1982年开始，1988年底整个葛洲坝水利枢纽工程建成。1991年11月27日，第二期工程通过验收，葛洲坝工程宣告全部竣工。在长江干流梯级开发规划中，葛洲坝工程是三峡工程的航运反调节梯级，修建三峡工程就必须修建葛洲坝工程。葛洲坝水利枢纽工程是中国万里长江上建设的第一个大坝,是长江三峡水利枢纽的重要组成部分。这一伟大的工程,在世界上也是屈指可数的。水利枢纽的设计水平和施工技术,都体现了当时中国水电建设的最新成就,是水电建设史上的里程碑。

一口气讲了太多往事的付老,略显疲态。付老的家人从冰箱里拿出冰镇饮料让我们饮用,用意不言而喻,毕竟是九十多岁的老人家,说话费神又费力,尤其情绪不宜过喜过悲。往事并不如烟,没有随风而逝,它们牢牢镌刻、储存在付新臣的头脑银行里,忽然密集、过度地支取,无疑会影响到老人的心神。然而,我心中还有一个需要验证的疑问,只得假装读不懂付老家人的眼神。

"付老,我听说,您老人家才是超高压带电作业试验的第一人,是这样的吗?"

听到我的问题,付新臣原本因疲惫而黯淡的眼神倏地爆射出精光,他转过头,一脸穿越岁月的豪情与得意,声音微微发颤:"你是怎么知道的?听谁说的呀?是谁告诉你的?"

世间的传闻永远是空穴不来风,没有无缘无故的风声,真实会在风中变形、走样,但如果沿着蛛丝马迹追本溯源,一定可以抵达真相。

1982年4月的一天,华工高压试验室里一片肃穆,气氛气压很低,人们步履匆匆,紧张,忙碌。

实验室一侧的笼子里关着一只猴子,它睁着圆溜溜琥珀色的眼睛,眼珠子骨碌碌地转来转去。笼子里有它最喜欢的香蕉,本来它在心无旁骛地享受着美食,却似乎在无意中感受到了脚步匆忙、来来往往的人们眼中、心中的焦虑与担忧。这个人类的近亲,灵长目的小精灵,圆睁二目,静静看着试验室里人类的一举一动。它看到有一个人穿着与它之前穿过的、裹得像粽子一样的衣服,要进入那个它重复了很多遍的位置。它记得跟它一起来的另一只猴子在那个位置出了意外,那天的气氛也像今天一样压抑。后来,这些人又进进出出地忙了一阵子,然后就轮到它了，同伴倒在眼前的恐怖一度让它踟蹰不前，但终于抵不过香蕉香气的诱惑，它勇敢地走了过去，拿到了香蕉，在众目睽睽之下据为己有，大快朵颐。人群中爆发出持久、热烈的掌声。他们为什么鼓掌？他们为什么欢呼？甚至还有人热泪盈眶！猴子想不明白。

湖北省电力工业局超高压输变电局的带电作业试验已经开展一段时间了，华中工学院（现为华中科技大学）、武汉高压研究所等单位倾力协助，其间有波折，也有惊喜。动物带电试验成功之后，真人带电试验就要提上日程。经过一轮一轮的商讨与研究，最终确定由武汉线路工区的李祥林进行500千伏等电位试验。万事俱备，只待东风。

东风起了！4月16日，武汉的春日，清风拂面，各色春花正开得喧嚣，天地间姹紫嫣红一片。就在李祥林穿好屏蔽服，刚要抬脚走入等电位时，付新臣出言制止了他："小李，还是我来吧！我已经成家立业了，你还没有呢！虽然猴子试验成功，可猴子毕竟不是人，还是让我先进去试一试吧！我试完，如果没事你再进！"

付新臣穿上屏蔽服，进入了模拟导线，从零起升压……在强大的电磁场作用下，付新臣感觉脸上好像有无数的小针在扎，头发像有人在用力往上提，耳边嗡嗡作响。他适应了一会儿，克服了最初的紧张之后，身体并没有其他异样的反应。走出等电位，脱下屏蔽服，付新臣一身大汗。说不紧张不害怕，那是假的。随后，李祥林按照带电试验要求，正式进入了模拟导线，从零起一点点升压……现场的掌声、欢呼声雷动，经久不息。李祥林同班组的几个年轻人也跃跃欲试，不等他们开口申请，付新臣主动说："机会难得，你们也去试试吧！一定要注意安全！"当天晚上，陶醉在试验成功的巨大幸福中的热血青年们又回到试验室，在夜晚空气湿度条件大的情况下再次进行了带电作业试验，观察夜间人体的起弧、拉弧，记录掌握人体在强电场情况下的感觉与反应。至此，湖北省电力工业局超高压输变电局带电作业试验获得圆满成功。李祥林成为中国进入500千伏等电位试验的第一人。

5月，在500千伏双凤线上，湖北省电力工业局超高压输变电局进行了等电位带电作业，这一次出战的是武汉线路工区的段泊，他带电检查了间隔棒的松动情况，成功地开创了全国500千伏带电作业的先河。

付老说，段泊是个带电作业的好苗子，但是当时社会上甚至是行业内对带电作业存在着巨大的认识误区，谣传会对男性的生殖功能有影响。还有一个很重要的原因是，1983年1月1日武汉线路工区组织力量，集中检查葛凤线施工质量，同时进行新工人登高现场培训。由于缺乏具体安全措施和监护，青年工人闵忠龙从33米铁塔高空坠落死亡。事故不仅中断了湖北省电力工业局超高压输变电局的安全纪录，更重要的是对这支年轻队伍的工作士气造成了不小的冲击。段泊是家中唯一的男孩，父母担心，女友反对，后来段泊就调走了。对此，付新臣十分惋惜，且这份惋惜一直持续至今。付老再次咳嗽起来，双颊浮现一片不正常的潮红，家人眼中强压下去的嗔怪之色也再次浮现。

1988年，付新臣退休，在碧水晴天处颐养天年，含饴弄孙，尽享天伦之乐。彼时，湖北超高压凤凰山变电站、双河变电站"两站"以及葛凤线、双凤线、姚双线"三线"的局面稳中向好。

其实我还有很多问题没来得及问，也还有很多事情没来得及同付老谈及，比如关于苏洲先生的一些事情，而且，我还没有亲耳听到付老对他那个成绩斐然的孙子付子峰的教导与评价。但是没办法，我的采访早已超时，只得悻悻告辞。

付老坐在窗边的椅子上，疲态尽显。他欠了欠身，与我们挥手作别。

我的爷爷苏洲

在苏艾宇洋的记忆里,自己曾经与爷爷苏洲朝夕相处,应该是在她上小学之前,五岁的时候,幼儿园大班阶段。那一年,苏艾宇洋家附近的幼儿园拆迁,父母就把她送到了爷爷家附近的幼儿园,每天由爷爷苏洲接送。一个五岁孩子的记忆并不准确,也不全面。苏艾宇洋只零星记得一些片段,记忆里爷爷会更宠爱她一些。每天幼儿园放学,她总会磨磨蹭蹭地最后一个离开幼儿园,有时候是贪恋小马车,有时候是舍不得小滑梯。爷爷不催促,不叱责,守卫一样站在一旁,嘴角含笑,看着自己的小孙女开心地爬上爬下。回家路上,苏洲会拉着孙女的小手,当小宇洋走到卖冰激凌的摊位前,就会使劲拽爷爷的手,所有的希冀都盛放在一双亮亮的眼睛里。爷爷会故意跟她角力,假装不明白她的意思,继续拉着孙女的小手向前走。小宇洋会使出吃奶的劲儿向后倒退,一拉一拽,一老一小,玩得不亦乐乎。每一次都是以孙女胜利、爷爷落败而告终。心愿达成方能继续前行!苏艾宇洋一只手继续被爷爷牵在手里,另一只举着胜利的火炬,甜甜的,凉丝丝的。倘若换了奶奶,苏艾宇洋的小把戏是断然不会得逞的。奶奶觉得冰激凌太甜对牙齿不好,况且小女孩也不能吃太多寒凉的东西。为了不暴露,冰激凌必须要在回家之前彻底消灭干净,怀揣着香甜的秘密,祖孙二人像没事人一样,一前一后乐颠颠地回家去了。

苏艾宇洋出生在武汉,从记事起周遭就荡漾着一片武汉话。但是在爷爷家生活的那段日子，爷爷奶奶之间的对话，她却听不太懂。在苏艾宇洋的记忆里，爷爷奶奶都不能准确地说出自己的出生年份，爷爷知道自己的生日，而奶奶连自己的生日也不记得。爷爷奶奶养育了两个儿子、两个女儿，孙子辈里，苏艾宇洋是最小的一个。平时一大家子都在的时候，一家人都讲武汉话，只有爷爷奶奶独处的时候，他们才用另一种腔调对话，有时是剑拔弩张的争吵，有时是笑逐颜开的嬉闹。小宇洋觉得好奇，她曾问过爷爷苏洲，爷爷告诉她："我和奶奶讲的是广西话！"

苏洲祖籍广西壮族自治区梧州市藤县。藤县古称藤州，是广西十万大山较早接受中原文化的地区，也是广西历史文化积淀深厚的县份之一，还是明代崇祯年间兵部尚书袁崇焕以及太平天国忠王李秀成、英王陈玉成、侍王李世贤的故里。自古便是人杰地灵之所。1927年9月，苏洲出生。幼时的他接受的是私塾教育，后来进入新式学堂，学海无涯苦作舟，考上了清华大学。接到录取通知书之后，苏家上下欢天喜地，为他准备离家北上的行囊。收拾停当之后，苏洲选择由水路北上，他算了算，走水路快的话只需半个月就能到北京，慢一点也不会超过二十天。然，天有不测风云，苏洲乘坐的船巧不巧地就遇上了风暴潮，狂风掀起巨浪，须臾间就吞噬了客船。苏洲落水时，出于求生的本能抓住了一块浮木，加上他略识水性，捡回一条性命，但路费盘缠、藤箱行李一应物事全都被水冲走，不知去向。侥幸生还后的苏洲立刻修书一封寄往清华大学，在信中言明自己的情况，他担心会因为自己错过报到时间而无法正常入学。不久收到学校回复，可以延期报到。但是家中实在是凑不出让苏洲再次启程的路费，学费更没有着落，甚至连给他再一次置办铺盖、行李的钱都拿不出来了。无奈之下，苏洲再次写信给学校申请为他保留学籍，很快又收到了学校的回复，同意他的申请，为他保留一年学籍。

一年四时，365天，每天十二个时辰。一年里发生了许多让苏洲改变决定的事情。一年之后，苏洲没有再次北上，而是选择了就近读书，考取了广西大学。

命运的风浪似乎从苏洲乘船北上之际就再也没有停歇过。大学毕业之后的苏洲来到了武汉供电局，勤勤恳恳地工作，表现优异。孰料风云难测，旦夕祸福，一封来自广西大学的协查信彻底打乱了苏洲的生活，一顶中统特务的帽子从天而降，差点把他压死。调查持续了一段时日，面对无休止的提问与审讯，苏洲不停地为自己没有做过的事情去申诉、辩解，这种感觉比他在夜晚航船遇险落水时还要难受，堪称无妄之灾，绝望、恐惧、压抑，分分钟好似溺水之人的窒息感。直到真相大白的那一天，这种感觉也没有彻底消失。就在苏洲的精神几近崩溃之际，调查终于有了结果，原来是一个与他同名同姓的人在上学期间加入了国民党反动派的特务组织，新中国成立后接受秘密任务潜伏了下来。虚惊一场，疑云虽然散去，然余韵犹在。本就不善言辞的苏洲变得更加沉默，谨小慎微，他将全部身心沉浸到工作里，两耳不闻窗外事，一心钻研技术。

1982年4月17日，作为首批超高压技术人员，苏洲与同事们一起开始驻守位于荆门钟祥丁坪村的双河变电站。这一年，苏洲55岁。从入站到真正离开，苏洲在偏远的双河变电站驻守了15个年头。十五年里，双河变电站的人来了走，走了来，来了又走……人来人往。心如磐石，从未想过离开的只有苏洲。正式进驻双河变电站之前，苏洲曾一个人悄悄去过一次，目的很简单，就是想去看看环境，让自己提前有个心理准备。双河变电站的具体位置苏洲并不清楚，只有一个大致的方位。在没有导航的年代，只能靠一张嘴问询；在没有便捷交通工具的年代里，只能靠火车、长途车和步行。坐着慢吞吞的火车，又换乘了一趟长途车，下车后要怎样走呢？幸运的是，苏洲问对了人。在步行了半个多小时之后，终于到了建设中的双河变电站。大多数人眼中的偏远、荒凉之所，在苏洲心中却是乐园。这里没有让他劳心费神的人际沟通与交往，惟有层出不穷的技术挑战与难题。彼时的双河变电站主要设备都是进口的，号称"八国联军"，各个设备的运行维护并没有完整规范、统一科学的操作规程，设备的运维全靠驻站人员的日常记录、了解与分析。双河变电站职工实行15天一班的轮换制。别人15天轮一个班次就迫不及待地回家去了，苏洲一个月、三个月甚至半年才回一次家。

有一个关于爷爷奶奶的故事，在苏家小辈里经常被谈及。爷爷奶奶的时代是慢时代，那时家庭电话尚未普及，荆门的爷爷与武汉的奶奶之间保持着书信联系。一次，奶奶在写给爷爷的书信里话完家常，兴之所至，随手画了一张从荆门双河变电站回武汉家的路线图，并写上八个字："数月不归，勿忘家门！"爷爷收到信之后，乐不可支，他知道这是妻子的玩笑，他也顽皮了一下，来而不往非礼嘛！在给妻子的回信里也画了一张图，是一张从荆门双河变电站到武汉家的供电线路图，从500千伏的超高压直到入户的220伏居民用电，回赠了六个字："人未归，电送达！"那时的车马很慢，书信很远，是一生只够爱一个人的时代。

2019年3月底，已经入职国网湖北省电力公司检修公司的苏艾宇洋主动申请跟同事一起出差，前往爷爷曾经工作和生活过的双河变电站。那里的一台主变发生故障，她所在的变电检修中心要去维修，排除故障。

掀开光阴的帷幕，苏艾宇洋来到了爷爷曾经为之奋斗、拼搏过的一方舞台。双河变电站一脸沧桑，它的荣光属于昨天，如今像一湾残荷，气韵风骨虽在，但繁花已落，花期已过，这是人人皆知且不争的事实。

第一次去双河变电站出差，苏艾宇洋在那里工作了58天。三四月的荆门，乍暖还寒，他们住在钟祥的一个宾馆，每天一早进入变电站工作，午餐、晚餐均在变电站内解决，有时晚上要工作到十点钟才能下班。工作节奏紧张得让刚走上工作岗位的苏艾宇洋有点吃不消，师傅们对她非常照顾，尤其是双河变电站的工作人员听说她是苏工的孙女之后，甚至有人专门来看她一眼。

"苏工"是双河变电站的传说与传奇！

在这里，苏艾宇洋听到了迥异于印象里的爷爷：一个生活中除了工作还是工作的爷爷，一个自学外语的爷爷，一个自学计算机编程的爷爷，一个编纂变电运行规程的爷爷，一个对新知识学习心存执念的爷爷，一个把变电站变成了学校与课堂的爷爷，一个喜怒哀乐被变电站的阴晴圆缺左右着的爷爷……在这里，苏艾宇洋听到了一个又一个关于爷爷的故事：

1982年8月22日，双河变电站运行人员在处理运行故障中，未与中调联系，误动辅助开关，使220千伏荆双二回距离保护交流失压，造成双23#开关跳闸的责任事故。这起事故让时任双河变电站站长的苏洲如坐针毡。事故虽不算很大，但安全生产的标准是眼里容不得沙子。事后，苏洲对事故做了详细的调查，亲手一笔一画地画出了精密的图纸，在站内轮番讲解，以此杜绝此类事故的再次发生。

到双河变电站工作的第一年，苏洲担任站长。一年后，湖北超高压提出"干部年轻化、技术化"的发展战略，苏洲主动请辞，理由是自己年龄大了，要把机会让给年轻人。领导再三挽留，但苏洲很坚定。他看出来领导的担心，说："我只是辞去站长职务，人不离开双河，我只想跟技术打交道。"领导只得接受了他的请求。

卸任站长之后，苏洲依然保持着以往的工作节奏。一次，调度室的录音机损坏，双河变电站的值班人员把"双52"误听成了"双25"，导致停电区域错误。这起事故的责任与苏洲没有任何的关系，但他认为自己在站里工作，这起事故的发生就也有他的责任。

1985年除夕，值班人员听到姚双线电抗器有异常声响，立刻上报给了春节驻站值班的苏洲。那天晚上，58岁的苏洲坐在挨着电抗器停放的车内，聚精会神地听了整整一夜，只为了确认是否有故障。那年的除夕之夜，漫天风雪，雪花纷纷扬扬，冷风飕飕。为了保持现场的安静，车只能熄火，熄火的车内温度与室外温度相差无几。除夕值班的人本就不多，无人替班，苏洲一个人一边哆嗦一边认真聆听，不放过一点可疑的响声。最终，苏洲确认电抗器没有异常，值班人员听到的应该是远处鞭炮声的回音。

在变电站工作期间，苏艾宇洋参与主变的整组试验，师父让她负责监听高压侧分合开关打压的声音。其实她一点经验也没有，出于新人的羞涩和技术小白的自卑，她又不好意思开口请教。当她正拿着手机与师父通话，突然头顶一个炸雷响起，响声巨大，苏艾宇洋被吓哭了！爆炸声似乎就在她的身边，几乎是近在咫尺，她不明白发生了什么，莫名的恐惧席卷了她所有的感官，一阵惊声尖叫之后，她"哇哇"地哭出声来。

"你听到开关打压的声音了吗？"电话那头的师父傅问道。

"开关打压的声音是什么样的？"她一边哭一边问。

"我在主控楼都听到了！"

"我刚才只听到打雷，炸雷的声音……太吓人了！"仍旧是一边哭一边说。

电话那头的师父默默挂断了电话。吃饭的时候，师父给惊魂未定的苏艾宇洋讲了她爷爷苏洲除夕夜监听电抗器故障音的故事。苏艾宇洋不说话，自顾闷头吃饭。爷爷太伟岸了！高山仰止，永不能至！

在翻看、查阅图纸时，苏艾宇洋看到了熟悉的笔迹，那像印刷体一样工整的蝇头小楷，那是爷爷苏洲的笔迹！工作节奏紧张、紧凑，但也不是没有零碎时间，偶有闲暇，苏艾宇洋就在双河变电站的院子里游荡，主控楼、设备区、篮球场、菜地、蓄水池，当然还有宿舍楼。那栋如今已经修葺一新的二层楼，是爷爷奶奶曾经住过的地方。奶奶是1988年退休的，爷爷依然以站为家。奶奶把武汉家里的事情安顿好，几年之后，也到了双河变电站陪着爷爷，就近照顾他。看着那栋敞开式的单面楼，苏艾宇洋仿佛看到爷爷在屋内奋笔疾书，屋门半掩，奶奶坐在门前，有时择菜，有时做点针线活。变电站有食堂，大部分时间是过去打饭，站里有菜园子，奶奶也会依照爷爷的口味再给他做几道可口的家乡风味菜。

1994年，苏洲办理了退休手续，在超高压局领导的竭力挽留下，这根双河变电站的定海神针同意返聘，又在双河变电站工作了两年。1996年，苏洲离开了双河变电站，回到了武汉。1997年10月20日，苏洲被邀请重回双河，在他魂牵梦萦的地方，讲了五天课。2004年，苏洲再一次回到双河变电站，故地重游了一番。

告别职业生涯的爷爷依然保持着学习的习惯，阅读专业技术期刊，做简报，接听电话，在电话里不厌其烦地回答问题。更多的时候，爷爷会一个人坐着发呆，闭目养神。奶奶说爷爷经常做梦，说着别人听不懂的梦话，醒来之后也会像做梦一样。那个时候，全家人并不知道，阿尔茨海默病正在一点一滴缓慢蚕食着苏洲的神志。

2011年，苏艾宇洋参加高考。就在高考开考的第一天，苏洲在家突发晕厥，送去医院急救。悠悠醒转来，苏洲的第一句话就是："我家洋洋今天考试……"4年后，苏艾宇洋考上研究生，苏洲已经生活不能自理，日常生活起居全部依赖妻子与小女儿的照顾。等到苏艾宇洋参加工作，苏洲已经完全沉浸在了自己的世界里，几乎不认识什么人，与亲人之间也极少再有交流与互动。每年都有领导、同事定期来探望，却再也没有出现过脱口而出、直呼其名、追忆曾经话当年的温馨与美好。

2021年5月19日，苏洲婆娑摇曳的生命火烛熄灭了。

爷爷举行葬礼的那天，苏艾宇洋所在的变电检修中心给她派了工作，安排她出差。她在去工作还是去爷爷的追悼会的选择中左右为难。小姑姑对苏艾宇洋说："不用请假了，你爷爷一辈子最热爱的就是他的工作。如果他在天有灵，也会让你去工作的！"最终，苏艾宇洋没有参加爷爷苏洲的葬礼。

吴语未改鬓毛衰

平生第一次让吴基才觉得无能为力的是小儿子的那场意外。那么鲜活的一个人，眉眼生动，青春无畏，生活才刚刚开始，正是虎虎生风的年纪，就那样命丧滚滚车轮之下。属于幺儿的一切就那样戛然而止。一家人井然有序的生活陡然被打乱了。白发人送黑发人，退休的老伴承受不住老年丧子的打击，没几年就脑中风，瘫痪在床。早已习惯了有老伴掌舵大后方的吴基才，家务活从零学起，买菜、洗衣、煮饭、打扫房间，虽然家里请了一个保姆，但自己能做的，他尽量不假手他人。毕竟他是军人出身，自力更生、艰苦奋斗的底色一直在，也将永远在。

老伴儿在病榻上缠绵了数年，最终还是去了。生命最后的三天，连水都没有喝一口，人瘦得只剩下一层皮包裹着嶙峋的骨头。老伴儿走得很安详，就像睡着了一样。走了好，走了就不遭这人间罪了！儿子的意外让吴基才觉得无能为力，老伴的逝去让吴基才惊觉时间的残酷。儿子是自己的骨肉至亲，妻子是自己生命的一部分，同样的生离死别，却不是同样的痛楚。

早上5点，天刚蒙蒙亮，吴基才就会准时醒来。窗外鸟鸣啾啾，他并不着急起床。每年体检，医生都会特意嘱咐他"老年人起床时切忌起猛了"。心随意转，人也就彻底清醒过来。又是新的一天！七点准时吃早饭。楼上楼下的几个老邻居保持着去外面过早的习惯，新冠肺炎疫情把人们困在家里的那段日子,可把大家憋闷坏了。吴基才倒没有这样的烦恼,他觉得人老了,肠胃功能也退化了,外面的早餐油大,已经不大适合他了。他保持着在家吃早饭的习惯,一绺面条配几棵青菜,清清淡淡就好。吃完早饭休息片刻,就在不大的小区里散步,活动量不大,走上约摸一公里,微微发汗。这个花园式的小区,一半是办公区,一半是居民区,一砖一瓦,一草一木,都是在他的看护下茁壮成长的。从征地到破土动工,他亲手建造了这里,他对这里有感情。

吴基才是浙江绍兴人,一口糯软的南音,使得他即便是生气发火的时候也不会硬邦邦的。1951年6月,18岁的吴基才响应抗美援朝号召应征入伍,部队在杭州集结整训三个月之后,奉命前往东北。正当部队摩拳擦掌跃跃欲试,准备开赴抗美援朝战场之际,前方传来了谈判成功的消息。1953年7月27日上午10时,在板门店,朝、中、美三方签署了《朝鲜停战协定》及《关于停战协定的临时补充协议》。

没有机会上战场的吴基才成了空军部队的一名地勤人员。正式进入部队之后,一边训练一边进行文化补习。1953年年底,吴基才被部队送往长春航校电气专业进修。结业之后,先后在北京、西安、河南等地的军用机场工作,从事飞机维护工作。1958年,吴基才复员成为襄阳发电厂的职工。同年又被发电厂派往湖北电力学校进修,学制两年半。1961年毕业回到襄阳发电厂供电所工作,从一名爬电线杆子的外线工成长为技术骨干,并参与组建襄阳地区电力局超高压工段。吴侬软语的江南客融到了一群汉调高腔的楚地人中。经人介绍,吴基才与小自己五岁的妻子喜结连理,妻子是襄阳本地人。工作在襄阳,又娶了襄阳媳妇,吴基才落地生根,成了地道的襄阳人。只除了那一口怎么也改不掉的吴侬软语。

随着平武输变电工程正式投入运行,1982年3月20日,湖北省电力公司批准超高压设置武汉线路工区和荆门线路工区,负责500千伏线路的运行管理及维护检修。两个月之后,湖北省电力局批准成立襄樊线路工区，属超高压局直接领导。7月1日，襄樊线路工区在襄阳市正式成立，对外挂牌，开展工作。它是在1979年成立的襄阳地区电力局超高压工段的基础上筹建而成的。吴基才被任命为襄樊线路工区的主任。

不抽烟、不喝酒、不打扑克、不打麻将的"四不"原则，吴基才恪守了一辈子。这样的生活习性在搞了一辈子输电线路的人当中，极其少见。吴基才戏称自己是爬了一辈子杆子的人，从在供电所的木头电线杆到后来的水泥电线杆，再到超高压的高耸入云的杆塔，担任襄樊线路工区主任的吴基才，不徇私情，不谋私利，主动将原本与自己同在襄樊线路工区工作的儿子调去了襄阳供电公司。

虽然身居领导岗位，但吴基才身先士卒的本色始终保持着。1988年12月25日0时，天气突变，风雪交加，平均气温仅为零下2.5℃，风速高达8-10米/秒，雨凇、冻冰天气严重，姚双线中山口大跨越导线单边结冰厚度达18毫米。受恶劣的气象影响，姚双线中山口大跨越导线发生严重舞动。舞动强度较大，最大值高达10米，主要振动频率为25.6次/分。舞动一直持续到26日12时，不间断持续了36小时，造成姚双线中相船体销钉因此全部被剪断，中相2#线船体脱落，中相2#导线被磨断掉入江中，造成A、B相间短路跳闸，姚双线因此被迫停电。

狂风裹挟着婴儿拳头般大小的雪片砸向大地，这样的气象条件根本无法进行抢修，只能等待时机，伺机而动。直到12月28日，风势稍减，雪势渐弱，超高压局才得以组织力量，顶风冒雪进行抢修。襄樊工区反应迅速，工区主任吴基才亲自带队，各班组配合电力三处将已断的一根子导线拆除，对严重损伤的子导线各用三根钢丝绳进行张力补强，并加装了并联引流线。彼时，他们并未意识到，这次为期3天的紧急抢修恢复送电会为日后持续多年的防舞动治理提供了宝贵的第一手资料，奠定了初步的技术基础。

那天施工结束，襄樊线路工区的运输车没油了，一个毫无驾驶经验的工人说："油箱里肯定还有一点汽油。咱们往油箱里倒点水吧！汽油的密度比水小，倒进水去，汽油就能浮起来，也许能发动着车呢？"司机觉得那个工人说的有几分道理，只好死马当作活马医，依言往油箱里加了一壶水，却没有发生臆想中的奇迹。后来，是荆门工区的运输车给他们送来了一桶油，才解了他们的燃眉之急。从事故发生到抢修结束，整整耗时六天五夜，直到12月30日19时，姚双线才恢复送电。一身疲惫的吴基才和他的同事们，只想赶紧回家，回到飘着饭菜香气的家。

上午11点，厨房飘出午饭的香气。老伴儿走了之后，吴基才就把保姆辞退了，他觉得自己还能够照顾自己。儿子每天都过来，顺带着把菜给他买好，送来。午饭不马虎，一荤两素，每个菜都只炒一点点，刚好吃完的量。午休是多年雷打不动养成的习惯，一定要睡足两个小时。

吴基才是1996年正式退休的。他1933年出生，按理说1993年就该退休，可就在那一年，一纸调令将即将退休离任的他调往了宜昌，主持筹建宜昌分局事宜。1994年7月22日，湖北省超高压输变电局党委决定：成立中共宜昌分局党支部，吴基才同志兼任书记。吴基才就像个超期服役的战士一样，把宜昌分局扶上马，又送了一程，才放心地向组织上申请回到襄阳，正式办理了退休手续。

无论是夜晚的梦还是午休的梦里，吴基才都像看电影一样检视自己工作与生活的过往。有时候午夜梦回，有时候午休醒来，都会发出"今夕何夕"的喟叹。梦中人是他，亦不再是他。人哪，终归还是要服老的。

下午5点，是上班族还没有下班的时间，却已经是吴基才的晚饭时间。晚餐简单，一菜一粥。晚餐后，6点半准时出去散步，一边向外走一边与下班刚回到家的年轻邻居打招呼，收获着一波又一波的善意：

"吴老！散步去啊！""吴老，您慢着点！"如果是夏日，这个时间的热气还在蒸腾；如果是冬日的6点半，太阳还有丝丝的余温。仍旧是闭着眼睛也能如履平地的路径，不多不少，两千步的活动量。华灯初上时回到家，打开电视机，《新闻联播》的地球刚好骨碌碌地旋转起来。这是吴基才数十年如一日唯一坚持收看的电视节目。这是中国的声音！

晚上8点半，吴基才烧开一壶水，开始泡脚。妻子在世时，都是她给他烧水。在外奔波一天，每天晚上，妻子都会让他泡个脚再上床睡觉，洗去一天的劳累。如今，她走了，不过她给他养成的这个习惯，他却戒不掉了。每次脚泡在温热的水里，水波一荡一漾，都会让他有恍惚之感。

晚上9点半，吴基才关掉床头的灯。房内并没有立刻变得寂静与漆黑，窗帘遮不住外面的盛世之音与七彩霓虹。襄阳城，正是热闹时！

傲娇的老林

老林傲娇了一辈子。他说自己从记事起到现在，他不愿意干的事，谁也不能勉强他去干，就像牛不能被强按着头喝水一样。虽然老林属鸡，但是性格、秉性却犟得像头牛。牛脾气一上来，天王老子也按不住他。但一旦遇到对撇子的人，老林就能把心挖出来交给对方。

老林比付新臣小17岁，算得上是忘年交。付新臣一眼就相中了这个长相清秀、头脑灵活的年轻人。两个人第一次天衣无缝的工作配合就是为武汉供电局超高压输变电工区跑规划手续。那一年，付新臣52岁，彼时的老林还是刚过而立之年的小林，只有35岁。

1964年，小林参军入伍，他头脑灵活、心灵手巧，从班副到班长，表现优异，三个月就入了党，四年后复员，进入武汉供电局变电工区检修二班。

十年浩劫的某一年，检修班来了被改造的"黑五类"对象——瘦小羸弱的老马。老马手无缚鸡之力，加上之前身心备受煎熬，积攒了一身的毛病，别说爬杆子、修线路，就是搬一捆线缆都气喘吁吁。小林一看，这哪儿行啊！老马一介书生本就不是干体力活的料儿。作为检修班班长的他跟工友们说："这老马啊需要改造的是思想，在体力上，大家就别跟他计较了！"质朴善良的工友们没有异议，老马就在这里安顿下来，每天干点力所能及的杂事，打打水，扫扫地，在那个动辄得咎的年代里，在小林和工友的保护下，老马度过了一段难得的安逸时光。后来，老马被平反回了原单位，还提了干，与小林成了一辈子的至交好友。

小林祖籍福建闽侯，兄弟九个，他行四。爷爷林贤是火车司机，跟林祥谦是叔伯兄弟。林氏兄弟一个开火车，一个修火车，沿着京汉铁轨，从福建来到武汉。林祥谦领导了京汉铁路工人大罢工，惨死于北洋军阀的屠刀之下。小林的父亲林守华在解放武汉时立了特等功，是湖北省第一届劳动模范，后又当选了全国劳模。有英雄的爷爷和英勇的父亲，小林工作起来也是毫无保留，有多少劲使多少劲，一腔热血、满腔激情。小林对家族家风传承看得很重，唯恐自己的一儿一女数典忘祖，分别给他们取了寓意深远的名字。儿子嘛，小林希望他能像一座高山，有石头般坚强的意志，三石为磊。女儿，小林丝毫不掩饰自己对女儿的偏爱，谁让女儿无论是长相还是性格都是他的翻版呢。女儿是爸爸的小棉袄，但是长大了就要离家嫁人，名字里给她嵌进去故乡的简称，让她将来无论身处何处，都知道自己的来处。

小林忙着筹建武汉供电局超高压输变电工区，妻子也忙，一双儿女只好交给老人看管、照顾。为了筹建工作，小林一腔孤勇地在武汉市政府门前拦过市长的小轿车，为的就是问一嘴石沉大海、杳无音信的审批手续。还别说，经过小林这么一闹腾，原本一个月也没有动静的审批件，三天就有了回音。

武汉供电局超高压输变电工区办公楼最终选址在永丰公社红光大队，先后两次共征地35.88亩。工区的最低海拔仅有18米，被规划成了景观假山。办公室位置的海拔略高一点点，19米。然而，武汉市的建筑红线是海拔22米，那就意味着建设工地必须要人为垫高。不过，这点小事难不倒铆足了劲的建设者们，他们向汉阳钢铁厂求援，要来了钢渣铺垫地基。那段时间，小林长在了工地上。

那一年，女儿6岁，到了上学的年纪。女儿活泼好动，小林的母亲年纪大了点，老胳膊老腿跟不上孩子撒欢奔跑的节奏。一次，女儿被疾驶的车撞了！小林兄弟多，八弟九弟，一个拼了命地蹬车，一个坐在后座上环抱着满脸鲜血的小侄女赶往了医院。小林赶到医院时，女儿脸上已经被缝了8针。麻药劲还没过，女儿沉沉地睡着，巴掌大的小脸被厚厚的纱布遮去了半边，在病房的白炽灯下，显得惨白如雪。小林心疼得差点晕过去，他恨不得替女儿挨这8针。男儿有泪不轻弹的小林，拉着女儿的小手哭成了泪人。可眼泪还没等擦干呢，建设工地上又出了状况，没办法，小林只得把女儿拜托给家人，骑着自行车又返回了工地。

每天，武汉供电局超高压输变电工区的建设工地上，车水马龙，熙熙攘攘。小林就是工地上的常驻民，说不定就从哪个犄角旮旯里冒出来。付新臣是武汉供电局超高压输变电工区筹建处的基建、后勤负责人，小林则是筹建办公室指定的工地代言人。付新臣在现场的时候，小林遇事不决就找付新臣拿主意，但付新臣忙啊，不能时时盯着工地。付新臣不在的时候，就给小林留了一把尚方宝剑。工地上的筹建处临时办公室门上贴了一张告示，上面写着：工地所有事项均由林××负责，其他人概不许干预。当然，付新臣此举是经过中共武汉供电局高压工区筹建处总支委员会研究决定的。这样一来，的确为小林省却了不少麻烦，不用再浪费力气去多费唇舌，挡住了许多自以为是的指手画脚，无形当中加快了工程的推进速度。

1981年元月，工区办公楼竣工即启用，各部门从活动房搬进了办公楼。这边办公楼一边装修一边投入使用，那边的宿舍楼又开始动工建设。小林是一刻也不得闲，忙了这边忙那边。直到全部的基建任务完成，小林才挥别了工地，回了他的检修班。但他的较真、认真、有原则、有底线，给武汉供电局超高压工区的领导班子留下了深刻的印象。2000年7月，湖北省超能电力有限责任公司正式揭牌成立。这一年，小林55岁，早已成了大家口中的老林，也成了超能公司的安监员。安监员有两大岗位职责：宣传安全生产法律、法规和国家有关方针政策及上级各项管理规定，监督检查公司所辖部门及车间对安全生产法律、法规及公司各项管理制度、规定的执行情况及上级文件精神的贯彻落实情况。在这两大职责的基础上，老林还对自己提了两条更高的要求：每项工程必须到现场，工程在哪里，人就出现在哪里；每项工程必须住在现场，24小时现场安全监督。老林干了15年安监员，他负责的工程项目，没出过一次安全事故。

2005年，老林光荣退休了。

退了休的老林依然傲娇，只不过换了一个战场。老林从年轻的时候就喜欢侍弄花花草草，看顺眼的花不管价格高低、品种名贵与否，只管一股脑儿地买回家。自己忙得一天到头不着家，家务活帮不到妻子半分，却还给她增加了替他养花的负累。满满一阳台的花红叶绿，妻子抱怨几声，浇浇水，通通风，粗放式地帮老林打理一下。退休之后，老林终于有时间专心侍弄自己的花花草草了，他把所有时间都用在了照顾盆景上，打理、修枝、施肥，乐此不疲。最多的时候，他的私属盆景达300个。毕竟上了年纪，精力有限，捯饬花草也是个费时费力费劲的活，忙活一天下来，腰也酸、背也痛，比上班的时候还累。上班还有个下班的点，退休了天天在家里，一天24小时侍弄盆景，没白没黑。再说家里空间也有限，老林只得送花友，送亲朋，送至交，左邻右舍也都送一送，再加上生虫的、生病的，最后只保留了80多个。哎哟，剩下的都是心头肉，任地动山摇、山呼海啸也不能再少一盆了！这些精品中有两盆是30年前在汉口滨江苑买的石榴树盆景，后来栽种在楼下草地上，其中一棵长势很好，每年开花结果。还有一株是养了十多年的红豆杉，年景好的时候结过180多颗红豆，即便是"小年"也能收获几十颗。野生红豆杉是国家一级保护植物，在野外植株可长到几十米高。老林的盆栽红豆杉，不但被他莳养得枝繁叶茂，还能结果。凭借深厚的养花功夫，老林曾连续四年蝉联了汉阳区绿化委员会的"十大家庭花王"。干工作是把好手，玩也得玩出名堂，"武汉花王"的名头足够老林傲娇好一阵子了。

2019年10月25号,老林上了《楚天都市报》的新闻。原因是他栽种的石榴树一年开了两次花,结了两次果。侍弄了大半辈子花草,这样的稀罕事还是头一次遇见。无独有偶,这一年闻名遐迩的武大樱花也曾在秋季二度开花。老林那打破砂锅问到底的脾气,辗转找到了园林专家去请教个究竟。专家告诉老林,这是比较罕见的"反春"现象,2019年春天和秋天气候条件相似,光照充分、水分湿润、营养充足,导致植物的感识系统紊乱。在广东,紫荆、桃树、梨树经常出现"反春",长江流域的石榴、樱花出现"反春"比较罕见。

老林喜欢石榴花。在他眼里,那盛开的不是花,而是火一样的明媚,就像女儿的笑靥。那一直被他当作眼珠子一样倍加珍惜的女儿。女儿是个热爱生活的姑娘,火一样的性格,炽烈、热辣,拿起画笔学国画,拿起相机学摄影,还参加了公益组织,山南海北地献爱心。

庚子新春,一场突如其来的新型冠状病毒席卷武汉。关于女儿的消息,老林是从新闻上看到的。他一点都不惊讶。这才是我林家的女儿本色!相比惴惴不安的老伴,老林要从容、淡定得多。当云开雾散,生活如常之后,女儿撒娇地问老林:"你就不担心我呀?"

"不担心。"

"我去当志愿者之前要是问你,你会同意吗?会支持我去吗?"

"会呀,会支持你啊!"

"那我传染上咋办?"

"传染上就治呗!"

"老林,你不爱我,一点也不担心我!"

"我们反对,你就会听话不去吗?"老林放下手中的园艺剪,他老花镜片上方的眼睛放射着精光,"你是那从小听大人话的孩子吗?"

女儿展颜一笑,让老林的盆景黯然失色。老林手起剪落,"咔嚓"一声,剪掉了一截枯枝。

2020年，傲娇的老林有了新骄傲。女儿报名成为武汉红十字会的志愿者，义务接听电话，搬运、配送捐赠物资；注册成为顺风车司机，义务接送援鄂的医护人员；半个月去武汉市血液中心捐献一次成分血；义务为援鄂医疗队拍照留念……庚子新春，女儿在老林看不到的地方为武汉做了很多很多，就像当年林氏先祖为这座城市不惜抛头颅、洒热血一样。女儿是三月出生的，桃花争艳吐芳的时节。这一年的三月，女儿的生日因为疫情没顾上。老林心里难过了好久。

从封城到解封，武汉经历了76天的冰火两重天。重启的时节，桃花已开至荼䕷。风吹花落，一瓣桃花落在老林的掌心，像极了女儿娇美的脸庞。真好看！

老林名叫林锦渝，他的女儿叫林闽，是湖北省第五届"最美文艺志愿者"，也是2020年国家电网公司抗击新冠肺炎疫情先进个人。

永远的徐老师

"三人行，必有我师焉。"每个人一生当中都会遇到无数个老师，从幼儿园直到大学毕业，占晶也不例外。有些虽然不是在课堂上为自己传道授业解惑，而是在工作或者日常生活中给一个中肯的建议、一个善意的提醒。每当这时，占晶也都会尊其为"老师"。有道是，一字之师亦是师！在占晶的职业生涯中，有一个无论如何都绕不过去的老师——徐继民。当然，大多数时候，占晶对徐继民的称呼不是老师，而是局长。后来徐局长不幸罹难。时光流转，多年过去，每每想到过往，占晶更愿意尊称徐继民一声"老师"，永远的徐老师。

占晶本科读的是历史专业，考研的时候犹豫过那么一瞬间，是继续呢还是转一个专业。占晶是喜欢历史的，发自内心地热爱。欲知大道，必先为史。片刻的犹疑之后，占晶决定研究生阶段继续学习历史专业。皇天不负有心人，一番奋发之后顺利考取了武汉大学历史学院，研究欧洲近代史。对于历史学的热爱，占晶一直延续到今天。2021年在庆祝建党百年的重大时刻，在"两个一百年"奋斗目标的历史交汇的关键节点，全党开展党史学习教育。占晶拿出了在武大读书的劲头，在学习资料上圈点勾画，学得不亦乐乎。

回忆起当初的入职，占晶依然心潮澎湃，起起伏伏。

2004年，占晶硕士研究生毕业。同学们大都选择了就业，只有少数几人继续攻读博士。占晶参加了《河南日报》的招聘考试，笔试、面试都顺利过关，只等签约了。就在这时，他看到了湖北省超高压输变电局的招聘信息，计划招聘38人，其中只有一个面向文科生的职位。他立刻报名参加了考试，在等待笔试结果的日子里，河南日报社开始与他对接签约事宜。从本心里来讲，占晶是不愿意离开湖北的。从小生活在黄冈罗田的他，一直沐浴在江流文化中，黄河流域的中原大地对他来说是陌生的，可以作为文化符号去解读，但由于生活习俗、饮食习惯的差异，去生活还是一大挑战，占晶犹豫了。就在占晶左右为难的时候，他接到了超高压输变电局的面试通知。一边是稳稳的就业签约，一边是前途未卜的面试，这一次占晶倒是没有犹豫，他放弃了去河南的机会，专心准备超高压输变电局的面试。

那是占晶第一次到五里墩，他从武汉大学坐公交车，看着站牌一路找到公司。参加面试的一共有10个人，虽说是面试，但依然有一个笔试环节，现场写一篇文章，题目是《成为一个优秀秘书的基本素质》。文章写完之后开始面试。也不是传统意义上的结构化面试，而是10个人一起与面试领导座谈，类似于测评技术经常使用的无领导小组讨论。占晶的心态平和、放松。参加面试前，他在互联网上访问了湖北省超高压输变电局的网站，从头至尾详细阅读了2004年的发展战略"一化、二型、三领先、四改观"。占晶不但侃侃而谈回答了考官的提问，还就发展战略反客为主，主动向考官提了几个问题，甚至谈了自己对"一化、二型、三领先、四改观"的看法，给参与面试的人留下了深刻印象。

又一轮漫长的等待开始了！一个月过去，又一个月过去了……占晶心里有点慌。恰好在这个时候，一个同学参加中国地质大学辅导员的招聘，邀占晶一同前往。内心彷徨的占晶便去了，倒是非常顺利，占晶与同学笔试、面试一路绿灯，转眼之间也到了签约的环节。在最后的关头，占晶再次放弃了这次机会，顺利签约的同学拍着占晶的肩膀替他惋惜。6月底，研究生公寓里，占晶成了为数不多的坚守者。占晶也不知道自己的坚守有没有意义，他就是觉得只要没有结果，就可能有结果。面试的时候，他清楚地看到了面试考官眼中对自己的认可与赞许，只要还有一线希望，占晶就不想放弃期待。

惊喜是在一个傍晚，湖北省超高压输变电局通知占晶去报到。

入职之后，占晶先是在荆门分局实习了两个月，11月才回到局里的党建部正式上班。临近年底，各项考核陆续展开，作为新人的占晶开始跟着考核组出差。有一次出差途中，局办公室主任问了占晶几个问题后，半认真半开玩笑地说："小占，想不想换换岗位？"占晶愣了一下，心里想："我是刚入职的新人，哪里有那么多想法啊！"一时之间不知道该怎么回答，摸了摸头，说了一句："服从组织安排！"

2005年元旦，占晶调到办公室，成了局长徐继民的专职秘书。

上岗之前，办公室主任专门跟占晶谈了一次话。直到那个时候，占晶才知道他能够顺利入职，与局长徐继民的慧眼识珠密不可分。原来是徐继民力排众议，在当年的招聘中增加了一个面向文科生的岗位，这在以工科生、理科生为主的电力系统招聘计划中实属罕见。于是，占晶成为第一个被招考进湖北省超高压输变电局的文科生。

其实，占晶在徐继民身边只工作了10个月左右的时间。

徐继民是共和国的同龄人，1949年9月出生在吉林的榆树市，是一个出生、生长在广袤的松辽平原的东北汉子，性格里有着典型的东北男人的血性与阳刚。与湖北结缘是在1968年，徐继民作为下乡知青来到了湖北荆州天门渔薪。两年后，招工成为青山热电厂的一名工人。新中国成立不久，青山热电厂作为国家"一五"计划156个重点项目之一，成为20世纪50年代山海关内第一座高温高压火电厂，一期工程总装机容量是11.2万千瓦，占当时湖北省装机容量的61.36%。徐继民从普通工人踏实做起，一步步成长为工厂的团委书记，后又成为厂领导颇为倚重的党办秘书。正因为曾经从事过秘书的工作，他知道"成为一个优秀秘书的基本素质"都包含哪些方面，这也是多年之后徐继民亲自为湖北省超高压输变电局选拔秘书人才出题目的原因所在。

20世纪90年代初，徐继民来到了湖北省超高压输变电局工作。1996年，徐继民担任局党委书记，他坚持以人为本、以德治企，在企业文明创建上摸索出了一套特色鲜明的"职工道德养成教育法"，走出了一条"以德治企、文明育人"的路子。2000年，徐继民被湖北省政府授予"湖北省劳动模范"称号。2002年，湖北省超高压输变电局被中央文明委授予"全国精神文明建设工作先进单位"称号，被湖北省委省政府授予"湖北省最佳文明单位"称号，被国家电网公司授予"文明单位标兵"称号。由徐继民倡导和组织的超高压局"道德养成教育法的探索和实践"，作为湖北省电力系统唯一获奖项目，被国家电网公司授予"精神文明建设创新奖提名奖"。

2003年12月，徐继民担任湖北省超高压输变电局局长后，提出了"一化、二型、三领先、四改观"企业发展新战略。占晶在进入湖北省超高压输变电局招考面试之后在网站上读到的发展战略全文，正是出自徐继民之手。而占晶关于"一化、二型、三领先、四改观"的一些思路与想法，虽然浅显甚至理想化成分居多，却让徐继民眼前一亮。这也是历史专业的占晶能够在一众中文专业甚至新闻专业的研究生中脱颖而出，被湖北省超高压输变电局录取的一个关键原因。

2004年，湖北省超高压输变电局共计输送电量1221.6亿千瓦时，年度输送电量首次突破千亿千瓦时大关；多种经营总收入达到1.12亿元，同比增长105.4%，建局史上第一次突破亿元大关。2005年3月31日，湖北省超高压输变电局创造了安全生产1538天的纪录，开创了湖北省超高压输变电局的安全生产历史，也创造了全国同类企业的安全生产纪录。这一年，湖北省超高压输变电局新增500千伏变电站3座、输电线路1000多公里，负责维护的500千伏变电站达到8座，500千伏输电线路达38条，总计4909.7公里。

2005年元旦、春节前后，罕见的冰雪灾害袭击了华中广大地区，给湖北乃至华中电网安全造成极大威胁。在严重的灾情面前，徐继民带领湖北省超高压输变电局的干部职工以最快的速度、最优的质量，抢险抢修，赢得了三次抗冰抢险保供电战役的胜利，确保了湖北乃至华中地区电网的安全稳定运行，确保了湖北乃至华中地区人民元旦、春节期间的正常用电。徐继民也因此被时任国家电网公司党组书记、总经理的刘振亚亲自授予"抗冰抢险保供电先进个人"称号。

徐继民在他就任局长的第一个工作报告里，曾明确作出一年内要为职工群众办好十件实事的承诺。把实事办实、办好，离不开"问政于民、问计于民"的实地调研。不是在调研就是在去调研的路上，一度成为徐继民的工作状态。不幸的是，2005年11月16日，徐继民前往宜昌调研工作，返回武汉的途中，在仙桃附近发生车祸，车上4人重伤。徐继民经抢救无效于17日晚去世，享年56岁。

有一段时间，占晶经常会坐在办公桌前发呆。徐继民在占晶的心目中，是领导，更是老师。刚给徐继民做秘书时，去荆门调研，需要占晶准备一个讲话稿。占晶查资料、找材料，绞尽脑汁拼凑了一篇。调研结束，徐继民讲话时并没有用占晶给他准备的稿子，而是自己手写的讲话提纲。散会之后，没等占晶开口，徐继民就把占晶写的讲话稿与他自己写的讲话提纲一并给了占晶，并笑着拍了拍占晶的肩膀。在占晶的记忆里，徐继民从来没有责备、嗔怪过他，给他留足了自我成长的空间。恰恰是因为领导的不要求与不干涉，让占晶更加严苛地自我要求。他认真收集《人民日报》《光明日报》和《经济日报》上有关电力系统的报道，同时兼顾安全生产、人力资源等消息，电力系统的文件及重要精神，力求学深吃透。3个月之后，湖北省电力公司超高压输变电局创建学习型组织，占晶为徐继民写了一篇20页的发言稿。徐继民看过之后，脸上流露出欣喜与满意的表情，一字未改。从一字未用到一字未改，占晶跋涉了如同炼狱般的3个月。这3个月他最感激的就是徐继民，徐总经理。2005年7月，湖北省电力公司超高压输变电局更名为湖北省电力公司超高压输变电公司，徐继民担任总经理。

  转眼之间，斯人已逝，16年了！占晶也早已走上领导岗位，担任国网湖北超高压公司鄂中运维分部党委书记。昔日的青葱少年，也已过不惑之年，早已窥得了生活的真相。罗曼·罗兰说："生活中只有一种英雄主义，就是在认清生活的真相之后，依然热爱生活。"年少时曾经历过的无常变幻在四十不惑时让占晶对工作和生活有了不一样的认知。周末，如有闲暇，他会去钓鱼。有时是独钓寒江雪的蓑笠翁，有时是徒有羡鱼情的垂钓者，大多数时候则是垂钓绿湾春，只为感受春深杏花乱，让自己与大自然融为一体。在中国传统文化中，有两种人几乎成为超脱隐逸与智慧明睿的代名词：渔夫与樵夫。这几年，占晶也重拾学生时代的兴趣，开始研习书法。他会在《渔樵问答》的古曲中，挥毫泼墨，临摹欧体书法，在一室墨香里探求中国传统知识分子的来处与去处。那终将也是他的去处。

慕云篇

《相见欢·慕云》

高天倾慕流云,醉红尘。浅唱低吟花落又逢君。　清江水,恋南北,倍思亲。明月凝烟浩气满乾坤。

红尘往来皆是客

当参透了"天地过客"这4个字的时候，尹正来觉得自己的病已然好了大半。内心不再有任何虚妄的执念，顿觉武汉的天更蓝，云朵也比昨天绵软了几分。

尹正来的六十岁生日过得分外喜庆、热烈，同学、老友、家人欢聚一堂，把酒言欢。所有人都心照不宣，绝口不提他曾经罹患的恶疾。其实在这个问题上，他们都小看了尹正来的承受能力，毕竟已经过去十几年了，他早就不再谈癌色变，早就不拿癌症当回事了。他尹正来是正经八百依靠着"在战略上藐视敌人，在战术上重视敌人"打赢了两场癌症狙击战。

美国影片《赛末点》中有一段经典台词："有人说，我需要运气多过实力，他一定已经参透了人生。人们害怕面对这个事实，那就是人生的很大一部分要靠运气。想到许多事情无法控制是很可怕的。在比赛中有这样的一些时刻，当球击中网带，而这将是决定比赛胜负的关键时刻。如果稍加一点运气，你就成功了；如果不幸的话，你就会一败涂地。"这段台词，对一个人命运中"运气"之重要表述得淋漓尽致，入木三分。

1957年出生的尹正来觉得自己一直有好运气相伴左右。1977年，高考恢复了。与过去的惯例不同，1977年的高考不是在夏天，而是在冬天举行，有570多万人参加了考试。当年全国大专院校录取新生

27.3万人。

这27.3万人中就有20岁的尹正来，他被湖北电力学校录取了。尹正来在班级里算是年龄大的，一岁年纪一岁心，老师就指定他当了班长兼学习委员。班里的其他同学要么是跟尹正来一样的农家子弟，要么是随着父母下放或是自己下乡的知识青年。那个年代，改变命运的方式不外乎去当兵与考学。高考是名副其实的千军万马过独木桥，幸运地过了桥的人，除了极个别的放飞自我享受生活之外，大多数人会分外珍惜来之不易的机会，如饥似渴地学习。3年的时光转瞬而逝，1980年7月，尹正来与同学被分配到了武汉供电局成立的超高压工区。

彼时的超高压工区基建刚开始不久，承建单位孝感地区汉川建筑第三公司也是刚进场开始施工。超高压工区筹建处还在武汉供电局工程队办公，正计划着搬到五里墩工地的活动板房里。1982年3月20日，湖北省电力局批准超高压局设置武汉线路工区（在汉阳五里墩）、荆门线路工区（在荆门市），两个工区定员人数各为90人，负责500千伏线路的运行管理及维护检修工作。尹正来服从单位工作安排，从事了输电线路的运行维护。有线路任务时就外出，没有任务时便跟同事们帮着负责基建干点力所能及的事情，运渣土、卸煤灰、填水塘、清理场地、搬运建筑材料……虽然不是自己分内的工作，但是没有人抱怨，也没有人计较。所有人心往一处想，劲往一处用，就想着赶紧把办公楼建起来。

从低矮潮湿的板房搬进宽敞明亮的办公楼没几年，1987年，武汉线路工区就从汉阳五里墩搬到了武昌区涂家岭2号，也就是现在的武汉市武昌区雄楚大街53号。而早在3年前的1984年，尹正来因为工作表现突出，已经被提拔为武汉线路工区分管生产的副主任。

又要在一片荒凉之地上创造奇迹了！最初，武汉线路工区所有人挤在一个宿舍楼里办公。这哪儿行啊！线路的运行维护不能停，工区的基建也要有人干，只能一个人顶两个人用。有线路任务就出任务，没有任务的时候就协助基建单位干活，武汉线路工区的拼搏精神、创新精神以及工匠精神，从那时起就开始在每一个输电人的日常工作中开始孕育。

从小生活在农村的尹正来，下河能摸鱼，上树能捉鸟；一不惧水，二不恐高。即便已经走上了领导岗位，尹正来也一直是个活跃在一线的技术骨干。输电线路导线舞动一度是影响汉江大跨越输电线路安全过冬的重要因素，一旦发生舞动，就有可能造成输电线路倒杆断线、短路跳闸，危及整个电网的安全运行。在尹正来的记忆里，有两次舞动事故让他印象深刻。一次发生在1987年12月4日，姚双线中山口大跨越导线覆冰舞动，三相导线、多根子导线严重受损，其中一根最严重的钢芯断股22股（单根导线42股）。武汉线路工区、襄樊线路工区的80多名工人、技术人员顶着寒风群力奋战，完成了导线补强。还有一次发生在1988年12月25日，受微气候影响，姚双线中山口大跨越导线再次发生严重舞动，中相导线线夹船体滑出托架，造成中相#2子导线断落江中，A、B两相短路，姚双线跳闸。超高压局组织武汉线路工区、襄樊线路工区的工作人员冒着风雪进行抢修，对损伤导线采取补强应急处理。5天后，12月30日，姚双线才恢复送电。

输电线路舞动对电网安全运行危害非常大，无论是对已经运行的电网还是正在建设中的电网，都是潜在的破坏性巨大的故障类型。如果不制定有效的防治方案和措施，只能是头疼医头、脚疼医脚，等到发生了故障、造成了损失再去补救，处于被动的局面不说，每次事故造成的损失也都是不可估量的。然而，输电线路导线舞动的防治是一个复杂的系统工程，各种输电线路导线舞动治理措施都只能在一定程度上抑制或削弱导线舞动，很难彻底消除。因此必须从规划设计到运行维护，在避、抗、防等各个环节进行综合治理，开展全过程舞动治理。从1989年开始，湖北省超高压输变电局就开始了导线舞动预防与治理的探索，5月1日，姚双线、双凤线中山口大跨越导线更换工程结束，加装了防舞动装置。

科学实践需要用试验数据说话。为了获得真实、有效的实验数据，就必须要有人现场观察、实时记录。1989年的冬天，北风呼啸，雨雪交加，尹正来穿着厚厚的棉衣站在加装了防舞动装置的姚双线横担上观察，记录舞动数据。细细密密的雨丝抱定水滴石穿的信念，一点点地沁入尹正来棉衣，一层雨，一层雪，几十米高空的尹正来慢慢变成了一个冰疙瘩。他的四肢被冻住了，整个人僵在那里。地上的同事发现了他的异样，赶紧把他像货物一样横着搬运了下来。

1990年7月17日，能源部导线舞动措施工作研讨会在武汉召开。超高压局"500千伏大跨越导线损伤应急补强"以及"中山口大跨越防舞线夹金具的研究与应用"两项成果，一并通过了由能源部防舞领导小组和华中电管局共同主持的技术鉴定。1995年1月21日，"500千伏大跨越导线舞动的研究与治理"通过电力部组织的技术鉴定。同年6月3日，"500千伏大跨越导线舞动的研究与治理"获得湖北省电力局1994年度科技进步成果项目获一等奖。1996年1月21日，"500千伏大跨越导线舞动的研究与治理"获得1995年度电力部科技进步奖应用性研究成果一等奖。

1997年12月26日，时任湖北省超高压输变电局总工程师的李国兴作为获奖科研项目完成单位的代表，在1997年度国家科技奖表彰会上，和与会代表一起与党和国家领导人合影留念。"220—500千伏输电线路导线舞动的试验研究和治理"相继获省电力局、华中网局、电力部科技进步一等奖后，又获得1997年度国家科技进步一等奖。这是新中国成立以来，湖北省电力系统科研领域首次获得的最高荣誉。

只有一部分人被罗列进了获奖人员名录，里面没有尹正来的名字。不过他自己倒也不在乎，他知道自己参与了，曾经为湖北省超高压输变电局的荣誉奋战过。过程是投入的，也是快乐的。足矣。正是这样一种应无所住而生其心的超脱与豁达，在他先后遭受肠癌与肺癌的双轮攻击之后，依然能够坦然面对，笑傲至今。最难挨的时候，是尹正来因肺癌再次入院治疗期间。一个病房的四个患者先后离世，被死亡阴影时刻笼罩的尹正来，把每天都当成自己的最后一天来珍惜，好好吃饭，好好睡觉。即便是最后一天，也是崭新的一天，也是与以往不同的一天，每天都要过好，不虚度也不浪费。一天又一天，癌症像弹簧，你弱它就强，你强它就弱。在向死而生、活得无比认真的尹正来面前，癌症暂时败下阵去，变成了一个虚弱的弹簧。真正的康复不仅仅是身体病灶的物理性消除，更重要的是心理层面对疾病的认知，对自我的重新评估与接纳。尹正来自然明白这个道理，眼睛一闭一睁，一天过去了；一闭不睁，一辈子就过去了。他以健康人的心态，珍视着余生的每一天。

愿为一座桥

总结采访董双桥的感觉就是：你必须要时刻提醒他，这是在采访他，是关于他自己的人生故事，而不是要通过他来讲述别人的故事。否则，不出三句话，董双桥就会把话题扯到别人身上去。提醒的次数多了，老董还会反唇相讥："我没啥可说的，有故事的是他们，他们比我更值得写呢！"我这厢还得安慰他："您老放心，您刚才说的那几位啊，我的采访名单里面也都有的！"如此这般，董双桥才真正安静下来，好好地讲他自己，讲得言简意赅，惜字如金。

1958年出生的董双桥已经退休3年了，退休前是国网湖北检修公司变电检修中心的副主任。老董是汉阳人，从小生活在农村，过的是苦哈哈的穷日子。高中毕业的时候，赶上了高考停摆，想鲤鱼跳龙门的念头还没生起就被生生掐灭，他只得收拾好铺盖卷，回家种地去了。跟着父母田间劳作挣工分，18岁的小伙子算是正当当的整劳力。

1977年恢复高考，在父母的支持和鼓励下，董双桥走进了考场。分数是令人满意的，老董本就是个品学兼优的好学生，结果却令人懊丧、失望。董双桥的高考志愿填的是公安学校，体检的时候，因为身高不够，遗憾落选。当时董双桥在其所在的公社中学当民办代课老师，没被公安学校录取的他，原本还可以有一个选择，那就是上师范，将来毕业之后当老师。深思熟虑之后，董双桥觉得自己对三尺讲台并没有特别多的热爱，自己不是一个特别有耐心与耐性献身教育事业静待花开的人。于是，他把自己最真实的想法跟父母沟通之后，决定复读一年，再次参加高考。翌年，董双桥报考了湖北省电力学校，顺利被发配电专业录取。1981年，毕业后的董双桥被分配到了武汉供电局超高压工区。时代替董双桥做了职业选择。

董双桥说，在老天爷赋予的先天运气与个人的后天选择之间，他是更倾向于后者的。他从来没有后悔过自己的职业选择，一天也没有。

刚参加工作的时候，尤其是在20世纪70年代末、80年代初，嘴巴一圈青青胡子茬儿的工人其实对自己的职业一不骄傲、二不自豪。董双桥也不例外。虽然职业没啥值得骄傲与自豪的，但最起码得干好吧，得干一行精一行吧。那个时候的电力工人给外界的印象大都是穿着笨拙的克京式铁鞋，腰上挂着安全带，整个人挂在电线杆上。董双桥自嘲说那个时候人家讽刺他们像只猴子！工作环境不是在马路边，就是在大野地里，反正就是在室外。一天到晚灰头土脸，比同龄人要显得老相得多。被别人说上一两句风凉话倒也没什么，就是头疼老婆不太好找，这个事情还是蛮让人恼火的。这样的境遇，一直持续到20世纪90年代，情势才有了转机。

自1978年国家实行改革开放以来，国有企业一直面临种种冲击。进入90年代，大量国有企业效率低下，三角债频发。在此关键时期，国有企业重组也就成为必然，进而引起重组后的下岗潮。在改革开放汹涌澎湃的大潮中，电力行业有幸成为风口上的那只鹰，顺势起舞，迎风翱翔。电力系统不但没有下岗潮，反而进入了发展的快车道，职工的收入更是逐年增加。原本不被人待见的职业，一下子成了相亲界的香饽饽。

董双桥的爱情来得比较早。1987年，他结婚了。婚后，妻子根据招工政策进了湖北省电力工业局超高压输变电局，与他成为同事。多年之后，董双桥的儿子通过招考也进入国网湖北检修公司。一家三口，既是家人，也是同事。这样的情形，在电力系统中并不是多么鲜见的个例，而是司空见惯的常态。董双桥参加工作时，单位名称是武汉供电局超高压工区；妻子加入时更名为湖北省电力工业局超高压输变电局；等到儿子进入职场，则是国网湖北检修公司。企业还是那个企业，每一次更名的背后都映射着时代的发展与变迁，就像莎士比亚戏剧里的台词一样，"历史就在每一个人的生活中"。董家三口人的昨天与今天像卯榫结构一样，精准地镶嵌进了国网湖北检修公司的前世今生之中。

董双桥搞了一辈子继电保护，有时候睡梦里都是天天侍弄的二次设备。继电保护是对电力系统中发生的故障或异常情况进行检测，从而发出报警信号，或直接将故障部分隔离、切除的一种重要措施，是随着电力系统的发展而发展起来的。20世纪初，随着电力系统的发展，继电器开始广泛应用于电力系统的保护，这时期是继电保护技术发展的开端。最早的继电保护装置是熔断器。从20世纪50年代到90年代末，在40多年的时间里，继电保护完成了发展的四个阶段——电磁式继电保护装置、晶体管式继电保护装置、集成电路继电保护装置、微机继电保护装置。随着电子技术、计算机技术、通信技术的飞速发展，人工智能技术如人工神经网络、遗传算法、进化规模、模糊逻辑等相继在继电保护领域的研究应用，继电保护技术向计算机化、网络化、一体化、智能化方向发展。

每一次的技术迭代，都让董双桥产生"黄金百战穿金甲，不破楼兰终不还"的壮志豪情。从1985年入行，到60岁退休，董双桥从来没有后悔过自己的职业选择。偶尔抚今追昔，想想自己当年面临的种种困境：工作环境的恶劣、人手的缺乏、设备的快速更新，总在落日夕照里兀自喟叹一番。

聊及电力建设的时候，董双桥郑重建议一定要采访梁志勇先生。那是一位令人尊重的长者，业务能力强，性情直率、爽快，喜欢在技术上追求卓越。梁老以前是凤凰山变电站建设单位的技术主管，因工作需要就留在了武汉供电局超高压工区。他可以说是中国超高压输变电建设的参与者、见证者。据说退休之后的梁老在写回忆录，应该能够为《拏云志》这本书提供一些资料与背景。暗暗在心中记下了董双桥的建议，但事与愿违，梁志勇老人身体不适，终究遗憾错过。

1982年投运的凤凰山变电站，是中国首座500千伏超高压变电站，曾一度代表当时国内超高压输变电领域最高技术水平。与凤凰变电站同时运行的还有双河变电站。在这两座变电站里，有董双桥最难忘的人生记忆。彼时的凤凰变电站与双河变电站用了很多国外进口设备，如：美国通用，法国阿尔斯通、MG、施耐德，日本日立、东芝，德国西门子，瑞典ASEA（瑞典通用电机公司）等，品牌五花八门。进口设备的品牌标准不同、操作流程不同，给检修维护带来极大困扰。1984年，凤凰变电站的变压器故障，请来一名外国专家，仅一天的维修费用就高达800美元，还要高规格吃住行，检修成本在当时可谓"天价"。最可气的是外国专家还不让中方的运检人员靠近，禁止在一旁观看检修。

感慨完洋专家在凤凰变电站的颐指气使，董双桥发自肺腑地说起一个人。他用了"传奇人物"来表达自己内心对他的尊崇，这个人就是苏洲老人。关于苏洲老人的求学、变故以及与妻子书信往来互诉衷情的闲情幽默，董双桥都如数家珍。董双桥说，每次去双河变电站出差，连工作都是一种享受。他在这位前辈身上学到的不仅仅是技术，更多的是做人。

董双桥特别理解苏洲老人辞去双河变电站站长职务，一心一意沉浸技术研究中的选择。榜样的力量是无穷的。在董双桥的理解里，如果一个班组没有人才的流动，就不是一个优秀的班组。当自己的技术与职位达到或者接近自己的天花板时，自己可以不进步，但绝不能影响别人，甚至成为别人上升路上的绊脚石。董双桥当了十二年的继电保护班班长，培养造就了一大批技术骨干，种子一样散落在国网湖北检修公司的各个角落，生根发芽，茁壮成长。

说到这里，董双桥"故态复萌"，又开始说起别人来，这次说的是杜军。杜军的故事是一个从普通工人成长为蓝领专家的励志故事，他在2006年10月的首届全国电力行业电气试验技能竞赛中勇夺第一，获得了"全国技术能手"的光荣称号，并获得了免考晋升技师职称的机会。在讲述杜军工作中的点滴时，董双桥眉飞色舞，显然对这个能够承袭他衣钵的徒弟分外满意。

"桥"字是董双桥名字中的最后一个字，也是他最喜欢的一个字，是他每次签名最苍劲有力的落笔之处。桥，无论是物质世界中作为建筑的真实存在，还是精神世界里作为意象的象征，都是和谐统一的。它是连接，是沟通，是承前启后，也是承上启下。桥是双向的，既能渡己，亦可渡人。

"你觉得自己做到了吗？"我问。

"我觉得自己做到了，可能不够好，但是我尽力了。"董双桥答。

青青子衿

张焕青觉得自己与董双桥的缘分不是一般的深。

1985年7月，他从华中工学院电力系统及其自动化专业毕业，到当时的湖北省超高压输变电局修试工区报到。第一天上班，一个长得略有点老相、个子不高的年轻人，把一个水淋淋的拖把塞到张焕青手里，笑眯眯地说："终于等到你了！我已经干了两个月了，以后做清洁的任务就交给你啦！"

这个人就是董双桥。

与董双桥苦哈哈的童年相比，生活在武汉城区的张焕青的青少年时代几乎可以用甜蜜来形容。张焕青的家就在汉阳中心区域的钟家村附近，钟家村小学是他人生起步的地方，是张焕青扣好人生第一粒扣子的地方。彼时的武汉还不是如今的武汉，此一时彼一时，武汉的城市体量是一点点向外扩张的。那时的武汉小，汉阳更小。张焕青有两个姐姐，大姐长他7岁，二姐比他大4岁，从小聪明伶俐的张焕青就是一家人手心里的宝。1979年，张焕青考取了武汉一中。学校在汉口前进四路，离家比较远，当时学校没有住宿条件，全部为走读生。张焕青就每天早早起床，母亲或者姐姐，总有一个人会早起为他准备早饭，之后就得急匆匆出门去坐车。从家步行1公里到钟家村公交车站点，坐1个小时的24路公交车，在江汉路下车，再步行2公里到校。年轻人总有睡不够的觉，有时候起晚了，来不及吃饭，就把热腾腾的馒头揣在书包里,到了公交车上再慢慢吃。高二那年,张焕青的父亲因病去世。少年一度精气神涣散,无法安心读书。热辣辣的大姐一句话点醒了他:"焕青,爸爸不在了,你就是家里唯一的男子汉,你可要给我们争口气呀!"

1981年,张焕青被华中工学院电力系统及其自动化专业录取,没有辜负家人的期待。

上班第一天,接过象征着传承的"拖把",张焕青老老实实、认认真真地把办公室、楼道打扫得干干净净。新人做清洁是修试工区的传统,一方面是因为新员工手头工作相对简单,时间充裕;另一方面,刚步入职场的"青青子衿"往往心高气傲,但最基础的清洁工作看似琐碎,其实是对浮躁心态的一种磨砺。这根"接力棒"被张焕青握在手中足足5个月,才交给了他的继任——比他小两岁的代健。

彼时修试工区的主任是黄可望,他是张焕青华中工学院的学长。张焕青入学的那一年,黄可望还在华工读大四。大学的时候,张焕青就听闻过这位师兄的传奇故事,据说黄可望是24岁考上的大学,之前当过老师,做过村干部,还入了党。原本黄可望是发配电专业,后来学校考虑到高压电专业没有党员,就跟他商量能不能调剂一下。黄可望是个觉悟很高的人,没跟组织讲任何条件,欣然同意。

张焕青参加工作的第一天,卫生清扫完毕。作为修试工区一把手的黄可望,把张焕青还有当年同时被分配来的另外两名同事一起叫到了办公室,说:"我是你们的师兄,你们要好好搞!不要给我们华工丢脸!"

学生时代的传奇人物就在眼前,张焕青偷偷地打量了一番。黄可望要比自己想象中要老相许多,说话很快,就像有人跟他抢一样。后来在工作中,张焕青才慢慢理解了这种"快"背后的逻辑。黄师兄是被时代耽误的一代人,他们就是在睡梦中想的也是与时间赛跑,把丢失的时光找回来,真真是"多少事,从来急;天地转,光阴迫。一万年太久，只争朝夕。"

董双桥年长几岁，虽然学历比张焕青低，是个中专生，但张焕青对董双桥无论是情商还是智商都服气得很。董双桥名字中的"双"字，他在手机上怎么也拼不出来，气得想把手机砸了的心都有。硬的不行，董双桥就曲线救国，在手机上先输入一个"单"字的拼音，再根据字节联想找到"双"。张焕青纳闷儿为何"双"字拼不出来，仔细一问才知道，董双桥在手机上拼的是"xuang"！"我的个乖乖，"张焕青在心里念叨，"这样能拼出'双'字才是活见鬼呢！"还有一次，董双桥去韩国，同行的人在商店购物，中式英语碰上韩式英语，双方叽里咕噜大半天，也没弄明白彼此的意思。还是董双桥，他一把拿过售货员柜台上的计算机，输入一个：0.5。对方秒懂了董双桥的意思，迅速将计算机归零，输入0.8，董双桥再次输入0.6，对方又拉锯0.7……最终，买卖双方各取所需，一个买到了心仪的商品，一个赚得盆满钵满。真聪明啊！不服都不行。

张焕青与董双桥一前一后拜师学艺，两人都师从俞善纪，一位继电保护专家，高级工程师，他在湖北省超高压输变电局建局初期从湖北省电力公司调度中心继电保护科调到超高压输变电局继电保护自动化科，担任主任工程师。除了俞师父，张、董二人的老班长曾宪国也是他们的授业恩师。曾班长是建局初期从武汉供电局调过来的。两位师父，前者是理论深厚的学者，后一位是动手能力强的实践派。这样的师父带出来的徒弟，绝非池中之物。

常言道：教会徒弟饿死师父。但张焕青不这样想，他坚信一个成熟的师父应该拥有自信。在这一点，董双桥与张焕青不谋而合。老班长退休之后，董双桥接任了班长，张焕青给他当副手。他们两个合力做了一件事——改变以往师带徒的模式。

韩愈《师说》有云："孔子曰：三人行，则必有我师。是故弟子不必不如师，师不必贤于弟子，闻道有先后，术业有专攻，如是而已。"

以往都是只要师父在一天，徒弟永无出头之日。张焕青和董双桥能够带徒弟之后，他们对徒弟的要求就是三年必须出师，到时候，海阔凭鱼跃，天高任鸟飞。徒弟有多大本领尽管使出来，能往上、往外输出人才时也是不遗余力地推荐。变电中心曾经有一个叫魏威的小伙子，与写《谁是最可爱的人》的作家魏巍谐音。魏威原本在华中电网公司动静所工作，后来考上了华中科技大学的脱产研究生。毕业之后，入职湖北超高压输变电公司，被分配到变电修试继电保护班。张焕青跟魏威开玩笑说他这是从天上掉到了地上。对于这样的高学历人才，张焕青建议要打破常规使用。仅一年，魏威就成了工作负责人，后来被湖北省电力公司慧眼识珠调走了。桃李不言，下自成蹊。良性循环一旦形成，变电修试的人才梯队结构非常优化，人才一茬接着一茬，生机勃勃，绵延不绝。

2003年，张焕青告别老友董双桥，调到湖北省超高压输变电局的生产技术部担任主任工程师兼二次专责，他在这个部门深耕了7年的时间。这7年，恰好是三峡工程电力外送的关键时期，张焕青作为公司生产技术团队中的一员，参与、组织完成了这项重大工作。

2003年7月10日，长江三峡工程第一台发电机组——装机容量70万千瓦的2号机组提前20天实现并网发电。8月18日，三峡工程第3台投产的发电机组——3号机组正式并网发电。11月22日，长江三峡工程第1号机组正式并网发电并投入商业运行。至此，三峡工程首批发电的6台机组全部投产。三峡工程创造了一年内装机420万千瓦、连续投产6台70万千瓦的水电安装和投产世界纪录，成为世界最稳定的大容量清洁能源供应点。三峡工程的经济效益主要体现在发电上，作为中国西电东送工程中线的巨型电源点，三峡所发的电集中于当时华中电网的湖北省、河南省、湖南省、江西省、四川省和重庆市，华东电网的上海市、江苏省、浙江省、安徽省，以及南方电网的广东省，可以说，三峡工程在缓解电力供应紧张的同时，为节能减排做出了巨大贡献。

在最初的建设规划框架里，三峡电力主要通过3条500千伏线路外送到全国各地：向东经湖北宜昌县龙泉至江苏扬州上华东电网；向北经湖北荆门、河南南阳接入华北电网；向南经荆门、武汉、湖南株洲上华南电网。随着电网的发展，最终形成了±500千伏葛南、龙政、宜华、林枫和江城5条直流输电的三峡电力外送通道。三峡电力外送工程湖北境内所有输变电设备均委托湖北超高压输变电公司运维管理。

无论是担任生产技术专责，还是生产技术部副主任、主任，7年里，张焕青一直奔波在武汉与宜昌之间，为500千伏变电站和500千伏交直流线路的运维检修及生产准备忙碌着，一刻不得闲。"三峡出线完善化工程""三峡出线防冰改造专项工程""三峡出线防雷改造专项工作"……这几项工程，无一例外都是投入资金量大、施工难度大、施工周期长。只要事关三峡外送线路的专项重点工程，从工程前期立项、设计方案论证、施工方案审定、现场施工组织以及完成后的效果评估，总也少不了张焕青的身影。有人问他累不累，张焕青当面一定会顶回去：老子不累！

一个人的时候，张焕青会伸伸胳膊、摇摇腿，不累是假的，都是吃五谷杂粮的凡夫俗子，又不是钢铁侠，哪能不累呢！但是他知道：累也是值得的！

茶是老的香

金绍林端起茶壶，我以为他要给我倒一杯茶，忙微微欠了欠身以示谢意，孰料他对准壶嘴就咕咚咕咚喝了起来，转眼之间，一壶葡萄酒色的酽茶就下了肚，他还很响亮地吧嗒了一下嘴，算是回了个味儿。接着，他把茶壶蓄满水，放置一旁，等待茶汤再次浓郁香醇；之后，又往烟灰缸里倒了一点水，不失礼貌地征询我的意见："我可以抽烟吧！"

采访金绍林是在武汉的盛夏。7月的武汉，正是暑气正盛的时候。金绍林浓眉大眼，尤其是两道黑森林一样的眉毛，列兵似的威风凛凛地为眼睛站岗，稍微皱一下眉，便活脱脱是尊不怒自威的金刚。办公室里开着空调，也开着窗户。金绍林说那样能使室内形成一个微正压环境，对身体有益。说着，他还用手比画了一个空气流动的动态示意图，从那里到这里再到那里，让我瞬间忆起高中地理课上不苟言笑的老师板书的大气洋流示意图，顿觉头皮一紧。1961年9月出生的金绍林，还有两个月就要办理退休手续了。他既没有即将告别职场的失落，也没有即将投入新生活的期待与雀跃。

金绍林比尹正来小4岁，但他们是湖北省电力学校发配电及电力系统专业的同班同学，都是1977年恢复高考第一年金榜题名的幸运儿。金绍林的高中同届同学中只有3个人鲤鱼跃了龙门，分别考取了华中农业大学、武汉卫生学校和湖北省电力学校。1980年，金绍林与尹正来一起毕业，一起被分配到武汉超高压工区，从同学变成了同事。其实最初分配单位的时候，金绍林暗中去找过班主任，热切地表达了自己想去葛洲坝水电站工作的人生梦想。那个时候，学生的分配去向已经大致确定。在班主任苦口婆心的劝说下，金绍林放弃了最初的想法，服从了就业分配。这个时候，金绍林与尹正来两个人的人生轨迹在短暂的交汇之后又重新分离。金绍林主动申请去了有"中华第一站"美誉的凤凰山变电站，尹正来则从事了输电线路的运行维护。

对于凤凰山变电站的感情，金绍林是炽热而持久的，那是一种融在血液里，镶嵌在生命肌理中，全然无法剥离的大爱。彼时的凤凰山变电站还是一片建设中的工地。金绍林与变电站的同事住在工地一侧的活动板房里，施工单位则比他们更加艰苦，住的是简易的草棚子。

"有一天晚上，我的一个同事觉得自己的枕头老是动，顺手一摸，又凉又滑，同事觉得不对劲，一掀枕头，结果你猜怎么着？"

"难道会是……"

对于那个浑身斑点与花纹的长腰动物，连说出它的名字对我而言都是困难的。第一次阅读作家周晓枫的散文《斑纹》时，同样是一个暑气繁盛的夏日，当读到"著名的长腰，为了标明逶迤的长度。它省略四肢，只生出用以装饰的头与尾。这是最简约的设计，几乎躯体的每一部分都相仿。无论静止还是游动，斑纹加重了观察者的视觉混乱。密布全身的鳞片组成斑斓的图案，一条蛇，夸耀用心险恶的美。"我遍体生寒，眼睁着鸡皮疙瘩雨后春笋般隆起在一根根细软的汗毛根部。在我认识的所有人当中，没有一个敢大放厥词说自己不怕蛇。

"对，一条蛇！还是一条三角头的毒蛇。幸亏发现及时，没有咬伤人。"金绍林的眼神飘忽，历经世事变幻的人大都会有这个特质，思绪会在很大的时间或空间范围内来回切换。记忆力好的人会思路清晰、逻辑分明，往事历历在目；反之则会记忆混乱、变形，甚至会修改记忆。金绍林觉得自己是前者。

一座变电站的建设,作为乙方不能只在最后交付的关头才介入其中,而是要在施工单位整个建设过程中分阶段进行验收。从最初的凤凰山变电站、双河变电站开始,每一座变电站的建成投运,概莫如是。除了参与分阶段验收之外,金绍林还要跟着班长和有经验的师傅们学习,消化吸收国外设备的操作技术,按照说明书来编写操作规程。在金绍林的理解里,变电站的运行维护本质上是应用。这就要尽可能地了解、熟悉变电站里所有设备的性能。那些冷冰冰、不会说话的机器,"愤怒"了会报警,红灯闪烁;稍有不适也会黄灯示警,嘀嘀嘀,响个没完没了。只有摸透了它们的秉性,知道了它们的习性,它们才会乖乖的,圆睁着绿莹莹翡翠一般的眼睛,不哭不闹,岁月静好。

凤凰山变电站用的全部是进口设备。变电设备、继电保护和通信设备分别从日本、法国、瑞典、挪威等多个国家择优引进,在当时居于世界先进水平。这些进口设备的性能非常好,不生锈、密封性高,尤其是日本的主变压器,但如何把这些"金贵"的洋设备维护好,成了最大的难题。最大的一个拦路虎就是纯英文的说明书、图纸以及设备的显示界面,就连监控系统的报警信号显示也都是英文指令。

第一批进入凤凰山变电站的年轻人大多是电力中专、电业技校的毕业生,老一辈则是建国后的大学生,他们都有一个共同的特点——英语基础薄弱。但这不能用来当作借口与理由。事实上,他们也没有。他们买来英文词典,逐字逐句地翻译,再对照设备理解、消化。每天,在完成日常巡检后,拿着图纸和英文词典研究业务就成了变电站所有工作人员的常态。消化吸收"洋技术"的常态持续了10年之久。

在凤凰山变电站工作了几年之后,金绍林又调到双河变电站工作了一段时间,在20世纪90年代初回到了武汉,在湖北省超高压输变电局机关从事调度工作。

1997年之后,三峡电力外送工程施工大规模展开,荆楚大地上的超高压变电站和换流站逐渐多了起来。新建变电站的国产化程度日益增加，老的变电站随着改、扩建与设备的维护维修，部分进口设备业已替换为国产设备。进口设备与国产设备的兼容问题日渐突出，矛盾的问题最集中的就是最初的两座投入运行的凤凰山变电站与双河变电站。尤其是凤凰山变电站，从1983年4月开始先后扩建了13次，每一次的扩建都会带来新的问题，简直是一波未平一波又起。

是继续被动采取打补丁的维修方式还是主动进行技术革新？这个问题非常现实地摆在了国网湖北省电力有限公司检修公司面前。前一种选择呢，投入小，但投入精力大，潜在安全隐患无法评估与预判；后一种选择，虽然一次性投入大，但胜在一劳永逸，可以解决变电站目前存在的大部分问题，当然也会造成一定程度上的资源浪费。在国网湖北省电力有限公司检修公司，主张前者的被称为大修派，支持后者的被命名为技改派，双方各执一词，进行了全面、充分、科学的论证。在这个问题上，金绍林观点明确，意志坚定地站在了大修派的行列当中。两个观点交互碰撞了好久，直到2018年才尘埃落定。

2018年6月26日，凤凰山变电站相关设备实施拆除，执行"原址重建"的改造方案，采取边运维、边拆除、边改建的工作模式进行改造升级。这种模式目前在全国尚属首次。曾经代表了当时国内超高压输变电领域最高技术水平，中国电力发展史上的里程碑"中华第一站"凤凰山变电站进入了浴火的涅槃期。

即便已经是板上钉钉的事实了，金绍林依然不改变自己的想法，依然会在各种场合执着地说出自己的想法。只管倾吐胸臆，不管是否合乎时宜。

茶壶里的茶汤颜色又浓了。金绍林一边有滋有味地喝着茶一边跟我闲聊。金绍林说自己这辈子无愧于自己的职业，从没干过一件让自己觉得亏心的事情。从1980年入职到现在，一辈子都奉献给了检修公司，虽然也担任行政职务，但是从未远离过技术，即便在管理岗上，研究的也是技术的应用。说到技术，金绍林两眼放光拍着胸脯说："我最佩服的人是我自己！"自我肯定一番之后，金绍林也承认了一个不争的事实。其实他是一个被好运眷顾的人，就像他的好运爆棚的同学尹正来一样，命中注定职业选择，而这个命定的职业又恰好契合了时代的节拍。最近这段时间，金绍林经常会跟同学和老友讨论一个话题：电力行业的时代红利还会持续多久？就在我以为他要长篇大论一番时，他却摆摆手说自己考虑得并不十分成熟，不说也罢。

采访临近结束，金绍林又端起茶壶大口喝干了他的茶水。什么茶那么好喝？到底是什么神仙滋味让老金非得独乐乐而绝口不提众乐乐？心里的疑窦不解，犹如猫爪挠心，忍不住问了一句："金老师，您喝的什么茶？"

"老茶！"

"什么老茶？"

"老茶就是老茶嘛！"

唉！老金同志到底也没告诉我，他到底喝的是什么茶。是为此番武汉之行一大憾事。记之。

山高人为峰

人是一个奇怪的生物，到了一定的年纪，就会时不时忆当年。这不，贺峰偶然在翻看以前的工作日志时，发现了这个名单：刘季尧、贺峰、洪武、陈方立、阮方来、张志强、山智涛、吴剑涛、余皓、魏晓辉、陈雪松、李琳、罗刚、殷明礼、阳华、鲁慈荫、杨兵武。

一个个熟悉的名字，一张张熟悉的面孔，一下子把贺峰的记忆拽到了多年前那个盛夏的7月。

500千伏变电站运行初期，湖北省电力局的要求是定期检修逐年开展，超高压局自己制定了变电设备检修制度，要求变电修试工区按照一年一次的周期，对所辖变电站各电压等级变电设备开展定期检修维护。

凤凰山变电站、双河变电站清一色的进口设备，如高压断路器是法国的，主变压器是日本、法国的，电抗器是瑞典的。其中，高压断路器可以根据电力系统运行的需要，将部分或全部电气设备，以及部分或全部线路投入或退出运行。当电力系统某一部分发生故障时，它和保护装置、自动装置相配合，将该故障部分从系统中迅速切除，减少停电范围，防止事故扩大，保护系统中各类电气设备不受损坏，保障系统无故障安全运行。高压断路器不仅能可靠地开断空载电流和负荷电流，而且能可靠地开断短路电流。

凤凰山变电站、双河变电站的法国高压断路器号称25年无须检修。

最初，贺峰和大多数人一样，也都对外国设备的性能深信不疑。

然而，事与愿违，运行两年之后，高压断路器的性能指标就开始变得不稳定了，频繁出现漏气现象。只得请法国专家漂洋过海来维修。专家一到，螺丝刀一拧，打开电抗器，三下五除二就把故障排除了。专家一走，没过多久，设备故态复萌，又出问题了！几次三番之后，检修成本可就上去了，一个洋修理工一天的工资比贺峰一个月的工资还要高。有时候，洋专家也不那么好邀请，遇上西方的重大节日，诸如圣诞节什么的，人家就直接把工作推掉，享受生活。他们的日常里没有"加班加点"这4个字。痛定思痛，变电修试不能老是被人卡着脖子，法国人能修的，我们就修不了？

彼时，河南平顶山高压开关厂已经跟法国公司达成了部分技术转让协议，它们引进了法国高压断路器的生产技术。有平顶山高压开关厂的技术做后盾，湖北省电力局觉得是时候对高压断路器进行自主检修。当任务层层下达至贺峰的班组时，贺峰也没觉得特别有压力，几年的检修经历让贺峰对自己的技术与能力充满了信心。

要想解体高压断路器，首先要建设无尘车间，地点定在了凤凰山变电站。解体试验由刘季尧与贺峰牵头，贺峰的班组成员洪武、陈方立、阮方来、张志强、山智涛、吴剑涛、余皓、魏晓辉、陈雪松、李琳、罗刚、殷明礼、阳华、鲁慈荫、杨兵武全部参加。作为班长的贺峰选定了动手能力最强的洪武负责动手解体。

"慢一点！"

"稳住！"

"小心一点！"

……

真正打开之后，高压断路器内部的构造与贺峰设想的一模一样，与国产高压断路器的不同在于材料和做工，做工精密程度让人叹为观止。

1995年7月6日，法国梅兰日兰公司（Merlin Gerin）技术部总工程师亨利到凤凰山变电站参观，并同超高压局有关技术人员进行了座谈。贺峰把高压断路器解体的照片给亨利看，亨利非常震惊中国的修试人员能够在没有图纸的情况下解体高压断路器。亨利让贺峰把那台高压断路器的型号、编码告诉他，这样他们就可以按图索骥去溯源，不但可以直接找到装配这台断路器的流水线，还可以精确到是谁安装了哪一个零部件。国外厂商对产品的精细化管理让贺峰深深折服。"精细化管理"这个概念后来被国内大中小企业屡屡提及，但早在20世纪80年代，欧美发达国家的企业已经在践行了。当时，发展中国家与发达国家的差距，尤其是在科技、工业领域，一目了然。

法国高压断路器解体检修，提振了修试工区的士气。紧随其后，他们针对SF6断路器含水量超标问题开展了设备大修，再次大获全胜。不仅如此，他们撰写的《运行中SF6断路器含水量过高的原因分析及其处理方法的研究》获湖北省电力公司科技进步一等奖。

变压器是变电站的核心，做好变压器的运行维护，对保证电网的安全稳定运行有重大意义。于是，变电修试工区乘胜追击，一路高歌猛进，他们集合最精锐的力量，开展了双河变电站、凤凰山变电站500千伏进口主变压器的现场解体大修。

凤凰山变电站的一台日立主变压器停止运转，静静地等待解体。这一次，湖北省超高压输变电局修试工区组建了一支30人的队伍来执行这次检修任务。变压器检修的难点：一是水分控制，其次就是检修工艺的精细化。套管和附件的拆装，以及本体的内检，都要加倍地小心才能确保安全无虞。修试工区自主研发了干燥空气发生器，对变压器内的水分进行精准控制。每天晚上收工前都要对变压器内部充上干燥的空气。

在对主变压器进行解体检修之前，修试人员曾经为变压器更换过密封件和变压器油。凤凰山变电站#2主变压器A相密封件全部进行了更换；对乌克兰扎布罗什变压器厂生产的变压器进行了改造性大修，不仅更换了全部密封件，还对密封结构进行了改造。贺峰他们不是蛮干，而是一点点地有方法、有计划、分步骤地推进。一切行动听指挥，他们有着详细精确的操作规程。

变压器检修之前，必须先把内部的变压器油悉数抽出。500千伏的主变压器内有将近50吨的变压器油，这些油会通过一个过滤器流进一旁的储油罐中，待到变压器检修完毕后再进行回注。检修人员身穿防静电的棉质衣服，外面套上雨衣，全部武装地从"人孔门"进入变压器内部。进入之前，所携带的工具、棉布条都要一一进行编号，严防遗漏在变压器内部。"人孔门"直径在50厘米左右，通常是脚先进去，然后慢慢地整个身体再进入。

同事戚庆伟个子不高，加上人比较瘦，这样的身材适合进入变压器内部进行检修。变压器油有很强的腐蚀性，一旦踩到，如果不及时处理，时间一长，鞋子就会变形，变成一只两头翘起来的船鞋。变压器内部空间狭小，即便身形瘦小，有时候也会在一些转弯处被卡住，这时，只能一点点地挤过去。好几次，戚庆伟从变压器内部出来，贺峰都发现他的前胸、后背处有不同程度的擦伤。

变压器油有一种特殊的气味，极具刺激性。夏天温度又高，变压器内部的气味会更加难闻。为了防止意外，变压器外面的人要不停地同变压器内部的检修人员讲话，如果里面的人不回答，就要立刻采取措施。让贺峰引以为豪的是，无论是他亲自上阵还是组织实施的所有大型检修，都没有出现过人身意外事故，也没有因为人为因素导致设备受损。

1962年出生的贺峰已经到了退休的年纪，他总是遗憾自己年轻的时候读书读少了。于是，他对儿子读书的要求就比较严格，后来儿子如愿考上大学，贺峰的缺憾也在某种程度上得到了些许弥补。退休后的生活，被贺峰安排得满满当当。每天要喝一壶茶，茶有千种，不惟名不惟贵，适口就好。每天要读书1小时，贺峰的兴趣点在历史，《世说新语》《中国通史》《万历十五年》《明朝那些事儿》……阅读历史时，与古人对话，与昨天的自己对话，与旧时光对话，贺峰觉得眼前豁然开朗，世界都比先前明亮了几分。

通常，饲养宠物猫狗的人对动物施恩，动物会以情回报。这是一种双向的情感互动。养动物的人，说到底是对世界心存期许的人，付出了，自然就希冀回报。但还有一类人，恬淡虚无、精神内守，他们往往会选择靠近植物。植物不言不语，不会回馈人类表情、声音。本质上来说，植物是养护人内心的投射，是一面镜子。倘若钟情植物的人，实现了内心的逻辑自洽，就不再对世界有更虚妄的期待。贺峰就是如此之人。

除了茶与史书，贺峰还要每天侍弄盆景1小时，"翠崖红栈郁参差，小盆初程景最奇"。一花一世界，盆景亦然。无论山水盆景还是树桩盆景，独具中国传统艺术造型的盆景自有其独特的魅力与意境。假山、顽石、小桥、流水、枯枝、嫩芽、青草、苔藓……贺峰还采买了几个泥塑的人偶，小小的，造型各异。他不时将其摆放在山水盆景之中，对弈的、饮茶的、垂钓的，渔樵耕读，各美其美。山脚下、行路中，抑或山顶处。

此中有真意，欲辨已忘言。贺峰沉醉其中，陶然忘机。

异姓兄弟·上

长篇评书《杨家将》里两个人物，他们每次都是同时出场，他们就是"孟不离焦、焦不离孟"的孟良与焦赞。在国网湖北省超高压输变电检修中心，也有两个人是被习惯性地放在一起的——闫旭东与汤正汉。

1962年出生的闫旭东比汤正汉大一岁，他长得高大威猛，宽宽的脸膛儿，肤色深黑，笑起来敦厚有加。虽说在武汉生活了大半辈子，依然操着一口浓重的黄冈罗田腔。不相熟的人听起来会相当费劲。汤正汉个子也不矮，偏瘦弱，骨感一些，有着一张怎么也晒不黑的脸。汤正汉虽然有武汉口音，但是当他把语速降下来时，让大多数人听得懂是没有问题的。尤其是"汤正汉劳模工作室"挂牌之后，来参观学习的人摩肩接踵，一番磨砺之后，汤正汉的普通话虽然达不到《普通话水平测试大纲》的一级标准，三级甲等水平应该还是有的。

汤正汉和闫旭东都是技校生，汤正汉上的是湖北电力电业技校，而闫旭东则是在老家读的黄冈电业技校。毕业的时候，两个人一起被分配到武汉供电局超高压工区从事线路维护。1981年11月，汤正汉到单位报到。闫旭东比汤正汉晚报到一个月。在老家等待工作分配的日子里，闫旭东帮着母亲下地干活挣工分。有身有力的闫旭东甩开膀子干起农活来是一把好手，天天都能挣满工分，把母亲哄得眉开眼笑。

闫旭东的报到通知来了。母亲一边流泪一边给儿子收拾行李，武汉离黄冈不远，但儿子这一去上班就是国家的人了，有单位管着就不能随随便便回家，也不能再像以前一样天天在家里"绕膝承欢"了。母亲的心总是矛盾的，一边希望儿子能有出息走四方，一边又"自私"地想永远把孩子护佑在自己的翅膀之下，或者是目力所及之处。

汤正汉的背后也站着一位为儿子操碎了心的母亲。汤正汉是双生子，他还有个一母同胞的哥哥。哥哥身体素质特别好，吃嘛嘛香，身体倍儿棒。哥哥学习也比汤正汉要好一些，考上了中专，毕业分配去了武汉国棉三厂。就是运气差一些，后来下岗了。汤正汉先天体质弱，是个慢性支气管炎患者，童年的记忆里不是打针就是吃药。母亲说汤正汉从小就很懂事，打针的时候不哭也不闹，有时候鼓了针，手背又青又紫肿得老高，疼得龇牙咧嘴也不哭出声来。屁股上针眼多得像纳的鞋底子，打的针多了，吸收不好，原本应该松软的臀大肌按上去都是硬邦邦的。汤正汉学习成绩比哥哥差的原因就在于上学的时候老是生病，三天两头去医院，前面落下的功课还没补全呢就又住院了，集腋成裘，影响到了学习成绩，最后只考了个技校。刚上班的时候，汤正汉体重刚刚100斤出头。1983年，20岁的汤正汉咳痰带血，可把一家人吓坏了。姑妈那年恰好得了肺结核，汤正汉跟姑妈素来亲厚，家人担心他被传染。去医院检查，做了结核菌素试验，结果是阴性。但肺部X光片有阴影，医生怀疑是肺癌，做了切片检查。在等待结果的3天里，汤正汉没睡过一个好觉，直到等来了不是坏消息的消息，原来那片阴影是双肺支气管扩张导致的。一家人这才松了一口气。汤正汉的身体依然不太好，累了、休息不好都会犯病，一犯病就发烧还咳黄绿色的浓痰，光靠吃药退不了烧也止不了咳，每次都得打针。短时一个月，最长挨不过三个月。试过民间偏方，也吃过贵得吓人的保健品，都无济于事。看了中医看西医，中医让他扶正气，西医让他增强免疫力。思来想去，只有运动锻炼这一条路。只要有时间，汤正汉就游泳健身。偶尔有懈怠，想偷偷懒，母亲便对他当头棒喝，督促他坚持下去。

不是同一位，但她们对儿子的爱却是相同的。

辞别母亲的闫旭东从黄冈坐车一路颠簸到了武汉，参加了半个月的培训之后就去了500千伏超高压输电线葛武线的施工现场。那个时候的闫旭东并不知道自己是华中跨省大电网的建设者与见证者。他参与了历史，且书写了历史。

华中跨省大电网最初是为适应武汉钢铁厂"一米七"轧机冲击负荷的需要，1979年开始建设了平武（平顶山至武昌）输变电工程，1981年12月建成投产。继平武线后，1981年11月，500千伏超高压输电线葛武线（葛洲坝水电厂至凤凰山变电站）开工建设，1983年4月建成，最初先以220千伏运行。1982年12月又建成500千伏葛双线（葛洲坝至双河），初步建成了华中500千伏超高压输变电骨干网架。1983年2月，江西省通过湖北省黄石下陆至江西柘林220千伏线路与鄂豫电网联网。1983年3月，河南、湖北两省电网以500千伏联结。1984年1月，湖南电网通过湖北武昌凤凰山至湖南长沙巴陵的220千伏线路并入华中电网。至此，形成了华中鄂、豫、赣、湘四省电力联网，华中电网成为国内跨省大电网之一。全网装机容量超过1000万千瓦。湖北省电网以葛洲坝、丹江、青山等大型水、火电厂及500千伏超高压网架而成为华中电网的核心。武汉市则以500千伏凤凰山变电站及武汉220千伏高压电网而成为华中电网最大的供电枢纽和用电负荷中心。

彼时的葛武工程建设现场，施工单位来自河南。闫旭东到的时候，工程刚开工一个多月，很多事情都没有理顺。他跟着老师傅在工地上转悠，需要他的地方他都会搭一把手。他不仅手脚麻利，干活还很有眼力见儿，大家都很喜欢这个年轻的小闫师傅。元旦过后，春节临近，天气越来越冷。因为要赶工期，工地上贴出了"春节不放假"的公告。得知消息的工友们只是叹了一口气，就继续工作去了。转眼就到了年根底下，闫旭东突然病了。还是急病！

躺在简陋的宿舍里，闫旭东发起了高烧，浑身上下没有一处不疼，胸闷得像被人捂住了口鼻无法呼吸，他一上午吐了好几遍。因为高烧，双颊泛起不正常的酡红，眼睛也充血，红彤彤的像得了红眼病。一个见多识广的老师傅曾经见过出血热的病号，觉得跟闫旭东的症状差不多。要真是出血热，那可是能要人命的传染病，不仅闫旭东性命堪忧，万一再传染给其他人那就更不得了了！施工单位赶紧找来一台车，把闫旭东送到了武汉市传染病医院。第二天就是大年三十，闫旭东就在医院里一个人孤孤单单地过了个春节。在医院，闫旭东做了全面检查后被排除了出血热，医生说他只是太累了，就是一般的急性重感冒。闫旭东在医院踏踏实实地大睡了两天，大年初二早上就出院了。他先去了趟五里墩的集体宿舍，拿了几件换洗的衣服，就坐车返回了葛武工程现场。

闫旭东住院的消息，施工单位当天就打电话告诉了湖北省电力工业局超高压输变电局。春节期间，人手比较紧张，单位领导一时之间也没顾上去医院看望闫旭东。大年初二，局领导带着慰问品赶到医院时，闫旭东已经出院了。大家寻思着他应该会回单位，赶紧掉转车头往回走，等回到单位一问，门卫说小闫背着行李去工地了。等局领导马不停蹄地赶到工地时，闫旭东已经在工地上满头大汗地干起活来了。

1982年4月16日，超高压局在华工高压试验室成功进行了模拟线路的500千伏带电作业试验。作为带电班副班长的闫旭东也在现场参与了试验。虽然后来的《大事纪要》上记载的是李祥林进行了首次带电试验，但闫旭东清楚地记得第一个进入试验区体验的是当时武汉线路工区的副主任付新臣。

"5月22日，在500千伏双凤线上，超高压局首次成功地进行了等电位带电作业，开创了全国500千伏带电作业的先河。武汉线路工区段泊同志带电检查了间隔棒松动情况，省电力局副总工程师郭际康同志观看了这次带电作业。"这段文字是《大事纪要》中的记载。而在《湖北超高压输变电公司志》（1982—2006）中，关于等电位带电作业的记载则是"1982年4月20日，超高压局组织有关技术人员及武汉工区带电班作业人员，身着长沙500-Ⅰ型屏蔽服，应用吊篮垂直进入电位法，顺利地闯入了500千伏双凤线强电场，并在等电位状态下进行了导线间隔棒和金具的检修，成功地进行了全国首次500千伏超高压输电线路的带电作业，得到了现场参加指导的华中电网局、湖北省局各位领导和技术专家的高度评价"。

这两则历史记录，无论哪一条都与闫旭东的记忆不相符。在《大事纪要》中记录的试验人员是段泊，但实际上当天真正上场操作的人是闫旭东。之所以会出现段泊的名字，是因为最初制定的方案是段泊，但在现场真正操作的时候才临时决定由闫旭东进行操作。而《湖北超高压输变电公司志》则把等电位带电试验的时间提前了一个月。很多历史资料的整理与记录者，要么只查看文件资料，不做调查；要么在做调查时覆盖面过窄，没有做到广泛听取多方声音，所以才会导致收集到的资料中存在偏差或谬误。

这种偏差不仅仅在文字资料里，也在闫旭东和汤正汉各自的记忆里。汤正汉记得自己是1992年加入的带电班，而闫旭东却记得汤正汉是1991年的3月到的带电班。为了这个时间，两个人没少掰扯，反正不是闫旭东记忆变形，就是汤正汉记忆混乱。从各自记忆里的时间节点开始，闫旭东与汤正汉就成了现代版的"孟良与焦赞"，提及这个，就不能少了那一个。两个性格迥异的人，开始长达数十年的合作。从那个时候起，湖北省超高压输变电局武汉分局带电作业领域就进入了"汤闫时代"。排名不分先后。

汤正汉性格外向一些，热爱表达，凡事喜欢争个理儿。有理走遍天下！他不抽烟，偶尔喝一点小酒，喜欢打麻将却不敢长时间地玩，麻将桌上的人喜欢吞云吐雾地抽烟，汤正汉惧怕自己本就虚弱的肺受不了二手烟的戕害。工作中的汤正汉一直是凭良心做事，无论在地面还是在高空，有人、无人监管时都是一个干法。超高压输电线路最怕污闪事故，所以需要定期对绝缘子进行清扫，以保障线路的稳定运行。在离地面几十米的高空擦拭绝缘子，是草草应付了事，还是认认真真地把每一片绝缘子擦得干干净净，是对人性的考验。

有道是，十个手指头还不一样长呢。有汤正汉这种严于律己的，当然也有那种经常对自己放松要求的。有一次，在完成清扫绝缘子任务后，一位老师傅突击检查，发现只有汤正汉负责的区域，每一片绝缘子都干净如新。工作多年来，汤正汉唯一一次被通报批评是因为清理高压线上的鸟巢。那天，汤正汉已经上了塔，鸟巢就在他的眼皮子底下。大鸟外出了，三只雏鸟叽叽喳喳等待着外出觅食的妈妈回家。它们没等来妈妈，在家门前却迎来了汤正汉这个陌生的拆迁者。雏鸟眼神惊惧，叫声撕心裂肺。汤正汉在那一瞬间犹豫了。后来他负责的区域内高压线上被查出有鸟巢，存在安全隐患，汤正汉不仅被通报批评还被罚款800元。之后在一次集中清理鸟巢行动中，汤正汉最高纪录一天爬了8次塔，一个又一个鸟巢在他的手中覆灭。那天收工之后，他喝了一点小酒。心里说不出的难受与不痛快，五味杂陈。

闫旭东性格内向一些，高兴的时候笑一笑，不高兴的时候也能笑一笑。他不怎么较真儿，计较来、计较去无非就是干活多少的问题，力气是一口井，心田是源头活水；活水不竭，力气不绝。离家多年，闫旭东也没忘记过母亲送他参加工作时在耳边叮嘱的那句"吃亏是福"。能干，是闫旭东的美德标签之一。

青藏交直流联网工程是国家西部大开发重点工程之一，建成投运后从根本上改善了西藏地区缺电的局面，彻底结束西藏电网孤网运行的历史。但试运行之后，柴拉直流线路先后发生了7次线路故障，其中5次都未能及时找到故障点。2012年1月17日，国家电网通知湖北公司派人前往支援。当天下午5点，闫旭东接到了出发的命令，让他即刻前往湖北天河机场，乘坐当晚的飞机赶往成都。国家电网总部生产技术部张国威处长、直流建设部李鹏及中国电科院专业人员从北京飞成都。大家在成都集合之后一起进藏。那是闫旭东第一次进藏，从成都到拉萨，再到那曲，倒没有出现想象中的高原反应。住在那曲大酒店的那个晚上，闫旭东睡得不踏实。房间里很冷，空调怎么吹也不管事。晚上9点躺下睡觉，一觉醒来才12点。头有点疼，裹好被子继续睡，睡眠很浅，半梦半醒。

西藏的线路人员不具备带电登塔的资格，闫旭东便成了本次特巡当仁不让的主角。他带领巡视人员将线路故障的故障点逐一找到，并一一核实。从现场巡视情况及故障当天的天气情况来看，排除了线路遭雷击、冰闪、污闪、风偏等引起故障的可能。根据闫旭东的现场巡视情况，国家电网在那曲召开了技术分析会，确认了故障原因：3次为鸟粪闪络，3次（大鸟、细铁丝、麻绳各1次）为异物短路，1次为大雾闪络。任务完成，闫旭东即刻返回了武汉。来去匆匆的闫旭东，与西藏壮美的风景擦肩而过，心中难免遗憾。2016年，闫旭东带着家人故地重游，从武汉飞成都，川藏线进，青藏线出，再从西宁飞回武汉。他特意带着家人在自己曾经住过的那曲大酒店又住了一晚。这一次没有工作，心里没事，闫旭东在海拔4500米的高原上睡得又香又甜。

2012年，湖北省电力公司检修分公司建企三十周年评选30位功勋人物，输电检修中心的尹正来、汤正汉、向文祥三人上榜。

闫旭东内心也泛起过一丝涟漪，不过很快就风平浪静，雨过天晴。已经记不清楚是从什么时候开始，汤正汉与闫旭东经常会被人拿出来放在一起比较。说一点龃龉也没有，那是不可能的，但要说离心离德，那也是不可能的。汤正汉性格好，关键时刻拎得清，闫旭东生性豁达一些，除了在技术上钻牛角尖，生活中大多数时候都是一笑了之。这些年，两个人在一起共事的时间加起来都比跟各自的家人在一起的时间还要多得多。"打虎亲兄弟，上阵父子兵。"虽然不是亲兄弟，但是异姓兄弟有时候比亲兄弟还要亲。同事是比家人更亲厚的家人。这个道理，闫旭东懂，汤正汉更懂。

1962年出生的闫旭东马上就要办理退休手续了，他还是坚持参加每周一输电检修中心的例会，每天送完两个双胞胎孙子就准时到单位。他要坚持上到正式退休的那一天，上完最后一个班。闫旭东把自己唯一的儿子闫宇也带到了带电作业一线，带进了这个自己坚守了一辈子的行业。有人曾劝他不要让儿子从事带电作业，而闫旭东却坚持。如今，闫宇已经成了一名成熟的带电作业工，还当上了带电班的副班长。闫宇不仅选择与父亲做同样的工作，而且传承了父亲的精神。在2015年的国网技能比武大赛中，闫宇一路过关斩将，获得了一等奖。闫宇的短期目标是比肩自己的父亲，成为湖北省的"荆楚工匠"，远景目标是父亲的高徒、"全国劳模、最美职工"的胡洪炜。

汤正汉比闫旭东小一岁，晚退休一年，他还有机会与公司共同庆祝建企40周年。汤正汉不仅是公司的"三十年功勋人物"，还是湖北省劳动模范。2013年5月，国网湖北省电力有限公司检修公司输电检修中心"汤正汉劳模创新工作室"正式成立。2014年，工作室被中国能源化学工会授予"示范性劳模创新工作室"。2015年，被湖北省总工会授予"湖北省示范性职工（劳模）创新工作室"。2017年，工作室荣获国家电网公司劳模创新工作室示范点称号。2021年，被中能国研电力科学研究院（北京）授予"优秀带电作业创新工作室"。截至2021年，"汤正汉劳模创新工作室"累计共优化、研发科技成果43项，其中获得各级表彰62项、国家专利57项。

汤正汉从来都是清醒的，他知道：工作室虽然挂的是他的名字，但是他背后站的是一个团队，一个集体，是整个带电作业班。那一个个科技成果、一项项专利发明，凝聚的是输电检修中心所有人的心血与付出。有他汤正汉的奇思妙想，更有他那老伙计闫旭东的巧手技艺。不过在琳琅满目的数十项国家专利中，有一项"导线间隔棒扳手"是独属于汤正汉自己的，同时也是湖北检修公司的首个国家专利。

这几年，汤正汉的身子骨越发硬朗，虽然不能跟一向壮如牛的闫旭东相媲美，但相较于年轻时的自己，的确好了很多。他觉得这是自己懂得惜福、懂得爱惜身体的结果。健康就像银行，身体好的人往往就由着性子浪费，身体不好的人就会省着花，到头来那些乱消费的就耗光了元气，而懂得储蓄的人，健康银行里就有充足的资本去支付一个人的老年时光。

江山代有才人出，各领风骚数百年。数百年不敢奢望，也就数十年吧！"汤闫时代"就要谢幕了，但输电中心的兄弟传奇仍在继续，比如胡洪炜与他的好兄弟李明。

聚云篇

《捣练子·聚云》
云聚散，墨如渊。依依东望夕阳边。　草木一秋人一世，光阴似水待华年。

襄阳魏爷

艾智平站在幼儿园门口，看着像跟女儿从一个模子里刻出来的外孙，正歪着头，挥舞着小胖手，跟自己甜甜地说着"bye！bye！"他的心都要被暖化了。女儿这么大的时候自己正忙得脚不沾地，现在退休了，有时间了，能把这份亏欠补给女儿的孩子，很幸运的。

幼儿园门口送孩子的大多是老人。艾智平观察了一下，都是跟自己差不多的年纪。至少在这个时间段、这个幼儿园门口，送孩子的主力军不是年轻的父母。耳畔突然传来一个稚嫩的声音："魏爷再见！"

魏爷！艾智平转念一想，可不是嘛，自己不也是个送外孙的魏爷！

"魏爷"就是外公、姥爷的意思。这种称呼并不多见，主要集中在河南的南阳、洛阳以及湖北的襄阳一带。襄阳位于湖北省西北部，名称由"襄水之阳"而来。汉江穿城而过，襄阳和樊城两座历史上有名的古城隔江相望，这里是荆楚文化、汉水文化、三国文化的发源地之一。一部《三国演义》电视剧有32集都发生在襄阳，当时的襄阳为魏蜀吴三国争夺的中心区域荆州的治所。《射雕英雄传》中郭靖、黄蓉夫妇镇守襄阳的故事更是家喻户晓，襄阳是南方地区最重要的屏障，襄阳城丢失之后，南宋很快就会灭亡。襄阳与河南的南阳同处于南襄盆地，襄阳市的襄州区直接与河南接壤，一个城市的市区与外省接壤，放在全国也是不多见的。襄阳不仅方言与河南方言接近，饮食习惯、风俗上，也与河南更接近一些，所以襄阳的文化底蕴不是荆楚文化，而是更接近于中原文化。

"魏爷"的由来与三国曹魏有关。曹操挟天子以令诸侯，他把自己的女儿嫁给汉献帝当皇后，以便更好地操控皇帝。外孙、外孙女按传统应该叫曹操"外爷"，但慑于曹操的淫威，遂称呼其"魏爷"。久而久之，百姓也向皇家看齐，外公、姥爷就成了"魏爷"。

艾智平并不是襄阳人，他老家在随州，兄弟姐妹6个，小时候家里非常困难，别说吃好了，就连吃饱都是个问题。艾智平是兄弟姐妹里唯一一个靠读书改变命运的。1982年从湖北省电力建设技工学校毕业的艾智平赶上了好时机。

1982年1月，中国第一个500千伏超高压输变电工程平武工程（平顶山至武昌）双凤段正式投入运行。襄阳地区电力局线路工区高压工段负责双凤线1号至148号的运行维护，杆塔就有148基、线长55.7公里。1982年7月，湖北超高压输变电局襄樊线路工区正式成立，对外挂牌，开展工作。

当时的湖北超高压输变电局特别需要专业技术人员，它将户籍地是襄阳地区的且专业与电力相关的大中专、技校生"一网打尽"。艾智平与二十多个同学一起被分配到了襄樊线路工区。线路维护、检修、质检与带电作业，这些工作他都干过。因为从事过带电作业，艾智平跟武汉线路工区的闫旭东也非常熟悉。虽然荆门线路工区比襄樊线路工区早挂牌，但是真正开展工作却比襄樊工区晚一些。1984年荆门线路工区才正式接受任务，荆门工区的人员还曾经分成两部分，一部分去武汉工区帮忙，另一部分到襄樊工区学习。湖北超高压输变电局襄樊线路工区，是在1979年成立的襄阳地区电力局线路工区高压工段的基础上筹建而成的，既有老一辈的钟汉臣书记、吴基才主任和聂中常副主任，也有艾智平这样刚走出校门的学生，年龄结构呈现相对合理的梯次型。相对来说，当时的荆门工区大多以年轻人为主，在工作中出现了年轻队伍的红利期，但40年后的今天，整个队伍因年龄结构老化而导致的发展停滞，也不是一朝一夕就能调整与克服的。

1985年，艾智平承担了一项重要工作——在葛上线建设工程现场担任质检员。

葛上±500千伏直流输电线路是中国输变电建设的又一座里程碑，它从葛洲坝换流站出线，在宜昌沱盘溪跨越长江，沿着长江北岸向东走线，经当阳、江陵、荆门等县、市，在沙洋跨越汉水，又经天门、京山、应城、云梦、黄陂、孝感、新洲、黄冈、蕲春等县、市，接着进入安徽省的太湖、望江等大别山南麓地区，在安徽省东至县境内的吉阳再次跨越长江，沿贵池、宜城、泾县、南陵、广德，经浙江省的湖州、嘉兴地区（有7公里穿过江苏省境），沿上海市郊区规划路径，越金山，跨松江，过奉贤，直抵南桥换流站（逆变站），共经过湖北、安徽、浙江、江苏、上海等5省市的35个县市，线路总长1045公里，其中，湖北省境内长479.26公里。

那一年，艾智平随着施工队伍的进程而迁徙，施工队到哪里，他人就在哪里。一年只回过一次家。

与艾智平同时参加工作的，有华中工学院的大学生，也有电力学校的中专生，但那个年代不是一个唯学历论的年代，考量与评价干部的标准就是工作能力与表现。艾智平性子活泛，有号召力也有组织能力，工作起来既能身先士卒，又能带动一大批人，他很快就进入了组织视野。参加工作不到一年，艾智平就当上了维护班的副班长，后来又担任带电班的副班长、班长，生产技术主任，副主任，直到担任襄樊工区的主要领导。艾智平觉得自己的成长履历是有鲜明的时代特色，他是幸运的。

1986年，艾智平结婚。不久，妻子就有了身孕。艾智平照样每天出差，妻子性情温婉，把家里里外外都料理得井井有条。

1987年11月底的一天，独自在家的妻子突然大出血，被好心的邻居送去了医院。第二天一大早，单位派了一辆东风大卡车到钟祥市磷矿镇中山口维护站去接艾智平。天刚蒙蒙亮，司机就出发，到了钟祥接上蒙头蒙脑的艾智平，午饭都没吃就往回返。单位来电话的时候没说清楚，司机也不太了解情况，艾智平心急如焚，恨不得长出一双翅膀顷刻之间飞回襄阳。大家的含糊其词在艾智平看来是刻意的隐瞒，他设想了无数种可能，做了最坏的打算。想到可能与家人阴阳相隔，想到自己没见面的孩子，艾智平哭了一路。

在浓重的夜色中，艾智平赶到了襄阳第一人民医院。等待他的是好消息！妻子的出血止住了，腹中胎儿安好。他坐在妻子的病床前，哽咽得说不出一句话。

保胎一个月之后，12月29号，女儿艾珺迪出生。小猫一样虚弱，隔三岔五感冒发烧，一旦咳嗽起来就止不住，不打针，炎症消不下去。只要艾智平在家，都是他带女儿去医院打针。一针又一针，针打在女儿身上，疼在爸爸的心上。有时候，女儿被针扎哭了，哭得稀里哗啦，艾智平也是泪流满面。经常是孩子大声哭，大人小声哭。女儿5岁那年，夏秋换季的时候，艾智平担心女儿会秋咳，早早备下了秋梨膏。可往往就是担心什么来什么，越害怕的越会狭路相逢。果不其然，这一年，女儿的咳嗽来势汹汹，连打针带吃药住了整整三个月的医院，把孩子折腾得面黄肌瘦。一个来探望的亲戚说，襄州张家集镇有一个专治咳嗽的老中医，保管药到病除。

亲戚的话让艾智平燃起了希望，看着被咳嗽折磨的小心肝，艾智平给女儿办理了出院手续。第二天一早，艾智平就带着女儿去了张家集镇，按图索骥找到了老中医。老人家说他是有一个祖传偏方，是外敷的药，只治一种病——咽炎。如果对孩子的症，绝对药到病除；如果不对症，虽然不会彻底治好，但对孩子也没有什么伤害。

艾智平觉得来都来了，就放手一试吧！

老人家背起背篓，拿上锄头出了门。不大一会儿，就带着新鲜的草药回来了。老人现场制作了一帖药膏，给女儿敷在了咽喉部，叮嘱艾智平必须满12小时才能揭下。如果有效果,这个部位会起一个水疱,水疱绝对不能弄破,要让它自然吸收。如果不起水疱,那就表示这个偏方不对症。

12个小时之后,艾智平给女儿揭下膏药。女儿说她觉得咽喉处有点痒。只见一个亮晶晶的水疱赫然鼓了起来,且以肉眼可见的速度迅速膨胀着,直接拳头那么大。艾智平觉得瘦弱的女儿像一只大号的鹈鹕,脖子底下悬着一个大大的喉囊。老中医的叮嘱,艾智平一刻也不敢忘。他专门请了假,用纱布把女儿喉部的水疱吊起来。他担心女儿睡着了之后会把水疱弄破,晚上连觉也不敢睡,就坐在女儿床头,这样熬了三天三夜,小珺迪咽喉处的水疱又神奇地缩小了,最后只留下一个淡粉色的瘢痕。从此,女儿的咳嗽再也没有复发过。艾智平对女儿也不存任何望女成凤的念头,唯愿她一生快乐、顺遂。

女儿痊愈了,艾智平有更多的时间与精力投入工作中。平武线在钟祥市中山口跨越汉江,中山大跨越恰好地处江汉平原风口及雨凇带。初冬或冬末春初,液态雨滴落在树枝、电线或其他物体上时,会冻成一层外表光滑、晶莹剔透的冰层,这就是"雨凇",俗称"树挂",形成雨凇的雨被称为冻雨。冻雨是危害极大的灾害性天气,无论是对农业,还是通信、供电、交通,均有极大影响。1986年、1987年中山口相继出现多次线路覆冰舞动,每次都造成重大损失,危及电网的安全运行。

1987年,国家电力部成立了治理舞动攻关领导小组,由湖北超高压局具体负责开展防治舞动研究。1990年,电力部科技司以"重点科技项目"正式下达"防治中山口导线舞动"的科研任务。

湖北超高压输变电局襄樊线路工区在钟祥市磷矿镇设立了中山口汉江大跨越维护站,专门收集中山口跨越塔舞动数据,实时观察记录微气象变化。

彼时的艾智平还是人们口中的"小艾",他身手矫健,背负两个32

公斤的铅锤登塔作业，毫不吃力。"防治中山口导线舞动"项目一组组翔实的科研数据中，有艾智平的点滴汗水。

所谓"功成不必在我"，在一个集体中，每个人都要做出最大的贡献，但事业的成功未必就在我手中、在我任期、在我有生之年看到、实现。这是人生的崇高境界，只有一个人达到为事业而忘我、为"大我"而弃"小我"时，才能真正做到"功成不必在我"。"220—500kV输电线路导线舞动的试验研究和治理"获得1997年度国家科技进步一等奖。从第一次发生导线舞动事故到治理导线舞动试验获奖，前后历经十年之久，这是整整一代人的付出，也是一场永不停歇的技术接力。

女儿长大了，艾智平也老了，退休了，从父亲升级为魏爷，一个快乐、佛系的魏爷。每当女儿对外孙高标准、严要求的时候，他就第一个跳出来申明自己的教育立场：要给孩子一个快乐的童年。

每年，魏爷艾智平与老伴都要跟女儿、女婿请上十天半个月的假，带上长枪短炮的专业摄影器材，跟几个志趣相投的老友自驾外出旅行。他们给自己的小团体命名为"快乐帮"。名字是艾智平起的。灵感来自他年少时背诵的一句名人名言"快乐是人生中最伟大的事"。看来，在将快乐进行到底这件事情上，艾智平的态度是极其认真的呢！

听罗鸣话超能

罗鸣与艾智平上学的时候是同班同学，毕业分配工作，又一起被分到了湖北超高压局襄阳工区，成了一个班组的同事。艾智平老家在随州，而罗鸣是地道的襄阳人，襄阳枣阳的。

在维护班干了一年，罗鸣和艾智平又一起通过了带电作业资格证考试，搞了两年带电作业。领导发现，罗鸣身上更出色的是他的管理才能。1985年底，罗鸣离开维护班，调任管理股，任副股长，负责调配物资和后勤服务。

2000年7月28日，湖北省超能电力有限责任公司正式揭牌成立。徐继民任公司董事长，王家礼任公司总经理，聂岚任常务副总经理。总公司下设输变电检修工程公司、物资供销公司、物业管理公司、汽车运营公司4个分公司；湖北方源电力有限责任公司、襄樊超能电力有限责任公司、荆门超能电力有限责任公司、宜昌超能电力有限责任公司4个子公司。彼时，罗鸣担任了襄樊超能电力有限责任公司的董事长。4年后，罗鸣出色的管理与经营能力得到当时湖北省超高压输变电局两位主要领导李奠川、徐继民的认可，一纸调令，将罗鸣从襄阳调到了武汉，担任超能公司的常务副总经理，全面负责超能公司的经营与管理。

甫一上任，时任湖北省超高压输变电局局长的李奠川就语重心长地对罗鸣说："小罗，我对你提两条要求：一不能赌博，二不能进股市，这两样搞深了，人就会变。这两条是红线，绝对不能碰。其他的经营与管理，你尽管放手去搞！"

罗鸣点头称是，在心中默默记住了李奠川的话。君子重诺不轻诺，言必信，行必果。自此，罗鸣将赌博与股市视作洪水猛兽，从未涉足。

超能公司的前身是1984年10月成立的超高压局劳动服务公司，公司属集体经济实体，独立核算，自负盈亏，其主要任务是面向高压局，承担两个安置，搞好两个服务。特别值得一提的是两个安置——安置待业青年与富余职工。由此决定了在很长的一段时间之内，劳动服务公司的人员构成相对超高压局来说，学历不高、专业不精、思想境界不强，服务公司的员工素质高高低低、良莠不齐，甚至可以用老弱病残、调皮捣蛋来形容。负责烧锅炉的到点水烧不开，食堂负责煮饭的师傅天天把稀饭熬煳，根本就不是能力的问题，而是态度。能力有大小，不能强求，但态度才是根本，如果态度出了偏差，做任何事都会毁于一旦。

多年之后，罗鸣总结自己的超能经历时用了四个字：用人、做事。

罗鸣把超能公司员工的花名册认认真真从头到尾捋了一遍，初步设定了一个组织架构，挨个找员工谈话，听他们的诉求，然后把他们放在最合适的位置上。"用人所长，天下无不可用之人；用人所短，天下无可用之人。"这就是罗鸣的用人原则。

超能检修分公司经理的人选，罗鸣选中了宋长云，这个一身好技术的男人，曾经担任过双河变电站站长。因为个人性格得罪了恶人，殃及爱女的安危。在遭受了巨大的打击之后，宋长云与妻子离开伤心之地，在武汉重新开始生活。罗鸣看重的是宋长云的技术和管理才能，一番游说，宋长云答应勇挑重担。

调皮捣蛋的以年轻人为主，食堂里有个比罗鸣小几岁的陈建军，他常与一些社会青年称兄道弟，打架闹事。遇事不是坐下来平心静气地沟通，而是用拳头说话，能动手，绝不动口。每每把稀饭熬得焦煳的就是他。

"你想做什么？"跟陈建军谈话时，罗鸣没有丝毫的客套，单刀直入，直切主题。

"我不想在食堂干活！"陈建军没有正面回答罗鸣的问题，迂回着说出了自己的想法。

"那你能做什么？"

"我想去干输电！"陈建军的眼中闪过一道光。

罗鸣沉吟片刻，问道："那你懂技术吗？"

"我不懂。"陈建军低下了头，忽然又猛一抬头说，"我可以学！"

"好！我就是干输电的，既然你想学，我就教你！但我必须跟你约法三章，转岗干了输电就好好干，再也不能像在食堂一样，凑合、应付。"

得偿所愿的陈建军心花怒放，开心不已，点头如捣蒜。后来陈建军在检修公司输电技术技能比武中还获了奖，成为超能输电分公司的一名业务骨干。陈建军将罗鸣视作自己人生路上的贵人。每年罗鸣过生日，陈建军都会一起吃一餐饭、喝一顿酒，他俩是同事亦是朋友。

职工汪建群性情桀骜，因为分房与公司领导闹了矛盾，内心的疙瘩一直解不开，带着情绪工作，自然工作也是磕磕绊绊。汪父去世的时候，罗鸣第一时间带着超能公司的中层干部到汪家吊唁，帮着汪建群料理父亲的后事，还亲自为汪父抬棺送行。罗鸣的真诚打动了汪建群，他前嫌尽释，安心干好自己在维修队的本职工作，再也不给罗鸣的工作制造麻烦。

人心理顺了，超能公司的风气也就正了，可以甩开膀子做事了。于是，罗鸣着手实施第二步——做事。

2005年，超能公司远赴广西，参与南方电网广西分公司的技改项目。南方电网2002年12月正式挂牌成立并开始运作，供电区域为广东、广西、云南、贵州、海南5省及港澳地区。这是湖北省超能电力有限责任公司2000年7月正式揭牌以来，第一次走出湖北创收。2007年，超能公司又承接了500千伏肇庆—花都—博罗输变电工程部分线路的绝缘子更换。因为涉及带电作业，而那个时候超能公司超能输电分公司的技术力量相对较弱，罗鸣向超高压输变电公司武汉输电公司借来了鼎鼎大名的闫旭东、汤正汉，有了他们的助力，这一次外闯市场任务完成得更加漂亮。

湖北省超能电力有限责任公司真正声名鹊起，在业界站稳脚跟，全面打开市场，是在2008年。那一年的春节，南方区域部分省区遭受了50年以来最大范围、最长时间、最为严重的冻雨雪凝冰灾天气，电力设施受损严重，西电东送通道遭到严重破坏。属西电东送一部分的华润电力湖南有限公司和湖南华润电力鲤鱼江有限公司送出线路500千伏桥曲甲乙线损毁严重，共有455个基塔受损，直接影响向广东输送电力。被大雪损毁的杆塔倒伏在京广铁路上，导致京广线停运。

1月，党中央、国务院对抗灾救灾工作做出了重要批示：一是抢修遭受损坏的输电设备，保障电网正常运行。二是加快公路除冰除障进度，尽快恢复铁路输电，尽早疏通京广线铁路、京珠线公路大动脉，保证南北通道畅通。三是解决煤源供应和运输问题。要积极组织生产，加强安全管理，确保煤炭生产安全、确保煤炭供应，畅通煤炭运输的交通要道。对高耗能的企业要严格限制用电，用电极为紧张的地区要坚决停止用电。四是要保持社会正常秩序，维护社会稳定。

南方区域整体抗冰抢险任务繁重，大规模的电网抢修工作已全铺开，区域内具有500千伏施工资质的队伍紧缺。华润电力向南方电监局请求支援。彼时，湖北省超能电力公司已连续多年承担南方电网的技改施工项目，留下了非常好的口碑。南方电监局在广东省韶关市组织召开华润电力桥曲甲乙线抢修工程协调会，商讨研究解决方案，并紧急向国务院煤电油运和抢险抗灾应急指挥中心抢修电网指挥部转报了有关请求，希望在全国范围内协调施工队伍参与抢修500千伏桥曲甲乙线，尽快修复湖南至广东送电通道。

早在2006年6月，湖北省超能电力有限责任公司就顺利通过了华中电监局的严格审查，取得了一级承装（修、试）电力设施许可证。面对华润电力的灾后困境，湖北省超能电力公司第一时间响应，整装出发，赶赴灾区。

罗鸣带着队伍出发的时候是穿着棉衣，按照最初的计划，罗鸣估计他们会在3月结束抢修。但到了目的地之后，才发现任务远比想象艰巨得多。500千伏桥曲甲乙线全线损毁，怎一个"修"字了得？杆塔需要全部拆除之后，再重新立塔。既然来了，就踏踏实实地干吧！这一干就到了5月，汶川大地震时，罗鸣和他的队伍在广东韶关。距离遥远，没有震感，但内心的震荡久久不能平息。

从湖南一路修到广东，天气越发热起来，棉衣穿不住了，罗鸣就地给大家采买了衬衣、单裤。出门的时候棉衣棉裤，回家的时候短袖配短裤，在外奋战的5个月漫长如年。

自此，湖北省超能电力有限责任公司步入了良性发展的快车道。2010年，超能公司获得了送变电工程专业承包一级资质。这个资质在全国电网集体企业中只有3家，湖北超能位列其中。从2004年到2018年，超能公司收入增长近10倍，净资产增长了40倍。

2018年，55岁的罗鸣退居二线。多年紧绷的神经一放松，身体大大小小的毛病就开始登门拜访，罗鸣兵来将挡，水来土掩。疾病没什么可怕的，就像是马路上的交通指示信号灯，红灯亮了就等一等呗。罗鸣挥手作别了烟、酒，开始游泳健身。他觉得自己在职业生涯中守住了安全红线，人生之舟没有在大风大浪里倾覆，往后的余生里，一点小病小灾又有何惧？他在内心为自己点了一个鼓励的赞。

依依东望

  7月末的荆门，下午3点的太阳暴烈得很。万城接到通知说有一个作家要来采访他。变电站里杂事一堆，他想拒绝，张了几次嘴都没能把"不"字说出来，一如2016年底让他重回双河变电站工作时一样。其实他内心深处一点也不想回来，更不想担任这个既操心又受累的站长。那个时候也跟今天下午一样，想拒绝，可话到嘴边就是说不出口。没办法，不会拒绝就只能受着。女儿就曾经取笑过万城，说他平时唠唠叨叨，看上去像个话痨，但一到正事上就变成了闷葫芦，茶壶里煮饺子倒不出来，难受不难受只有自己知道。

  在变电站里工作，远离城市的灯光与烟火，高高的围墙将青春束缚在墙内。变电站里也有女职工，但是僧多粥少，再说了人家姑娘家也想去外面的世界找个意中人呢！有一年，从荆门发电厂调到双河变电站4名女工，其中两个有对象的只待了很短的一段时间就调走了。两个未婚的姑娘，成了一大群大龄未婚男青年追求的对象，其中一个胖嘟嘟的叫陈江红的姑娘特别招人喜欢。后来这两个女孩子都在变电站找到了爱人，结婚、生子，过得都很幸福。

  万城结婚晚，他直到1994年才被月老眷顾，在参加工作10年之后才解决了个人问题。女儿是1995年出生的。俗话说女儿是爸爸上辈子的情人。万城觉得这话一点也没错，女儿真的跟他特别亲，不但长得漂亮还从小就有音乐天赋。小学就开始学古筝，勤学苦练，考过了十级。后来女儿考上大学去了青岛，在那里遇到了一个会弹吉他的男孩子，高山流水遇知音，音乐为媒，成就了一双璧人。女儿为了爱情留在了素有"音乐之岛"美誉的青岛，让万城这位老父亲伤心难过了好久。

既然决定接受采访，万城首先想的是在哪里，得找个合适的地方，总不能在大太阳底下吧！他打开一楼会议室的门，一股子日积月累、陈年累积的霉味扑面而来。那就把门开着吧！晾晾，祛一祛霉味也好。作家会不会要看荣誉室呢，里面可是乱七八糟的。嗨！要看就让她看呗，反正双河变电站就是一个老变电站！谁也别指望能在这里看到新东西。来来往往到双河变电站参观视察的虽然不如前几年多，跟最红火最风光的时候没得比，但一年下来也有不少。万城最反感的一句话就是"老同志是个宝！"每次听到这句话，万城就在心里小声地反驳：一个老同志是宝，两个老同志呢，三个呢，一半以上都是老同志呢，那还是宝吗？双河变电站目前有12名干部职工，一半以上都是60后。万城是站长，1964年出生的，两个副站长，一个比他还大一岁，另一个是个80后，1984年出生的，也快到不惑之年了，已经不算年轻。人员结构老化的问题在双河变电站尤其突出。让万城头疼的还不仅仅是人员，最让人揪心揪胆的是设备，这些曾经遥遥领先、享誉一时的设备，现在个顶个是末路的英雄、迟暮的美人，都是一副老胳膊老腿、年老体衰色衰的模样，三天不修都是奇迹。

双河变电站与凤凰山变电站可谓是一母同胞的孪生兄弟，人家凤凰山变电站已经涅槃，浴火重生。想当初，还有人振振有词地反对凤凰山变电站原址重建，万城的意见虽然无法传达到公司决策层，但是他觉得那些持反对意见的人是一群想当然的人，是一群早已离开变电站值守一线的人。他们对老凤凰山变电站的感情，万城可以理解，但是如果他们真的像万城一样，一天24个小时值守在一个老变电站里，他们也许就不会那样反对了。工业产品的标志性特质就是有使用寿命，这是无法回避的事实。把人类情感投射在工业科技上，甚至试图左右它，在万城看来是一件非常荒谬的事。

午休的时候，万城在宿舍打了一个浅盹儿。57岁的人，这两年精力越发不济，再也不是几天几夜不睡也能到篮球场上拼杀的愣头儿青喽！时间这个东西，真不经混，就跟口袋里的一百块钱一样，只要不破开就能一直揣着，但凡兑换开，眨眼之间就不见了踪迹。时间去哪儿了？

每天，万城都要在院子里转上一圈。倒不是因为他多么有闲情逸致，而是出于一个站长的责任心。就在半个月前，荆门下了一场暴雨，双河变电站里有的地方积水没过了膝盖。风大雨急，屋里的万城急得团团转。好不容易雨过天晴，可水位就是不回落。他组织人手拿着铁锹到处排水，一点效果也没有。最后只得请来专业的排水队伍，大马力抽水机开动起来才把水排了出去。抽干水，把下水道盖板一一打开，才发现里面被树根塞了个满满当当，平时一点点水流还能凑合，这样的大雨不积水才怪呢！排水队伍的工头对万城说，仅仅把下水道、污水井里面的树根清理完是不够的，要想一劳永逸就得顺藤摸瓜一样顺根找树，把树伐了，以绝后患！

万城觉得工头的话有道理，但是双河变电站里的每一棵树都有故事。这是最初建设、维护变电站的老一辈双河人亲手栽下的，从栽下的那一天加上树苗本身的树龄，院子里面有很多树都是40年以上的高龄，其中还不乏一些名贵树种，万城只认识个红豆杉，其他的也叫不上来名字。有了这些树的映衬，双河变电站里的春夏秋冬四时风景便大不相同。春看花，夏看绿，秋色五彩斑斓，冬日枝头会落满霜花。前段时间，一个从双河变电站走出去并成长起来的老领导还回到这里，专门来看望自己当年种下的那棵树。万城自己也种过一棵树，他不想做这个恶人，毁掉那么多人的青春记忆。午休的时候，蝉鸣阵阵。万城知道，那只蝉的栖息之所，正是他种下的那棵树。今天中午的午休很浅，浅到万城几乎以为自己没有睡着，在一声声"知了，知了"的蝉鸣中，好像还有若隐若现的口琴声。是谁呢？谁会吹出这样悠扬的口琴声呢？除了苏工，不会有第二个人了。唉！苏工已经走了。万城翻了一个身，醒了。

曾经在这里种下回忆的又何止是变电站的内部工作人员？1990年1月，根据上级指示，湖北省武警总队某中队进驻凤凰山变电站。凤凰山变电站成为中国首座由武警部队担任固定目标警卫任务的500千伏变电站。1992年8月，首批10名武警官兵正式进驻双河变电站，开始执行固定目标的武装警卫任务。至此，湖北超高压输变电局凤凰山、双河变电站全部实行了武警守卫。

因暴雨导致的积水刚排完，双河变电站又迎来了一拨抚今追昔的老朋友，正是最后一批负责守卫双河变电站的武警。班长带着12名战士齐聚荆门钟祥双河镇丁家坪，既是战友聚会，也是故地重游。万城记得那天他们到的时候已经是下午了，阳光跟今天有点像，热辣辣的，风卷起阵阵热浪。站在树荫下，一个战士举着手机拍了一张斑驳的光影。强光剥夺了点点绿意，只剩下了明暗对比，恰如他们半明半暗的心情。

他们看了废弃的猪圈，没有嗷嗷叫的猪，只剩下残垣断壁的猪圈，没有了动物，植物疯长，大片大片的翠绿嫣红蔓延着，不知愁苦地随风摇曳。他们还看了墙皮脱落、地砖破损、玻璃破碎的晾衣房，一排早已不再流水的水龙头，伸手轻轻一拧，水龙头啪嗒一声，断裂了下来。万城看到那个战士蓦然红了眼眶。他们住过的营房那栋楼都已经闲置，部分窗户用砖头砌了起来。营房门前原本是个网球场，后来被填平，种上绿化树，铺上花砖，摆上石桌石凳，变成了战士们的休闲广场。篮球场已经失修，光滑平整的塑胶地板已经被风化为细沙一样的颗粒，只要脚下轻轻用力，碾一下，就能感受到它们在扑簌簌地沙化。他们，包括万城在内，都曾经在这个球场上叱咤风云，摔过跤，流下过汗水。万城特别想念他的球友——雷鸣。那个被苏工一眼相中的"少帅"，如今也已经到了知天命的年纪。雷鸣个子不高，气势却很足，在担任双河变电站站长的时候，雷鸣刚30出头。每天有使不完的劲儿，凡事不服气不服输，仿佛没什么能难倒他。万城非常佩服这个比自己小7岁的站长，意气风发却不张扬，挥斥方遒却沉稳有加，做事有条理更有章法。万城与雷鸣是同一年离开双河变电站的，只不过后来万城又回来了，雷鸣却没有。

从南走到北，一心怀旧的人们走到了变电站的蓄水池。时至今日，双河变电站是国网湖北电力检修公司所辖变电站、直流站、换流站中为数不多的饮用与生活用水没有全部实现自来水的单位。双河变电站的饮用水是用储水罐从外面拉回来的，蓄水池里的水经过简单的沉淀、过滤和消毒，用于日常的洗菜、刷碗、洗衣服、洗澡、冲马桶等。蓄水池里的水青中泛绿，进水管的水哗哗流淌，及时补充着水源。这几天下雨，上游引水的河道水质改善了很多，进水管里的水明显比池中的水要清澈上几分。蓄水池里养着几百斤鱼，有草鱼、鲤鱼，还有白鲢鱼。在蓄水池里养鱼是改善水质的有效方式，也是变电站里随时能变成美食的生鲜储备。除了保障变电站的生活用水之外，这座蓄水池也负责供应临近的丁家坪村民的饮用水和农田灌溉用水。2019年以来，国家在农村全力实施通水、通电、通路的"三通"工程，据说工程队已经进村开始施工，丁家坪的父老乡亲有望在年内喝上甘甜、清洁的自来水！那么，双河变电站通自来水也就不再是梦喽！

那天晚上，万城跟十几个武警战士把酒言欢，喝了个酩酊大醉。他依稀记得他们一起放声高唱《咱当兵的人》，一边唱，一边哭。万城也跟着和了几句，后来就唱不下去了，只陪着他们一起掉眼泪……时间啊，你去哪儿了？

只有在这样的时候，不在工作的时候，万城才会稍微理解一点那些反对凤凰山变电站旧址重建的人们，谁这一辈子都有执念，都有想永远留住的东西。但是如果有一天要决定原址重建双河变电站,从工作的角度,从变电站的运行与维护的角度,万城不会提任何的反对意见。

万城57岁了,他自己也知道,他应该会在双河变电站一直干到退休。2021年已经过了大半,职业生涯也不过就剩下两年多的时间。40年了,双河变电站历任站长龚德昌、苏洲、韩柏洲、韩崇国、黄可望、金绍林、田同道、宋长云、温先卫、雷鸣、罗宏、刘建平、陈光辉、万城。这个名单,万城张口就来,如数家珍。下一任会是谁呢?万城一直有个想法,想邀请在世的双河变电站的历任站长回来走一走,看一看,吃一餐饭。他打电话通知他们的时候,每一个人都喜出望外,没有一个人推辞,无一例外都说尽量赶过来。来,只有一个理由!不来,可以找到无数个理由。

手机响了。万城看一眼:下午3点整。这个作家还蛮守时的嘛!他手搭凉棚,站在树荫下向东张望。光影婆娑,将时间的印记覆在了他的身上。

我是一棵小草

  我是一棵小草，但不是白居易笔下"离离原上草，一岁一枯荣。野火烧不尽，春风吹又生"中的这株草。

  我是一棵小草，也不是"没有花香／没有树高／我是一棵无人知道的小草／从不寂寞／从不烦恼／你看我的伙伴遍及天涯海角／春风啊春风你把我吹绿／阳光啊阳光你把我照耀／河流啊山川你哺育了我／大地啊母亲把我紧紧拥抱"这首歌里的那株草。

  我是《小草》，一本杂志，没有批文，也没有刊号，更没有国家核准出版发行的身份证，我只是湖北省超高压输变电局襄阳分局的一本内部刊物而已。我出生在1989年的夏天，那时我的名字还不叫《小草》，而是《球场快讯》。我不知道他们为什么要给我改名，也许从定名为《小草》的那一瞬间，这个名字中暗含的玄机就注定了我的命运，我的浮沉与枯荣。2019年，我休刊了，随风而逝，日渐消隐在大家的记忆里。只是没想到，时隔多年，还有那么多人惦念我，比如，王全生、杨爱社、方琨……

  1982年，20岁的王全生从武汉电力建设技工学校毕业回到了原籍，被分配到湖北超高压输变电局襄樊工区。只用了3年的时间，年轻有为的王全生就成为襄樊工区年轻的科级干部，担任工区的工会主席。襄阳是一个有气场的地方。1983年5月，襄樊线路输电工区精心选拔、培训的5名工人通过了湖北省超高压局的500千伏带电作业合格证考试，它标志着襄樊工区初步具备独立带电作业检修能力。1984年10月，襄樊工区实现安全生产1000天。12月中旬，1984年度全省电力系统220千伏—500千伏输电线路和变电站同工种社会主义劳动竞赛经验交流会在武汉召开，襄樊工区获得线路组第一名，时任工区主任的吴基才还在会上分享了先进经验。

年轻的工会主席王全生精力充沛，每天有使不完的劲。1985年，襄樊线路工区按照上级工会的统一部署建设"职工之家"，这是规定动作，湖北省超高压局所有的二级单位都要在规定时间内完成。在完成规定动作的同时，襄樊线路工区还创新性地加入了"家文化"的自选动作，以创建"全国模范职工小家"为最高目标。理由很简单，《孙子兵法》中有云："求其上，得其中；求其中，得其下；求其下，必败。"襄阳秉持的是"不出手则已，一出手惊人"的勇争一流意识，11月中旬，襄樊工区职工之家以481分的总成绩，首家通过了湖北超高压局工会的"建家"验收。

时间来到了1989年。这一年，王全生27岁。那一年，杨爱社14岁，还是校园里青葱的少年，职场离他们还有一段遥远的距离。这一年的5月，襄樊工区举行了首届职工运动会，设置了篮球、乒乓球、象棋、跳绳、田径等8个运动项目，历时6天，除了有紧急任务实在脱不开身的职工无缘参加之外，其余的都参与其中，在自己心仪的运动项目里大显身手。在筹备运动会的时候，王全生还担心会不会影响工作，不仅王全生，襄樊工区的主要领导也有些许的顾虑。运动会的重头戏是极具观赏性且对抗性强的篮球、乒乓球和象棋，从运动会开幕到闭幕，这3个赛事赚足了观众的掌声与呐喊声。特别令人惊喜的就是篮球赛，篮球场上的欢呼与加油声此起彼伏，首轮比赛各队实力相当，比赛过程异常胶着，不到最后一分钟，谁也无法笃定哪支队伍是王者之师。襄樊工区的首届职工运动会成了职工展示个人特长的舞台，不仅让职工强身健体，活跃了业余文化生活，更重要的是提升了班组的凝聚力、向心力和执行力,增强了职工的集体荣誉感。一举多得的意外收获,彻底打消了之前的担心。那个时候,没有人想到这场运动会,尤其是篮球比赛会成为襄樊工区一场持续二十多年的体育盛宴。

我这棵《小草》的种子,就是在那个时候种下的。伴随着1989年的首届职工运动会的举办,襄樊工会自己的刊物《球场快讯》应运而生。6天的时间里,刊印了6期,每天比赛前,参赛选手与观众首先拿到的是弥散着油墨芬芳的《球场快讯》,上面有每天的比赛时间、赛场花絮,还有参赛队员的感悟、观众的评论与赛事预测。那个时候,《球场快讯》只有在职工运动会期间才会萌芽、吐绿,比赛一结束,也就随之枯萎、消遁了。

1997年,这个时候的襄樊工区已经更名为襄樊分局。这一年,分局团支部借鉴《球场快讯》的模式,创办了《大修简报》,主要刊发单位的安全生产动态、企业管理的探索、思考以及精神文明建设的累累硕果。

2000年,不定期刊印的《球场快讯》与《大修简报》正式合二为一。关于新刊物的名称,时任襄樊分局局长的常忠池一锤定音,就叫《小草》吧!有人问他为什么起这个名字,常忠池说:"小草看上去柔弱无骨,其实力大无穷,它的体内蕴含着生生不息的超级能量,它向上、励志,充满对生命的渴望。小草生于旷野,不属于殿堂,就像我们的杂志,虽说不那么专业,但同样能够文以载道,以文化人。"

《小草》正式诞生了!这一年,当了6年外线工的杨爱社调整到分局办公室工作。从第一眼看到他的时候,《小草》就知道自己将会在他的呵护下变得更加葳蕤、繁茂。

属兔的杨爱社,性情里既有和顺温暖的一面,也有认死理、死磕到底的一面。杨爱社从小就表现出对美非同一般的鉴赏能力,1998年,他跟着同事去北京采购摄影器材,初次接触相机便根据自己的理解拍出了令人满意的照片。到办公室工作的第一个春节，分局领导想营造一个温馨、热烈的节日气氛，随即把这个任务分派给了杨爱社。其实从参加工作以来，单位的黑板报从文字内容到版式设计，再到美术绘制，都是杨爱社一手包办。"喜庆热烈的节日氛围"让他从腊月二十三一直忙活到腊月二十九。腊月二十九华灯初上时，他才挥别同事，赶回家去与亲人团聚。

杨爱社脑子灵活、点子多，再加上单位里几个文笔老到的同事，这样的强强组合，对于风中摇曳孱弱的《小草》来说，实在是草生之大幸。

《小草》开始以双月刊的样貌固定出版了。襄阳分局专门采购了一台惠普彩色喷墨打印机。一般来说，采用骑马钉方式装订的印刷品，包括封面、封底，总共页码数须是4的倍数，这样才便于后期的装订。彼时的打印机还不能自动翻页，每次《小草》出刊，杨爱社都会守在打印机旁，计算好页码，打印完一张，再一张……最怕就是卡纸，一旦卡纸，程序紊乱，只好从头开始。有时通宵达旦地印刷，有时忙到凌晨三四点。迎峰度夏、创先争优、安全生产、精神文明创建……每一个主题都有专刊、特刊展示。作为从《球场快讯》出发的《小草》，始终没有离开过篮球，《小草》最热闹、最风光的季节就是暑假的两个月——每年的七八月。体育赛事与企业文化邂逅迸发出的活力与魅力成就了朝气蓬勃、士气高昂、豪气凌云、和衷共济的襄阳气场。每年的运动会篮球比赛，成了所有人的共同期盼。在球场，父子同场竞技，互不相让，兄弟俩分属两支球队一决雌雄；球场外，母亲要在为丈夫还是为儿子加油之间做出艰难的选择，妙龄少女也要在内心纠结到底是给大哥助威还是要为二哥呐喊。

王全生在工作时间是单位的领导，下班之后就换装，摇身一变为赛场上的裁判。他可不是徒有虚名，那盖着钢印的二级裁判证是正经八百地参加学习培训后考出来的。作为裁判，他可以近距离地观察各个球队，于是一篇文采飞扬的球评《战国七雄》精彩出炉了。杨爱社、方琨、徐旺等也不遑多让，《峰与谷》《飞翔的理由》《我和篮球有个约会》《八月论剑》……一篇篇不是专业却胜似专业的球评在《小草》上刊发，让这份 16 开油墨印刷的小册子一时之间风头无两，谁与争锋！

有道是"花无百日红，人无千日好"，繁华终将落幕，普通与平凡才是永恒的常态。囿于种种原因，《小草》无可奈何地休刊了。一直大踏步向前的襄阳也在奋进的征途中开始了波浪形前进、螺旋式上升。曾经有人把《小草》比拟为襄阳的意象。是也？非也？恐怕只有时间能够证明一切。

多年之后，当自媒体公众号风起云涌之时，《小草》早已栖息在档案里的角落里，蒙灰积尘被人淡忘。在纸媒日渐衰落的时代里，即便《小草》已经是过去式了，但要有底气为往昔的荣耀、昔日的辉煌点个赞！那是一个企业文化探路者应该拥有的荣光。

眼见春风又绿江南岸，又是一年春来到。当初说好是休刊，而不是永久停刊。《小草》已经沉睡、深睡许久了，也许不久的将来，她还会重新萌芽吐绿！

向着快乐出发

向文祥也是"快乐帮"的成员之一。他知道老艾——艾智平已经接受了作家的采访。这个消息是他们自驾去内蒙古旅行的路上,老艾告诉他的。

"怎么不采访我?我也有很多故事要讲啊!再说了,我还是公司建企 30 年的功勋人物呢!时间过得真快,又 10 年了,咱们都老了……"

向文祥的话一时之间让车上的人都陷入了深深的沉默。

"我可没觉得自己老!老头能从武汉一路开车到包头吗?别在那儿悲春伤秋了,到下个服务区换你开车!"艾智平笑着抢白向文祥。

向文祥是 1964 年生人,比艾智平小两岁,他们的友谊是在他们正青春的时候开始的,而后友谊的小船从来没有倾覆过,无论顺风顺水还是逆境狂涛,一直乘风破浪,稳稳当当地航行在时间的河流之上。这次一起出行的"快乐帮"成员一共有 10 个,10 个人 5 个家庭,都是夫妻双双走天涯。"快乐帮"成员都是在工作中相识,一样地热爱工作,一样地执着事业,一样地专注认真,彼此信服对方的人品与能力,最初是工作中的惺惺相惜,慢慢延伸到生活中的志同道合,终成一辈子的挚友。

"快乐帮"每年都会在国内自驾游两次,偶尔也会出国旅行。2021 年 5 月,他们自驾游了 12 天,线路是云南、贵州和四川,下半年的出行计划是陕西、内蒙古和宁夏。每次出行,"快乐帮"成员各司其职:

驾驶技术好的专门负责开车；耐心的负责制定行程表且要随机应变更改行程，旅途多意外，但有时恰恰因为意外，才会遇到意想不到的精彩；细致的负责订酒店，只选对的，不迷信贵的；会吃的负责订餐，在大众点评和美食网上搜罗美食，一路打卡网红美食，在探索美食的路上，不分年纪，只问心情与兴趣。

今时今日的逍遥游是"快乐帮"用青春与汗水换来的。

向文祥就读于湖北省电业技工学校发配电专业，1983年毕业之后被分配到湖北省超高压输变电局武汉线路工区，从事输电线路的运行维护。彼时，武汉工区与襄樊线路工区以湖北京山为分界点，分别维护平武工程。武汉工区负责东南走向的线路，而襄樊工区则负责西北方向的线路。20世纪80年代，改革开放初期，基础设施建设方兴未艾，不完备是常态。那时的道路与今天不可同日而语，也不光道路，柏油路上跑的车型也乏善可陈。向文祥记得他们外出巡线时，开始乘坐的是一辆解放牌大汽车，没有篷子，后来为应对雨雪天气才在车厢上焊接了一个架子，外面搭上防雨的帆布篷。帆布篷密封不好，风一吹边角处就啪嗒啪嗒地呼扇，四面透风撒气。雨雪天，雨水、雪花便乘虚而入，外面大雨，里面小雨；外面大雪，里面就是零星小雪。天气晴好进来的就是灰尘。那时的路铺柏油路面的少之又少，除了几条主干道之外，其余的不是沙石路面就是泥巴路，标准的晴天一身土，雨天一身泥。

19岁的向文祥与当时的运维班长陈自远签了师徒协议，成为陈自远的徒弟。当时，师父是武汉工区的团支部书记，那一年的8月29日，师父陈自远还被湖北省电力局党组授予"优秀共产党员"称号。师父获奖，徒弟脸上也有光彩。那些年，师父经常获奖，"五讲四美三热爱先进个人""两个文明建设积极分子""湖北省电力系统职工生活后勤战线优质服务先进"……陈师父有一个小盒子，专门用来收纳红彤彤的证书。这让向文祥羡慕不已，他在心底暗下决心，将来也要像师父那样成为技术骨干和多面手。陈师父第一次带向文祥爬杆塔,是示范处置杆塔上的鸟窝。在向上爬的时候,向文祥一直担心鸟窝里面有小鸟,结果到了近前才发现是一个空巢,方才如释重负。后来,向文祥成了陈自远师父引以为傲的徒弟之一。2006年,兄长一样的授业恩师陈自远师父罹患直肠癌去世,向文祥悲恸不已。

向文祥巡过最远的线路在宜昌。现在武汉到宜昌,无论是走沪蓉高速还是沪渝高速,顶多也就4个小时。除了高速公路还有高铁,武昌站、武汉站、汉口站都有直达宜昌东站的高铁,两个小时,比开车又缩短了两个小时。向文祥从事线路运维的年头里,没有高速公路更没有高铁,那个时候从武汉开车去宜昌,路上要走整整一天的时间。沿途是没有饭馆的,每个人都会随身带水和干粮,饿了就在车上点补点补。到了宜昌,找个旅馆住下,住宿没什么可挑选的。饭馆也不多,吃碗带汤带水的面就是最大的满足。

在地面上抬头仰望,高压线平行蜿蜒向前,在目力所不能及之处浓缩为一个小黑点,但任何一个巡线的人都不会被眼前的迷惑所欺骗。巡线无止境,巡线人则是动态的。每个巡线工每天最多能巡视二十基杆塔,班车师傅将巡线人像撒豆子一样沿着高压线的延伸方向一路播下,车只能开到地势平缓的地带,剩下的路就只能靠巡线工自己下步走。宜昌是个没有冬天的城市,年平均气温在16摄氏度左右,这里是草木的天堂,四季常青,风景如画。丰沛的雨水在滋养了繁茂的草本与木本的同时,也滋生出众多的蚊虫蛇蚁。别看它们个头不大,杀伤力却是极强。黑花蚊子隔着衣服都能吸血,被叮咬过的地方迅速鼓起又红又硬的大包,瘙痒难耐,简单的抓挠根本不止痒,直到挠破出血,皮肤破损的痛楚才能稍稍缓解一下刺痒。野外的虫子和蚂蚁也都不是善茬,被哪一个叮一嘴皮肤都有强烈的反应。更不消说蛇了!每个巡线工的标准配置都是一个斜挎的大挎包和一根长长的棍子,挎包里扳手、钳子、螺丝螺帽等小型工具一应俱全,不见得每次都能用上,之所以随身携带完全是为了有备无患。这都是被惨痛的经历与教训千锤百炼出来的常识与经验。至于那根长长的棍子除了可以充作拐杖，在上山与下山的途中辅助运动以外，主要还是用来打草惊蛇。无毒的菜花蛇还好，顶多吓一跳，最恐怖就是眼镜蛇与银环蛇，眼镜蛇能远距离喷射毒液，银环蛇更难缠一些，当它意识到周遭有威胁时会主动发起攻击。所幸，每次都是有惊无险。

向文祥特别佩服开班车的胡师傅。在那个没有GPS导航的年代，胡师傅简直就是一个活地图，他能准确地找到任何一基杆塔的位置，准确无误地把巡线工放在合适的位置。坐胡师傅的车，从来没有迷过路，也没有绕过远。

每次到宜昌出差，短时二十天，长的时候一个多月。工作上遇到问题，需要向武汉工区请示汇报时必须到宜昌邮电局拨打长途电话，还只能在白天的工作时间才行。电话信号也不好，刺刺啦啦地有杂音，排队打一次长途电话，大半天的工夫就搭进去了。无论春夏秋冬，线路每个月都要雷打不动地巡检一次。

在向文祥的职业生涯中，最引以为傲的一件事情就是2008年1月份的时候。时任武汉输电公司负责安全生产工作副经理的向文祥，带领运维4班的班长李季群拍到了当时全国唯一的一段高压线路舞动视频。

2008年的大事特别多，南方雪灾、汶川大地震、第29届夏季奥运会、神舟七号载人飞船成功发射……这其中让向文祥记忆最深刻的就是雪灾。2008年，从元月3日起，一场低温、雨雪、冰冻席卷了上海、江苏、浙江、安徽、江西、湖北、湖南、广东、广西等20个省（区、市），波及范围之广、灾害程度之深均刷新了历史纪录。其中尤其以安徽、江西、湖北、湖南、广西、四川和贵州7个省份受灾最为严重。高速公路封闭、长途客运班车停运、飞机航班取消，更有人员伤亡、农作物受灾、房屋倒塌、森林受损以及野生动物冻死冻伤。湖北积雪10天，因雪灾死亡人数14人，为24年来之首，直接经济损失超过14亿人民币。在这巨额的损失之中，无疑就包含了电网以及电力设施的损坏。国家电网三峡工程宜昌至上海的一条重要的电力外送通道因雪灾中断。事故发生的主要原因是出事线路段覆冰太厚，最厚达50至60毫米，而按江南常年气候，这条线路最初设计的抵御覆冰厚度仅为10毫米。究其原因，中国南方以往主要防的是水，而不是雪。

元月3号那天，向文祥带着运维人员在荆门与潜江的交界处巡线。午饭过后，天气已经开始变化，冷空气的前锋抵达前，气温会异常升高，空气湿度也开始变大。下午一上班，起风了！

"向局长，要变天了！咱们撤吧？"

"这样的天气，在这个位置最容易发生舞动。咱们一直研究舞动治理，以前都是看结果，从来没有完整的视频资料记录。我估计今天我们有可能遇到！季群，你赶紧去找一个会录像的师傅，咱们蹲守，说不定能拍到啊！"

那天，李季群连夜请来摄像师傅，当天晚上赶到荆门市后港镇。在现场，李季群目睹了导线从静止到舞动的起始过程——一点点缓慢启动，直到低频、大振幅的自激振动，上下翻飞，状如舞龙。随行的摄像师傅用手中的摄像机拍下了这难得一见的事故过程画面，成为当时全国唯一的一段导线舞动实况录像，具有重要的电学研究价值。

雪灾时抗灾，水患时抗洪，倒塔时扶塔，掉线时消缺，高温时迎峰度夏……办法总比困难多嘛！

向文祥参加工作的时候，单位名称是湖北省超高压输变电局武汉线路工区，2005年更名为湖北省超高压输变电局武汉分局，2012年更名湖北省电力公司超高压输变电公司武汉输电公司，2013年更名湖北省电力公司检修分公司输电检修中心，2017年更名国网湖北省电力公司检修公司输电检修中心，2022年更名国网湖北省电力有限公司超高压公司输电检修中心。名称的每一次变化，向文祥的职务也随之发生着变化：从团支部书记到工会主席，到负责安全生产工作的副局长，直到担任输电检修中心党委书记。

向文祥觉得从事输电的每一个人都具备特别能吃苦、特别能战斗、特别能创新、特别能奉献的"四特"精神。在很多人的固有意识中，变电工作环境复杂，对学历与技术要求高；似乎从事输电的人都是一身蛮力，从事变电比输电更有前途。外界如何解读自己的职业，向文祥浑不在意。"人不知而不愠，不亦君子乎？"只要自己觉得自己所从事的工作有价值即可，每一个职业，都有它存在的价值。输配电本就是一个大概念，包括输电、变电、配电三个方面，通过输电，把相距甚远的发电厂和负荷中心联系起来，使电能的开发和利用超越地域的限制，再由变电利用一定的设备将电压由低等级转变为高等级（升压）或由高能级转变为低能级，最后由配电按照地区消费电能，将电力分配至用户，直接为用户服务。一个完整的电网生态，输电、变电、配电缺一不可。倘若是一个不懂电网的人对此臧否不一，向文祥还能理解；如果是内部人士，有这样浅薄、狭隘的认知，他就觉得此举甚为可笑。

2012年，向文祥成为输电检修中心党委书记。在任期间，他最为关注的就是对新员工的培养，帮他们做最优的职业规划。是培养精于业务的技术人员还是综合型人才，向文祥一度纠结了很久。从那一年开始，只要是新入职的员工，向文祥都建议安排他们先下班组，从线路干起，锻炼一到两年；同时还要一点点给他们压担子。武要强，文要精——拿起工具能巡线爬杆塔，握住笔杆也能挥斥方遒。

2014年入职输电检修中心的来自华中科技大学电气工程及其自动化专业的张楚谦，日常表现非常抢眼。工作3年后，在报考在职研究生选择专业方向时，向文祥主动给予了这个年轻人"要把自己锤炼成为综合型人才"的意见与建议。2017年，张楚谦如愿被武汉大学管理学专业录取。被录取后，张楚谦第一时间将好消息分享给向文祥。向文祥露出了一个老父亲的微笑，他知道他又为公司的赓续储备了一个有学历、有能力、有态度的人才。

长江后浪推前浪，一代更比一代强。

中卷 壮志凌云

追云、耕云、踏云

1992年，中国超高压比肩世界水平。

1997年，"220—500千伏输电线路导线舞动的试验研究和治理"获得国家科技进步一等奖。

追云篇

《菩萨蛮·追云》

芭茅青竹遥相看。年逾不惑鲲鹏展。玉兔日边来。他乡明月裁。　孤灯琴弈难。泉冷叮咚暖。云影越晴川。山高人立言。

人生从不惑处开始

1982年从湖北省荆门市钟祥县冷水中学刚毕业那会儿,作为一个没考上大学的高中毕业生来说,鲍光祥对自己的未来一片迷茫。其实机会就在前方,只是鲍光祥本人还不知道而已。彼时是荆门的7月,七月流火,八月未央,要等到九月授衣的时节,这份独属于青春的迷茫才能看到一丝曙光。

1982年3月,湖北省电力局批准超高压局设置武汉线路工区(在汉阳五里墩)、荆门线路工区(在荆门市)。两个工区定员人数各为90人,负责500千伏线路的运行管理及维护检修工作。4月,荆门线路工区在荆门市正式对外挂牌,开展工作。人手不足是当时最大的困扰与难题。荆门工区除了把所有学习与电力相关专业的荆门籍大中专与技校生"一网打尽"之外,还面向社会招聘了30名工人,限定条件是荆门籍的应届高中毕业生。这一年的9月,鲍光祥参加了荆门线路工区的招聘考试,幸运地成了那三十分之一。

入职手续办完,已经是1982年的年底。超高压技术,对于所有人来说一度都是陌生的,是全新的,相比从社会上招聘的这批高中生而言,那些在学校里曾经专门学习过电力知识的大学生、中专生与技校生接受能力强一点、快一些。如何让一群电力知识小白尽快掌握最基本的知识与技能,其实早在招聘之初,湖北省超高压输变电局已经为他们做好了学习培训计划:对接了武汉电力学校,将武汉工区和荆门工区招收的高中毕业生送去进修两年，毕业后获得中专文凭。但由于种种原因，入学时间推后，结业时间提前，算起来他们在校的时间仅有半年，说好的"毕业证"拿到手时也成了"结业证"。

1984年7月，从武汉电力学校结业的鲍光祥回到了荆门，被分配到双河变电站上班。

荆门线路工区设在荆门市，双河变电站则在钟祥县的双河镇丁坪村。彼时的双河变电站实行的是三班两运转，坐着班车从工区基地到变电站需要走207国道，正常一般需要两个小时左右。班车是一辆加装了帆布篷子的大货车；路是三级跳，先是一段石子路，而后是土路，等到了村边就没有路了。颠簸一路，直到整个人觉得快被颠散了架的时候，就没有路了，只好下车，徒步走过去。不过也好，走走路，趁着步行的这个工夫把散了架的胳膊、腿归归位。但是，一旦遇到堵车，那就没个准点喽！堵一个小时是稀松平常，堵半天也有可能，一直堵到暮色深沉也不是没有过。207国道起点为内蒙古乌兰浩特市，终点为广东徐闻县海安镇，全程3738公里，经过内蒙古、河北、山西、河南、湖北、湖南、广西和广东8个省份。关于国道207的故事，鲍光祥觉得完全可以拍一部超级有意思的"公路电影"。这么多年，咋就没有一个导演关注这个题材呢？

鲍光祥在双河变电站的同事里也有很多家在武汉的。武汉到荆门通常需要坐火车。1982年的时候，武汉—荆门的火车还是绿皮车。武汉的职工休班回家，需要先提前坐班车从变电站回到荆门线路工区，第二天再坐火车回武汉，彼时，他们坐火车的标配就是一个可以折叠的马扎儿，上车打开可以坐着，下车随身当行李背着。多年之后，再回忆上班路上的酸楚与苦涩，鲍光祥发现岁月把这些酿成了甘甜醇厚的美酒。这种感悟与体会不仅仅是他自己，一众曾经在苦痛与辛劳中并肩而立的双河老同事，每每提及往昔，都觉得那时的日子是美好、甜蜜的。在双河变电站，鲍光祥整整工作了10年，从1984年入职到

1994年调离。他也从1984年一名任劳任怨的值班员，成长为1994年组织与协调能力双在线的双河变电站工会主席。

1993年3月，湖北省电力局批准超高压局撤销宜昌维护站，组建宜昌分局，定员75人。一年之后，1994年3月，宜昌分局正式对外挂牌，分局基地建设和生产准备工作全面开始。同年7月，中共宜昌分局党支部成立，襄阳分局主任吴基才兼任宜昌分局书记。

组建宜昌分局是湖北省电力局审时度势的未雨绸缪之举。20世纪90年代，中国水电建设蓬勃兴起，主要集中于四川、云南、贵州、湖北、福建等水力资源丰富的省份。宜昌是湖北的地级市，地处长江上游与中游的分界处，素有"三峡门户""川鄂咽喉"之称，是国务院批复确定的中部地区区域性中心城市，也是湖北省域副中心城市和长江中游城市群成员之一。宜昌是三峡工程所在地，有三峡大坝、葛洲坝水利枢纽工程等在内的四百余座水电站。葛洲坝水利枢纽工程是长江上第一个水利枢纽工程，1970年12月破土动工，1981年首台机组投产发电，1983年全部机组投产，1988年工程全部竣工，为三峡水利枢纽工程建设积累了宝贵的经验。

葛洲坝水利枢纽工程本就是三峡工程的一部分。1992年4月3日，第七届全国人民代表大会第五次会议表决通过《关于兴建长江三峡工程的决议》，决定将兴建三峡工程列入国民经济和社会发展十年规划，由国务院根据国民经济发展的实际情况和国家财力、物力的可能，选择适当时机组织实施。三峡工程采取"一次开发、一次建成、分期蓄水、连续移民"的建设方式。

1993年元月，国务院三峡工程建设委员会成立。同年7月26日，国务院三峡工程建设委员会第二次会议审查批准了长江三峡水利枢纽工程初步设计报告，标志着三峡工程建设进入正式施工准备阶段。1994年12月14日，三峡工程开工典礼在宜昌三斗坪举行，标志着三峡工程正式开工。

无论湖北省电力局组建宜昌分局，西陵长江大桥正式通车，还是宜昌三峡机场通航，这些举措都是围绕更好地服务三峡工程建设而开展的。宜昌以全国 0.2% 的土地装备了全国 7% 的水电装机容量，正一步步向着"世界水电之都、中国动力心脏"的明天进发。

宜昌分局的"垦荒牛"一共有 19 头，分别来自襄阳分局、荆门分局和当年电力中专、电力技校新入职的学生。在这群朝气蓬勃的年轻人当中，温和的何相奎、埋头苦干的徐海章与技术型的姚俊是鲍光祥最喜欢的"宜昌三剑客"。刚开始的时候，因陋就简，在夜明珠路上租了一栋两层小楼办公。1997 年，在夜明珠路上规划、建设了办公楼和宿舍楼，职工的工作与生活逐渐步入了正轨。

2008 年的中国南方雪灾是许多电力人心头无法抹平的职业伤痛。早在 3 年前的 2005 年，宜昌就经历过一场小规模的雪灾。

彼时正值春节假期，那天晚上恰好是鲍光祥在单位值班。凌晨时分，值班室的电话铃声大作。是宜昌市 110 打来的，说夷陵区有人报警，高压线着火了！

事不宜迟！听完值班人员的汇报，鲍光祥立刻组织人手赶往出事地点。路面已经完全被雪覆盖了，即便套上了防滑链的轮胎依然频频打滑。"慢点开！慢点开！"鲍光祥不断提醒着司机，"一定要注意安全！"平时只需要一个小时的路程，那天却两个小时还没有到达。凌晨 3 点左右，车开到了一个上坡处。坡度有点大，司机踩了几次油门都没能冲上去。"算了，我们走过去吧！"鲍光祥决定弃车。大家收拾好工具，负重在肩开始爬山。爬了两个小时，转过山脚，他们被眼前的景象惊呆了！一条硕大的火龙横亘在前方。从业多年，鲍光祥也曾经见过高压电弧，但都无法与眼前的这一幕相比。

望山跑死马，又走了一个多小时，早上 7 点钟，他们才到达报警的村子。村民们已经在警察的指挥下有序撤离了，只留下几个村干部留守。他们没想到电力运维人员会连夜赶过来，正惴惴不安地担心着。

原来，凌晨时分，村子附近的一条高压线突然冒起了火花，火花越喷越大，就像一盏闪光灯不停地忽闪，一亮一灭。起初村民以为是谁家在放烟花，直到一声闷闷的"砰"的爆炸声过后，原本是一个点的火花开始向前游动起来，成了一条蜿蜒的火龙。火花随风，不住地往下掉落，好在地上已经积了厚厚的一层湿雪，这才没有蔓延成火灾。

突如其来的大雪在高压线表面覆了一层厚厚的冰，不堪重负，造成高压线地线断裂。必须赶紧切断地线断裂的那一回线路，同时迅速封锁现场，避免形成的跨步电压造成人身伤害……抢修一直从早晨持续到夜里12点，下山的时候已经是第二天的凌晨，这就是传说中的披星戴月吗？顶着星星出门，背着月亮回家！

这一场雪灾过后，输电线路防冰、防雷、防污、防风、防破"五防"中的防冰改造，宜昌分局率先启动，做了三年的技术改革计划，逐步实施。鲍光祥带着运维人员把宜昌辖区内的线路全部测试、摸排了一遍，重点对高海拔、易滑坡、微气象环境复杂多变的区域内的线路、杆塔进行了更换与加固处理。

有了2005年的雪灾预警，在2008年那场百年一遇的特大雪灾中，湖北电网受损相对较小，不是重灾区。生性低调的鲍光祥从不以有先见之明者自居，但一想到他们的确走在了主网大规模技改之前，内心还是有几分得意的。

1993年宜昌分局组建，一直到今天，鲍光祥始终觉得这里充盈着一股浩然正气，投机取巧的人在这里没有生存空间。囿于电力系统的人事制度，在一个无异于熟人社会的"电二代""电三代"共生的环境中，没有任人唯亲，也没有小帮小派，而是唯才是举、任人唯贤，年轻人的上升渠道是通畅的，严格的考核制度、透明的选人用人标准让所有人在同一条起跑线上公平竞争，最终形成一个成熟的纺锤形人才梯队结构。

1964年出生的鲍光祥几乎没有任何业余爱好，不吸烟不喝酒，不打麻将不打扑克，不跳舞不唱歌，工作是他人生中最大的权重。日本的"经营之圣"稻盛和夫认为，要把工作当修行，这样你就会超过一大半的竞争者，千万别等40岁以后才知道！鲍光祥在无意之中践行了稻盛和夫的工作理念——把工作当作修行。直到2004年四十不惑的那一年，鲍光祥才步入婚姻。从那时起，一些围绕着他的若有若无的风言风语才被打破，消解于无形。

在中国的传统文化中，自古以来都说男儿当成家立业。先成家后立业是一般顺序，而鲍光祥的人生轨迹恰恰是先立业后成家。也好，人生从不惑处开始，也未尝不是一种圆满。人生本就没有固定的模板，每个人的路都是自己走出来的，都挺好！

自由空间

"乌篷船，听雨眠，一蓑烟雨枕江南。"乌篷船摇呀摇，少年蹲坐在船头，父亲荡着快乐的双桨，双桨发出"哗哗，哗哗"的笑声，船头的水波把乌篷船震荡得左右摇摆。少年也笑得天真无邪。湖水碧波荡漾，接天莲叶无穷碧，荷花清香幽幽，莲蓬开始发福，野鸭踏着菱叶飞去，只有鱼儿不离不弃追逐着船舷，一路随行。少年按捺不住，伸手扯过一个莲蓬，剥开，吃一颗，清脆甘甜略带一丝苦味。母亲说过，新鲜的莲子一定要带着莲心吃才好，去心火，健脾胃。少年是个听话的孩子，一直都是。

少年名叫孟应平，湖北孝感应城人，让他魂牵梦萦的那片湖汊就是他的家——义和镇黄湾村。黄湾村是个小渔村，毗邻江汉平原的浩渺湖区。小时候，孟应平像小尾巴一样跟在父亲身后。父亲为了生活，捕鱼罾虾摸蚌壳，挖藕绞草摘菱角，采蒿取蛋打莲蓬；而少年无忧无虑，自由自在，一心只寻快乐。10岁之后，黄湾村开始围湖造田，家里多了十多亩可以种稻的水田。父母劳作的重心从乌篷船上转移到了陆地，孟应平的乐园也随之发生了变化。10岁之前的记忆里只有满湖荷花水草香，10岁之后记忆里多了十里稻花香与油菜花香。稻花香是甜的，悠远绵长，就像一块水果糖，含在嘴里，慢慢溶化；即便糖块消失了，甜味还在。油菜花香更像它的颜色一样，醒目、暴烈，明晃晃的，冷不丁闻一下，能把人香一个跟头。孟应平觉得自己还是喜欢清幽的荷香与温婉的稻花香，清淡而隽永，温婉而绵长，那是大自然的智慧。闻着这样的香气长大的少年，性格里便自然而然地嵌入了清净、和煦的印记。年少的记忆恒久远，甚至影响到许多年之后孟应平购置房产时的选择，一定要有山、有江、有湖，有荷花水草相伴，依水而居。当一个人离家越来越远，不能再回归故里时，就一定要竭尽全力为自己营造一个"理想国"。

孟应平学生时期是十年学制，小学5年、初中3年、高中2年，标准的十年寒窗。孟应平7岁上学，17岁考入了华中工学院，成为第一届无线电系微波专业的学生。对于无线电的兴趣，孟应平是在读高中的时候萌发的。高中同学里有一个无线电爱好者，他曾经用一块铁矿石和一根铁丝做出来的简单装置，竟神奇地捕获到了风中隐藏的声音，不清晰，但的确是人说话的声音。那个时候，孟应平才意识到，眼见也不一定为实，这些隐匿在空气中的电信号、电磁波，看不见、摸不着，但它们的确真实地存在。

大学时期的孟应平心无旁骛地专注于学业，虽不是班级里成绩最好的，却胜在为人踏实，学习务实，知识掌握得扎实。教《微波与天线基础》的教授在课堂上说的一句话，让孟应平终生难忘："载波需要一个载体，而微波不需要，它无须看得见摸得着的物理介质，但它要空间，一个自由空间……"多年之后，当孟应平告别职场，才明白，一个人一生梦寐以求的不外乎是真爱与自由。

1986年2月，孟应平到湖北省超高压局实习，完成了毕业论文《微波通信中AGC控制原理及过程》，并顺利通过了答辩。7月，孟应平分配到了湖北省超高压局通信科。在电网中，杆塔与导线构成了主干网，信息通信便是主干网的神经网络。彼时，正值通信从载波向微波转变的时期。1986年的湖北省超高压局通信科，人才济济。科长万君为，工程师李豫、蔡志平、胡群喜都是通信领域的高手。李豫和蔡志平侧重于载波技术，胡群喜作为师父带着孟应平专注于数字微波。

2021年6月，赋闲在家的孟应平曾经写过一篇回忆文章——《通信简史——那些年，那些人，那些事》，系统梳理了自己从参加工作到离开工作岗位这段时间内通信技术的沿革。不仅公司几度更名，通信机构也随着公司的变革，名称从"通讯室""通信科""生产部通信室""调度所通信室""调度通信中心通信室"到如今的"信息通信中心通信班"。名称变换的背后是国家电力体制的变革与国家电网机构的改革。改革无止境，一直在路上。

站在国网湖北超高压公司建企四十年的节点上回望，1981年至1986年，国网湖北超高压公司第一代通信技术以高频复用载波、地线载波、特高频、短波电台、音频电缆模拟通信为主。那个时期的通信设备500千伏线路主要以进口设备为主，ZAP-01，挪威EB公司载波机，传输500千伏姚双线、双凤线两条线路保护信号、语音调度信号、电力自动化信号。配套美国AKNR调度交换机组网，完成500千伏变电站至网调语音信号调度交换。国产载波机主要实现220千伏站间调度、自动化信号传输。特高频作为音频电缆备用通道，实现变电站到调度侧语音信号传输。100对音频电缆解决了凤凰山—关山—中调调度通信问题。短波电台实现了大军山过江塔值守站—局调、中山口过江塔值守站—双河站通信。

从双河变电站、凤凰山变电站的500千伏葛双线、姚双线、双凤线"两站三线"一直持续到1997年500千伏玉贤变电站投运，前后经历了15年时间。万君为、李豫、蔡志平、胡群喜、容嘉共、梁锡萃、杨恩芳、周雅芬、彭培麟、陈永胜、施冬钢、裴知明，当然也包括孟应平，组成了一支技术实力雄厚的通信专业队伍，解决了湖北省500千伏电力载波复用保护信号的灵敏度与可靠性，及高频通信抗干扰等疑难高尖问题，在湖北电力系统通信史上书写了浓墨重彩的一页。那个时候，技术是纯粹的、透明的、严谨的，也是快乐的。

彼时，大军山、中山口100多米过江塔的电梯经常停摆，被困在电梯里的情形时有发生，苦不堪言。不怕一万就怕万一，徒手攀登虽然累一点，最起码不会被困在上不上、下不下的电梯轿厢里。这两座塔，梁锡萃、孟应平、廖小松都爬过，背着二十多斤重的电台和电源设备，沿着金属竖梯一点点向上攀爬。通信电台必须要架设在塔顶，开弓没有回头箭，只能向上，再向上。

1995年圣诞节，法国进口的SAT微波设备户外收发信机电源母板烧断了，情况紧急，跟法方售后联系多次，奈何生性浪漫的法国人享受假期是天大的事情，没法第一时间检修。孟应平主动请缨，自主检修。在没有电路图的前提下，他把设备解体、检查、排障、复原，完成了电路板修复。

湖北电网的数字通信开局之年始于1986年。第一条120路数字微波，1985年设计，1986年安装调试运行，实现了500千伏凤凰山—高压局—中调三点各60路通信，标志着电力通信从有线载波、有线电缆通信到无线数字微波通信，从模拟向数字的转变。华中电网局第一条120路数字光纤电路，1988年安装调试完成，实现了500千伏凤凰山—220千伏珞珈山—网调120路数字光纤通信，这是华中电网系统首次引进日本OPGW（光纤复合架空地线）光缆和数字光纤通信设备。OPGW首次在220千伏凤珞线上的使用，开了华中电网光纤通信之先河。这两条120路数字电路的开通，结束了变电站到调度端依靠音频电缆通信的历史，也开创了数字微波、OPGW光纤通信的新局面。复用载波机、高频收发信机传输保护信号还有应用，迄今为止，载波并未退出通信的历史舞台。在2008年南方特大雪灾的特定环境下，微波通信在光纤线路大面积雪灾受损、其他通信方式不能发挥作用时，以其稳定的性能，利用"自由空间"优势发挥了重要作用，重新进入了通信检修人的视野。有线、无线、光纤技术，就像丛林间的藤蔓，在技术发展的曲折小径中蜿蜒伸展。

2008年春节，中国南方发生特大雪灾，±500千伏宜华直流在安徽境内倒塔，±500千伏江城直流在湖南境内大面积倒塔，京珠高速公路、武广铁路全线停运，华中电网告急，国网告急。大年三十晚上，国网公司下达抢修±500千伏江城线并同步恢复OPGW光纤通信电路的命令。2月11日，正月初五，孟应平带队，通信班张峰、罗志勇，司机邱建华一行四人赶往湖南抗冰抢险一线。±500千伏江城直流，由湖北江陵至广东惠州（鹅城），全长千余公里，是国网公司至南方电网公司的重要电力输送通道。OPGW随线路敷设，共有江陵、澧澹、石牛江、虞塘、潭子山、华塘、侯公渡、小正、惠州9个通信站，是国网公司一级通信电路。

　　到了现场，孟应平才真切感受到这次特大雪灾的超级破坏力。500千伏杆塔断臂倾覆，线路覆冰触地，道路田野阻塞，树木结冰腰折，湖南全境遭受了一场百年未遇的特大冰雪灾害，满目疮痍。当天，他们一行四人赶到了益阳市石牛江中继站，发现线路多处纤芯中断。在975#至985#倒塔处，他们将铁塔上的接续盒取下后断开重新测试，确定了故障点。白天，他们驱车寻找故障点，细心复查，认真记录数据；晚上，向国网信通公司汇报整理的数据，提出第二天的工作计划。就这样，长沙、湘潭、湘乡、衡阳、郴州、乳源、韶关、惠州，孟应平与同事一路从湖南走到广东。天气寒冷，山高路滑，行进路线不熟，再加上春节期间大多数饭馆酒店还没开门营业，有时一天奔波下来，连口热水也喝不上，更别提热乎饭了。十天的艰难跋涉，行程三千多公里，足迹踏遍三湘大地、粤北山区，走遍了线路经过的每一个城镇、村庄，975#、985#、1069#、1079#……彻底厘清了江城线千余公里二百多个耐张段2298个基塔的每一个故障点，为±500千伏江城线的灾后重建工作掌握了第一手资料。江城线抢修恢复送电的同时，恢复OPGW通信干线电路也在同步进行中。在OPGW没有恢复之前，湖南省电力调度中心保留的一条微波电路发挥了巨大的作用。事后，孟应平暗自反思，技术迭代的进程中，真的是越先进越好吗？技术领域在追求效率、创新的同时,是不是也应该保留一些传统通信方式,保持一种底线思维呢?

2008年3月,经湖北超高压输变电公司党委研究批准,调通中心党总支书记邹爱蓉、入党介绍人张小平、党支部书记徐超等一行人赶赴抢险一线,在湖南郴州受灾最严重的江城线华塘通信站抢修现场,为孟应平举行了一场特殊的入党宣誓仪式。面对鲜红的党旗,孟应平举起了右手,庄严宣誓。

3月4日,±500千伏江城直流全线熔接贯通,经过站间线路测试、设备指标测试,电路恢复通信。又经过24小时连续误码测试,通信电路指标完全正常。3月6日,江城线恢复送电。

2000年,湖北第一张2.5G SDH光纤通信网建设,首次采用国产华为SDH光通信系统,该系统运行至今,虽历经无数次扩容和改造,依然稳定运行,其质量优于国外进口光传输设备,也是从2000年开始,500千伏变电站全面开启了光纤通信新时代。2007年,湖北第二张10G SDH光纤通信网建设。2015年,湖北省OTN传输系统建成,依然采用了华为光通信系统,为电网办公信息化、管理现代化、调度自动化、会议可视化、终端智能化铺设了一条条信息高速公路。

2003年三峡电厂开始投产,川电东送,2009年,1000千伏南荆特高压试验示范线路建成,三峡地区龙泉、斗笠、江陵、宜都、团林、荆门特高压站相继投产运行,同时建成三峡光通信环网,光纤通信得到了高速发展。建设初期,三峡光通信环网传输设备以及PCM全部采用的是进口设备。然而,仅仅数十年,随着2018年三峡光通信设备的改造完成,那些来自美国、加拿大、日本、德国、英国、芬兰、以色列等国家的众多光传输设备已经全部被华为、中兴SDH设备所取代。中国通信技术从追赶、跟随,到弯道超车,高压公司通信人一路追随。

目前,在湖北主网500千伏变电站,国网一级骨干通信网、华中分部通信网、省干通信网纵横交织,为通信网时钟同步、网络管理、系统稳定、线路保护、调度自动化、行政与调度交换、会议系统、应急系统提供着坚强的电路安全保障。湖北超高压公司信息通信中心承担了湖北省光环网、华中光环网、国网OTN（湖北网）、三峡光环网等重点技术改造专项工程施工，这些工程获得国网信通公司评比优质奖、国家通信行业工程施工银质奖。

±500千伏龙政直流全线更换OPGW接续盒、500千伏玉凤和斗江线光缆开断、500千伏龙斗二回全线架设OPGW光缆、500千伏凤凰山通信站整体搬迁和三峡地区四个光环网改造……湖北超高压公司一批年轻通信技术技能骨干活跃在工程建设、运维管理一线，他们在实践中得到锻炼成长。裴知明、张佐星、郭莎莎、胡龙舟、施冬钢、杨柳、杨欣、黄志刚等青年才俊，也成为湖北通信专业技术和技能专家人才。

江山代有才人出，各领风骚数百年。孟应平看着高压公司大院、凤凰山变电站、双河站里的微波通信铁塔建成又拆除，塔边的小松苗已长成参天大树，凤凰山变电站机房搬迁，老通信机房里一代又一代通信设备退役在一边，心里有失落、惆怅，更多的是满足。2020年，孟应平退居二线，但他没有遗憾，他是国家电网标准化委员会信息通信委员会的委员，是湖北唯一，也是华中电网唯一。他开始从更高的维度去看信息通信在整个电网平安运行中的权重和责任。这个课题，值得好好琢磨一番。OPGW终期寿命是多少，与运行应力和其他哪些因素有什么关系？孟应平依然有属于自己的"自由空间"。

身心手谈

第一次参加公司组织的围棋比赛，赛制是单淘汰制，输了就结束。那是陈元建第一次与真人对弈，速度快得犹如眼前闪过一道高压电弧，然后就没有然后，他被淘汰了！起身离开赛场时头还是蒙的，没回过神来，待到一阵清风拂过脸颊，方才觉得脚踩大地，回到人间。此后，陈元建再也没有报名参加过任何比赛，也极少在生活中与人坐隐。他不喜欢在那纵横交错的324个格子间搏杀，黑白之间风云激变，非得拼出个输赢高下。"弈"字本身既能够充当名词围棋，也能做动词下棋，但人们却用"对"字与之组词，对弈，仅仅一字之差，遽然就增添了剑拔弩张的杀伐之气。从那个时候起，陈元建就真切地意识到围棋只是他自娱自乐、愉悦自己身心的一种方式而已，就像有人喜欢喝酒，有人热爱运动，还有人执着于美食一样，没有对错、高低与优劣，不过是个人的兴趣罢了。围棋无捷径，唯勤能补拙，这是陈元建喜欢上围棋运动之后的心得。之所以会选择围棋作为业余爱好，是陈元建小时候听大人说过一句话："围棋下得好的人都聪明。"

陈元建的确非常聪明，不然也不会在高考那年脱颖而出，被上海交大电力系统及其自动化专业录取。1990年毕业后，陈元建来到了位于武昌县（现为江夏区）流芳镇的"中华第一站"——凤凰山变电站。那时候的凤凰山变电站周遭有稻田、鱼塘，还有干净的水塘。稻花开的时候，清香四溢。花香越过变电站的围墙，逃过值守站岗武警的火眼金睛，径直登堂入室，一阵阵，轻轻的，幽幽的，摇曳在风中若有若无、时隐时现。《红楼梦》里有稻香村，苏州有稻香村"江南细点"，北京也有著名的糕点品牌"稻香村"……陈元建想，无论曹雪芹，还是这一南一北的糕点创始人，必定都是闻过稻花香之人吧！

凤凰山变电站从1982年初始运行，到1990年陈元建参加工作，这段时间是500千伏变电站日常运行的表格时代；1990年之后，随着电脑，即个人计算机的普及，变电站的日常运行进入了信息化时代。陈元建依托DOS系统编写了"倒闸操作填票系统"程序。将电气设备由一种状态转变为另一种状态的过程叫倒闸，这个操作过程就是倒闸操作。倒闸操作必须执行操作票制和工作监护制。在表格时代，变电站的工作人员都是手动填票，信息化时代之后，工作效率大大提高了不说，出错率也随之下降了许多。

陈元建在凤凰山变电站编程序，无独有偶，在荆门钟祥的苏洲先生自学了C语言和BASIC语言，同样在双河变电站编写出了"倒闸操作填票系统"程序。两个程序各有千秋，不分伯仲，都不同程度地提高了工作效率。其他的变电站也争相效仿，自己编程以提高日常运行的自动化程度。后来，湖北省超高压输变电局在所管辖的变电站中普及使用了统一的"倒闸操作填票系统"，再后来就是全国一盘棋，统一为国网标准。不过，在陈元建的内心深处，还是觉得自己当初编写的那个程序界面简洁，操作简单，容易上手。2008年3月，2007年度国家电网公司优秀专家人才遴选结果公布，湖北超高压输变电公司的陈元建、杜军、魏威、高文俊入选首批国家电网公司2007年度优秀专家人才。

参加工作已经有三十多个年头了，陈元建大部分都是在武昌县流芳镇度过的，不过现在已经更名了，流芳不再。第一次离开时是2007年底，乍一离开工作了17个年头的地方，就像一棵树被连根拔起，主干犹在，异地也能再重新扎根萌芽，但是依然会有疼的感觉，枝枝蔓蔓的细小根须被斩断，怎会不疼。在黄石工作的那一年里，午夜梦回，陈元建总会觉得自己依然身处凤凰山变电站。一个见证了蜕变、一个淬炼了意志的地方，怎能不入梦来？

那应该是刚参加工作不久的时候吧？一年？抑或是两年？时间记不太清楚了，但绝对是夏天，记忆中，有声声蝉鸣，有难耐的燠热，变电站养着的那只狗被热得垂头丧气，吐着长长的舌头在树荫下怀疑狗生。人有人生，狗有狗生。彼时的凤凰山变电站有两台主变压器，故障信号是在下午，接近傍晚的时候发现的。其中一台主变压器的冷却器电缆老化，再加上负荷过载被烧断了。20世纪90年代，经济高速发展，用电量大，无论凤凰山变电站还是双河变电站都是全年满负荷运转，源源不断地给中国经济输送着电力动能。即使1996年玉贤变电站投入运行之后，变电站满负荷运转的状况也没有从根本上改变。在梦里，陈元建依然能够感受得到当年的焦急、焦灼与焦虑。那天，他们找了一条电缆，临时接通了替换电源为冷却器降温。他们的信念只有一个，不能停电，不停电是他们的职业下限，安全运行则没有上限。

与技术死磕到底，发现问题、解决问题，在这个过程中其乐无穷。再复杂的技术也比人心简单，人才是最变幻莫测的不确定因素。当然，阿尔法围棋（AlphaGo）是个例外。无论是阿尔法与李世石4比1的棋局、与10位中日韩围棋高手连续60局无败绩的快棋对决，还是阿尔法与世界排名第一的柯洁在中国乌镇围棋峰会上3比0的棋局，陈元建都复盘观摩了许久，每一步都暗藏玄机，快棋一招毙命，稳、准、狠；更有深谋远虑的布局，伏兵千里，最终赢得水到渠成，正所谓："黑白谁能用入玄，千回生死体方圆。空门说得恒沙劫，应笑终年为一先"。

2011年7月24日，时任鄂东变电中心副主任、总工程师的陈元建圆满完成了国家电网公司2011年度第一期新员工岗前培训授课任务，载誉而归。这是他第一次承担国网讲师的任务。说实话，他是真心喜欢那种上讲台传道、授业、解惑的感觉。可惜呀，讲师仅仅是陈元建暂时客串的人生角色。

2021年7月23日，国网湖北省电力有限公司2021年"工匠杯"变电运维技能竞赛在国网湖北技培中心落下帷幕，检修公司由陶静静、肖诗宇、姜帅、刘洋组成的代表队不畏强手、技压群雄，历史性夺得国网湖北省电力有限公司2021年"工匠杯"变电运维技能竞赛团体第一名。这支平均年龄29.75岁的年轻团队，曾在省公司第十二届技能运动会GIS局放带电检测项目中荣获团体二等奖。

成功背后的秘诀之一就是科学的备赛方案，除了参赛队员个个身怀绝技之外，还有一个制胜法宝，就是超豪华阵容的教练团队。检修公司组建了由陈元建、刘远超、刘国兴、陈典丽、黄斌、周靓、李钟7位专家组成的超豪华阵容教练团队，多年之前，在他们风华正茂之时也曾经是赛场上全力拼搏的种子选手。教练团与队员们全部入驻凤凰山实训基地，同吃同住，持续强化训练以形成规范动作的肌肉记忆，将标准化作业转化为条件反射动作。陈元建建议教练团队根据每位队员的个人特点，制定"一对一"的个性化训练方案，最大化地发挥个人优势，补足短板。7位教练对应7个队员，4名正式队员、3名替补队员，针对每一名队员的专业能力和性格特点，进行"定制化"训练。常常是这样，辛苦训练了一整天的队员进入了梦乡，而同样辛苦了一天的教练们却还在静寂的深夜里批改实操考试试卷，雷打不动地召开每天的碰头会，及时沟通训练进度。他们丰富的竞赛经验、过硬的专业素质，成为检修公司参赛队员不可或缺的隐形翅膀。

凤凰山实训基地其实是老凤凰山变电站"原址重建"后保留下来的一隅，这里本就是陈元建当年职业出发的起点，在这片熟悉的土地上，他觉得身心通泰无比。从武汉城区开车到凤凰山变电站，以前慢，现在也不快。以前慢，是因为路不好走；现在慢，是因为车多。老凤凰涅槃之后，大部分建筑随之拆除，尤其是变电站里40年来不断种下的树木，眼见着被砍被伐，蓊蓊郁郁的一片绿色终究还是让位给工业森林。夜深人静，心中难免生出几分惆怅，好在青山不言三杯酒，长日惟消一局棋。是呢，人间还有围棋哪。

"归山终未遂，折桂复何时。且共江人约，松轩雪夜棋。"万籁俱寂，吾心居吾身，身心手谈一局可好？

从一株芭茅谈起

面对同一株芭茅，李季群、魏辉生和我却有着截然不同的感受，这种不同，是超越"千差万别"的词意，直达"天壤之别"的。

他们两个都是男人，我是女人，本着"女士优先"原则，我先说！另外，远来者为客，虽然他们两个一个是武汉黄陂人，一个是黄冈蕲春人，但总的来说他们都是湖北人，而我是一个从遥远的黄河尾闾、渤海之滨千里奔袭而来的异乡人，他们都不好意思跟我争抢，依然是我先说！

第一眼看到芭茅时，以为那是芦苇。虽然外形上有些许的差异，但我也只是天真地以为是水土不同造成的，毕竟一方水土养一方人嘛。南人与北人在身高、样貌上会有差异，难道就不许一株芦苇也分南北嘛！在黄河入海口，最常见的植物就是芦苇和芦荻，芦苇雄壮，芦荻柔媚，它们就像人间一对共生的草本眷侣，你有你的蒹葭苍苍、在水一方，我有我的芦荻飞雪、闭月羞花。两两相望，看红尘日与夜互消长、富与贵难久长，千古风流浪里摇，东流到海不复回。每次在黄河入海口看到它们，都会心生遗憾，它们为何不能合二为一呢？既然伟大灵魂都是雌雄同体，这么美好的植物缘何不能雌雄同株？这份遗憾在湖北黄冈市蕲春县张榜镇的土库村的山坡上，似乎得到了弥补。

它远远地伫立在那里，像竹子一样亭亭玉立，风摇青玉枝。花穗硕大，柔弱无骨，一副弱不禁风的娇滴滴模样。这应该就是芦苇与芦获的后人该有的样貌吧!

李季群、魏辉生面面相觑,看我像是天外来客。他们一个为工作、一个为生计,已经与这个植物斗智斗勇多年,虽然暂时占了上风,但这场斗法远未结束,那一蓬绿色的妖精随时会卷土重来。

"这是芭茅!"两个人异口同声地给我纠正了基础认知错误。

让魏辉生心烦的是,芭茅一旦扎了根,想把它彻底清理干净就难如登天,它发达的根系早已深扎,在地下圈地为王,从根上剥夺了其他植物试图与它比邻而居繁衍生息的权利。在低海拔的荒地、丘陵,潮湿的谷地、山坡,如果有芭茅挺拔的身姿,要么是芭茅家族青枝绿叶、蔓蔓日茂,要么是它一枝独秀,寂寥地坐享独属于王者的清孤影荡。芭茅在魏辉生这个土生土长的蕲春县张榜镇土库村农民眼中是敌人——果树的敌人,庄稼的克星。芭茅是野生的,遵循丛林法则弱肉强食。果树、庄稼都是需要人类呵护、关爱才能抽穗扬花的物种,没有人类那双温柔手的助力,它们当中任何一个都抵不过芭茅的入侵与进攻。

芭茅同样也是李季群的敌人。作为国网湖北省电力有限公司检修公司输电检修中心运维4班的班长,他与芭茅周旋的时日也不短了。镰刀一挥,芭茅应声倒地,但时隔三日再来查看,这只打不死、杀不死、骂不死、穷不死、饿不死、跑不死、累不死、苦不死、气不死"九不死"的绿妖精依然袅袅婷婷、青青翠翠地随风妖娆着。微风吹过哗啦啦,宛若讥讽人类在它旺盛的生命力前的完败。李季群是真的有深深的挫败感,芭茅最高能长到7米,即便是低矮的也有两米多高,在它们面前,真的只能无可奈何地仰望喟叹。

办法倒也不是没有,用火烧!魏辉生知道,李季群也知道。以前魏辉生不是没烧过,奏效倒是很快,只不过后遗症也很严重,燃烧过后的草木灰成了芭茅天然的肥料。一场春雨、一阵春风,芭茅就宛若浴火的凤凰一般获得新生,而且比之前更加枝繁叶茂。李季群虽然也知道这个办法，但自从成年尤其是工作之后就再也没有使用过，因为那是国家电网明令禁止的行为。

李季群从小在农村长大，父亲是黄陂塔尔镇的小学教师，是吃商品粮的。母亲是农民，在李家大湾村种地、带娃。李季群是家里最小的一个，比哥哥、姐姐享受了更多的关爱与照拂。1988年，20岁的李季群从武汉供电技校毕业，被分配到鄂州供电公司。3年后，一个契机让李季群有机会从鄂州供电公司调到湖北省超高压输变电局武汉分局的运维班。只要技术好，能够胜任工作，融入一个新环境新班组并不难，从低压到高压，李季群没用多久就适应了。

2000年，李季群创造了一个湖北省超高压输变电局武汉分局更换间隔棒的纪录。那是在线路停电检修期间，大家在上塔开工之前，无意当中说起了更换间隔棒谁速度最快的话题。每提议一个人，都会招来一顿调侃与否定。"既然大家都互相不服气，要不然咱们今天就比试一下呗！"不知谁提议，众人附和："行啊！比就比，谁怕谁啊！是骡子是马牵出来遛遛就知道啦！"

更换间隔棒需要专门的工具，工具的革新发明一直是武汉分局多年来孜孜以求的一项创新工作。平武工程兴建的输电路线使用的是单绞圆环型非阻尼间隔棒，在投运后不久，就开始出现大量间隔棒松动、脱爪、磨伤导线等问题，1990年开始大批量地更换，用圆环型阻尼间隔棒将其替代。后来又分批更换为十字型阻尼间隔棒，2003年之后才更换为一直沿用至今的方型阻尼间隔棒。此为后话。彼时，武汉分局的这群高空勇士正在将高压线上的圆环型阻尼间隔棒更换为十字型间隔棒。

两个杆塔之间为一档线路，一档线路之间一般安放七个间隔棒。一个人一天更换三档线路的间隔棒是基本操作，是正常的工作量。那一天，李季群更换了六档线路的间隔棒，整整42个。那一天，他从早上上塔一直到天黑才下塔，午饭都是在空中解决的。不了解李季群的人以为他争强好胜，了解他的人知道他只是想验证一下自己的能力。创造了纪录的李季群一脸淡定地从塔上下来，没有一丝一毫的得意与炫耀之色。众人也仿佛忘了上塔前的打赌。时至今日，李季群一天更换42个间隔棒的纪录无人能打破。36岁那年，李季群当上了副班长，3年后转正成了班长。屈指一算，参加工作33年，已经当了14年的班长了。自己是个好班长吗？扪心自问，李季群觉得自己是一个好班长，有技术，肯干活。在没有外包服务之前，巡线、清理线路下通道的各种障碍，小维修，大检修，所有的工作都是班组自己干。每个班组里总有勤快的，也都有一两个会偷奸耍滑的，他们偷懒不干的活，李季群也不好意思再转交给其他人，只能自己默默地多做一点。

2007年至2014年，李季群的班组负责的线路主要在江汉平原的潜江市和仙桃市。七年的时间，足够李季群班组了解、熟悉他们工作的整个区域，如哪一条通道的树障是重点清理对象，哪一片植被特别繁茂需要多久清理一次，哪一片速生杨已经到了非砍伐不可的高度……这一切，李季群如数家珍。就在他费尽洪荒之力，成功说服潜江的熊口镇、浩口镇的政府负责人，将高压线下存在隐患的速生杨全部砍伐之后不久，李季群的4班线路管段调整了，调整为黄冈的蕲春县、浠水县、团风县和武汉东湖开发区以及鄂东片区。据说此番调整是为了让各个班组在一个新环境中接受新挑战，从而克服慵懒、散漫的工作作风。

运维4班目前有11个人，都是特别能战斗的工友。4班的班组氛围特别好，其实输电中心各个班组的氛围整体都不错。也许跟工作环境有至关重要的关系，李季群觉得周围的同事都是豁达之人，即便有一点性格上的小瑕疵，也都在可以接受的范畴之内。再说每天都在户外，看山、看水、看景，自己那点小事情、小纠结在天地之间算个啥？有时候，大家闲聊的时候会谈及患癌两次却大难不死的老领导尹正来，也许正是每天身处天地之间被浩然正气环绕，心胸开阔，旷达乐观，才有机会获得新生吧。

芭茅也想获得新生吗？也许吧。

站在魏辉生家的房顶上，放眼望去，能看到九基杆塔，只有一个在山坳里的，必须要走过去才能看得到。自从魏辉生成为义务护线员以来，只要天气有变，遇刮风、雨雪时，他都会站在屋顶上拿着望远镜观察。待到风消、雨停、雪霁之后，再到现场去查看。除了监控恶劣天气，魏辉生主要是监控山火，上半年集中在清明前后，因为山里人要上山祭祖；下半年就是春节期间，从腊月二十四的南方小年开始直到来年的正月底，祭祖是一方面，还有很重要的就是燃放烟花爆竹。

2018年秋天的一个中午，土库村旁边的山坡突发山火，事后查明是农民烧荒，主要是烧芭茅。大火一直烧到第二天才熄灭，几千亩的庄稼、果树毁于一旦。山坳里芭茅燃烧的烟尘不易扩散，高压线路下的山火火焰及滚滚烟尘形成了导电通道，最终引发了线路故障。

这样下去也不是办法，难道就一定要输给那一株绿草吗？

自从2014年调整线路管段以来，李季群也早已摸清了新管段的基本情况。蕲春是李时珍的故乡，是神医遍尝百草的起点。蕲春的艾草全国闻名。在实地走访、多方请教之后，李季群意识到，艾草种植区域很有讲究，技术管理也必须要跟得上，最重要的是上规模才能有效益。这可不是凭一己之力就能做到的事情。有一次，李季群在跟魏辉生聊天的时候意外得知，魏辉生的父亲以前在山上种植过油茶树，树少产量低，每年结一点点果子，只能榨点油自己吃吃。李季群想起了自己曾经在《长江商报》上看过的一则新闻：湖北农村种出"千亿级"油茶产业。新闻上说的是湖北恩施土家族苗族自治州。相比于其他经济作物，油茶是一种长寿树种，具有一次种植、多年收益的特点，对于劳动力不足的当下农村来说非常适合。油茶树！没错，就是它了。

一棵油茶树，巧解了无数桩闹心事。由国网湖北省电力有限公司检修公司统筹规划，湖北襄阳的谷城县茨河镇下磨石村、湖北黄冈的红安县八里镇和麻城木子店镇、蕲春张榜镇土库村……先后种植油茶树，各地的合作形式虽然不一，但都解决了高压线路维护的实际问题。低矮的油茶树取代了速生杨等其他经济林木，种植油茶树的农民更有动力与积极性彻底铲除危及他们生计的芭茅植株。风中的芭茅不再"沙沙沙"地欢笑，这一次，这只绿色的妖精是真的感到生存的危险了！

结束采访，就要离开土库村了。站在魏辉生家的房顶上，他指着前方的一个杆塔说："那是1170号！今年5月15日上午9点，一场大雨过后，我就是站在这个位置，完整地看到了那基杆塔的滑坡。我手机里还存有当时拍的视频。在李季群他们没到之前，我就自己过去拍了现场照片，在我们义务巡线员的群里@了李季群。"

"我可以到现场去看一下吗？"

"可以啊！"

一行人，魏辉生头前带路，左手拿驱蛇的竹杖，右手持锋利的砍刀，清理拦路的枝枝蔓蔓。其他人紧随其后，每个人长长的木棍在手，鱼贯上山。我走在队伍的最后面，踏着他们的脚印。路边依然可见倔强的芭茅，不过，只余稀疏的几株。

起点与选择

我一向是个直觉准到让自己害怕的人。从陈光辉坐定,到他给到我几个信息:在双河变电站工作过、爱人是从荆门发电厂调到双河变电站的……我脱口而出:"您爱人是叫陈江红吗?"

陈光辉愕然:"李老师,你怎么知道?"

"我去过双河变电站,跟站长万城聊了一个下午呢!"

"是万站长告诉你的吧?"陈光辉一副了然的模样,"怪不得呢!"

"那倒没有。只是了解到当年有两个从荆门发电厂调到双河变电站的女工,后来都嫁给了本单位的同事。"

"那你是怎么看出来陈江红跟我是一家人的呢?"陈光辉一脸狐疑地追问。

"直觉吧!我的直觉一向很准。"

陈光辉显然不信,不置可否地摇了摇头。

双河变电站是陈光辉的职业起点。1986年高中毕业那年,湖北省超高压输变电局除了接受国家正常分配的大中专技校毕业生,还面向应届毕业的高中生进行了招聘,荆门线路工区的招聘计划是8人。当年的高考真的是名副其实的千军万马过独木桥,鲤鱼跃龙门是少数,落榜是大多数。那一年,报名的荆门籍高中毕业生就有一百多人,先笔试后面试,陈光辉以优异的表现从中脱颖而出。他本就离高考线仅有一步之遥,而就是这一步之遥在冥冥之中决定了他的人生起点。录用后,陈光辉被分配去了双河变电站的唐超旭班组,跟班学习。

　　唐超旭是汉川人,比陈光辉年长四岁,比陈光辉早参加工作三年。1983年,他从湖北电力学校发配电专业毕业就直接到了双河变电站工作,是落户荆门线路工区的第一批学生。时任双河变电站站长的苏洲先生亲自到火车站去接站,让大家备受感动。多年之后,唐超旭觉得自己人生最有活力、最具意义、最值得怀念的时光就是在双河变电站度过的那段日子。虽然已经走出校门了,但他们早晨起床第一件事就是跑早操。迎着晨曦,绕着变电站围墙外围,在夹杂着青草与泥土的清新空气中奔跑。之后,集体吃早餐,该上班的去上班,休班的就集中学习,苏洲既是站长也是老师,新员工的培训教材都是苏洲自己编写、自己刻版油印的。一本本散发着浓浓油墨味道的培训材料,拿在手中,一不小心就会抹花了。如果习惯不好,一不留神,不经意间抓个耳挠个腮什么的,就会把自己搞成一张大花脸,往往还不自知。在众人嬉笑中一脸茫然,丈二和尚摸不着头脑。多么幸福的时光,多么有趣的往昔!

　　可敬可爱又可"怕"的苏洲先生,对学习要求严格,精益求精,与其说他是站长,不如说他是一位学者型的老师更准确。苏洲本人既不喜欢别人喊他站长,也不愿意大家称呼他为老师,"苏工"才是他对自己的人生定位。严师出高徒,在苏工的谆谆教导之下,唐超旭迅速成长,三年就当上了班长,陈光辉的班长。老师如何教学生,学生看在眼里、记在心里,当有一天学生成为老师后,也会依照老师曾经教授的做人、做事尺度再去教学生,这就是传承的力量。苏洲教习唐超旭,唐超旭教习陈光辉,陈光辉再教习……

　　陈光辉也曾有幸聆听苏洲的教诲,针对陈光辉这些毫无电力知识的高中毕业生,苏工设计的课程相较唐超旭他们的学习更为系统一些。20世纪80年代是一个美好而又珍贵的时代,年轻、真诚、单纯,简单、纯粹、理想、文学、情怀、梦想,充满生机、朝气蓬勃、春意盎然。上班的时候，必须要在变电站里工作；下了班，年轻人，尤其是单身职工，也大都不愿意长途跋涉回家。就像陈光辉一样，休班时也不回家，他更愿意待在变电站里，与苏工在一起、与年轻的同事们在一起，似乎这样，就是与自己的理想和青春在一起。

跟班学习的新职工，上午的时间都在学习，下午要么跟着老职工去工位观摩，要么去设备区巡视。每周一都是雷打不动的考试时间，这是陈光辉跃跃欲试同时也略带忐忑的时间。不安倒不是因为惧怕考试，陈光辉对自己的学习能力还是非常自信的，他的忐忑在于自己是否能够一直保持住领先的考试成绩。在同期进站的工人中，他的笔记记录得最清晰明了、字迹最工整干净。多年之后，当陈光辉也当上班长开始带徒弟时，后来者已经无缘亲耳聆听苏工的教诲，陈光辉当年的听课笔记便成了又一代青工学习的参考书。

"成绩在一定程度上代表了一个人的学习能力！这个观点可能不合时宜，因为现在不提倡以分数论短长，但这就是我真实的想法，高分低能毕竟只是少数。当年我不是非要争第一，而是我知道自己有这个能力，就要尽全力。"陈光辉目光坦诚，"也许是我不想重复我父亲的人生吧！"

1969年出生的陈光辉，兄弟姐妹6个，他排行老五。亲人里面，他最佩服思想开明且具有远见卓识的爷爷，最心疼含辛茹苦将他们兄弟姐妹一手拉扯大却没过上几天好日子就撒手人寰的母亲。

陈光辉的爷爷将一身才华的大儿子送去参加国民革命军，而尚在读书的小儿子，也就是陈光辉的父亲，却瞒着家里人走上了另一条道路：加入了中国共产党，成为新四军第五师的战士。1942年，部队在突围时被敌人打散，陈光辉的父亲与大部队失去联系。在大哥的暗中襄助下，陈光辉的父亲以教书为名暂时隐蔽起来。1947年，他才重新与组织取得联系，加入了江汉军区的地方部队。陈光辉伯父的家眷早已去了台湾，新中国成立后，伯父被判刑3年，刑满释放回家不久就去世了。陈光辉的父亲既有国民党兄长，自己与部队走散的几年里又无法自证清白，在特殊岁月，犹如一块置身狂涛中的小舢板，几次倾覆，他所有的精气神消耗殆尽。父亲作为一个改造的右派被下放到了荆门沙洋，在那里遇到了根红苗正的母亲。母亲倾慕于父亲的一身才华，用自己的出身为父亲撑起了一片现世安稳。父亲与母亲一共生育了6个孩子，哪怕他们在肉身最亲密的时候，心灵也从来没有相通过。目不识丁的母亲很难走进上过学堂、明了心智，上过战场、了悟生死，如今又深陷泥淖的父亲心中。从陈光辉记事起，父亲就常年不在家，他总是只身一人在外教书，即便是逢年过节，也很少回家。即使是回家，脸色也总好看不到哪里去，怨天尤人，牢骚满腹。1983年，父亲被平反，部队落实政策要发放一笔优厚的补偿金，父亲倔强地选择了放弃。家里一直靠母亲和大姐种田，父亲微薄的工资苦苦支撑，再苦再难，母亲也坚持让孩子们上学。除了早早辍学的大姐，陈家其他几个孩子都凭借知识改变了自己的命运。

当初打动陈江红芳心的就是陈光辉出色的学习能力。在一众追求者中，学历比陈光辉高的有之，长得高大帅气的有之，家境条件好的也有之，但陈江红却独独选择了陈光辉。只能说缘分天注定！那么多人买了电影票邀请陈江红去看电影，在一群盛情的邀约里，在弥散着甜蜜芬芳的变电站的桂花树旁，陈江红只羞赧地接受了陈光辉带着体温与汗水的那张电影票。

在双河变电站工作了20年之后，2006年，陈光辉前往宣恩县晓关侗族乡大岩坝村，参与筹建恩施州第一座500千伏变电站。这是湖北超高压公司最偏远的一个500千伏变电站。2007年8月，恩施变电站正式投产送电，成为恩施电网与湖北主电网相连的唯一通道。

2008年南方雪灾，湖北电网受灾严重的主要集中在长江东南岸的咸宁市与恩施州的高海拔区域。彼时，陈光辉恰好就在恩施变电站，他与封闭在站里的13名职工连续奋战了整整21天。这21天，跳闸事故发生了18次，他们正确处置了18次。除了处置突发事故，他们每天都还要去变电站的设备区除冰，除冰对象是变电站供电的35千伏设备，而且是每隔两个小时就要除冰一次。

恩施站地处偏远，一直没有通自来水，站内打了一眼深97米的机井，但到了枯水期就打不上水来。冰天雪地，交通不便也无法下山取水。被雪灾围困在变电站里的日子里，日常煮饭、饮用的水都是铲雪融水。整整21天，所有人不洗澡、不洗头，都熬成了不但看上去有味道，而且闻上去更有味道的人。

水的问题好歹还能依靠融雪来解决，米和蔬菜真的就是眼睁睁地坐吃山空。一周之后，米袋见底，蔬菜吃光。恩施变电站食堂里的工作人员有当地人，他们背上竹篓徒步下山，去变电站周围村庄的老乡家中购买大米、萝卜、红薯和熏肉。偶尔吃一次还觉得蛮有滋味的。熏肉变成了一日三餐，一连吃了半个月。陈光辉觉得自己把这辈子要吃的熏肉全部集中在那半个月里吃完了，以至于后来好多年他都不再碰一片熏肉。

2014年，陈光辉接受组织任命，成为恩施变电站的第四任站长。一个人总要面对一次又一次的选择，有时候是自己主动去选择，有时候则是被动地接受命运的遴选。无论主动还是被动，说到底，人生就是这些选择的结果叠加在一起的集合。陈光辉是，他的父亲与大伯是，我们身边的每一个人都是。

"五十知天命，吾其达此生。"陈光辉说，"知道了自己的命运轨迹，不怨天；知道了自己的人生定位，不尤人；知道了自己未尽的责任，不懈怠。"这一刻，他看我的眼神有隐隐的得意之色。

耕云篇

《天净沙·耕云》
耕云播雨无端，日斜愁绪乡关。画里清江水暖，忽而半夏，恰如天上人间。

Ming

宜昌的老友寄来了两罐茶，这段时间一直在忙，无暇顾及。扔在办公室的一角，已经落了一层灰。好不容易今天得空，泡一杯茶，就当犒劳一下自己吧！都说品茗（míng）需要心境，他觉得自己今天的心境还行，应该配得起面前这杯青翠绿润的峡州碧峰。其实，宜昌茶以前并没有这么好喝，茶叶的主产区主要分布在半高山地带，随着长江、清江水电的梯级开发，两江流域形成了"温室效应"和"千岛湖"现象，环境与生态的变化造就了独特的三峡茶品，这才有了现在的口感。喝一口，果然是佳茗！但旧时味道里似乎又缺点什么，也许应该用清江水冲泡会更好一些吧。他手里把玩着一辆红色的小汽车，这好像是给女儿买手办时的赠品，女儿不屑一顾，他就随手拿来玩了。也许，他的心理年龄比女儿也大不了几岁吧，但他今年的确已经整整五十挂零儿，元月份的生日，早就过了。

他出生在黎明时分，在母亲的惨痛与接生婆的焦灼中呱呱坠地，父亲亦是一夜未眠。母亲是下乡的知青，在荆门市沙洋县后港镇大庙村当代课老师，在这里遇到了读过书的父亲，父亲当时是村里的一名小队长。在大学的图书馆里第一次读《平凡的世界》，隐约觉得父亲身上既有孙少平也有孙少安的影子。其实自己身上又何尝没有呢？那是从乡村到城市的好几代中国人共同的人生想象。母亲与父亲千里姻缘一线牵，于是有了他这颗爱的结晶。父亲与母亲之间是有真正的爱情的，这一点，他深信不疑。母亲为了这份爱，失去的是返城的机会。那时候他已经懂事了，并没有在母亲脸上看到发自内心的懊恼不已与后悔不迭。恢复高考之后，父亲考上了师范学校，母亲的遗憾在父亲的身上得到了些许的补偿。

识字之后，他翻看家中的族谱，知道他家祖籍江西，是"江西填湖广"的移民。据《湖广水利论》记载，江西填湖广最早出现于五代，在明朝达到顶峰。他家就是在明洪武年间迁至湖北的。父亲曾经回江西寻过亲，也找到了一些未曾迁徙的族人，厘清了自己的来处。他倒没有父亲那么浓厚的根文化情结，他觉得湖北就是自己的家。小的时候，父母在哪里，哪里就是家；成年之后，爱人在哪里，哪里就是家；等老了之后，孩子在哪里，哪里就是家。前面两个，他深以为然，后一个嘛，他存疑，不以为然。

他记得小时候的家是一个三重门的院落，青砖灰瓦，马头墙翘首长空，镂空的雕花窗影影绰绰。家里的地面是大片大片的青石板，洁净无尘。院里高大、叫不上名字的树木参天蔽日，有的春天开花，有的夏天开花，还有的冬天开花。站在树下仰望一树繁花，是他最最美好的关于老家的记忆。记忆里的老家，几乎家家养夹竹桃，处处一片苍翠与绚丽。他家还有一套完整的《康熙字典》，42卷本。读大学的时候，他读金庸《天龙八部》时曾脑洞大开，老爷子虚构《四十二章经》的灵感会不会就源自42卷本的《康熙字典》呢？可惜，那时没有丝毫的文物保护意识，导致家中的《康熙字典》后来不知所终。而他的名字就是父亲从那套古董书里寻来的，一夜无眠的父亲，随便翻开一页，正巧翻到了一个"明"字。

明（míng），明亮，光明！父亲喜欢这个字，觉得看到"明"，就如同看到了未来与希望，再加上他出生在晨曦微明之时。"就叫雷明吧！"这是父亲给他起的名字，那是1971年。

"雷鸣"是自己改的。有那么一段时间，他丝毫不掩饰自己澎湃的野心，他才不要什么韬光养晦，他就要不鸣则已，一鸣（míng）惊人！

若论启蒙，雷鸣比一般的孩子要早上好几年。那时候，父亲要下田劳作，母亲要给学校里的学生上课，家中实在是无人照看小雷鸣。没有办法的办法，母亲只能把他带在身边，放在讲台的一侧。万幸的是，小雷鸣从来没有在上课的时候哭闹过，哪怕是饿了，哪怕了尿湿了衣裤，也从未打扰、影响过母亲的课堂。醒着的时候，他就听母亲站在讲台上温言软语地上课，听粉笔被母亲捏在指尖在黑板上沙沙沙地划过，听讲台下那些小哥哥小姐姐的书声琅琅，听着听着，他就睡着了……再继续听着听着，他就长大了。

小学的时候，雷鸣大病过一场。最初是感冒，高烧不退遂成了肺炎，持续的高烧导致他惊厥、抽搐，母亲吓得脸色惨白。父亲到处奔走，托关系找门路才买到了两支救命的青霉素，这才侥幸捡回一条命。出院的时候，医生说："这个孩子身体底子有点薄，多给他补充点蛋白质，增加点营养！"

彼时，雷鸣家的经济条件并不算好，温饱是没有问题，但要吃得好还真是件难事。为了给儿子改善一下伙食，父亲一有空就去长湖钓鱼。长湖是湖北的第三大湖泊，是宋末由古云梦泽变迁而成的长条状河间洼地大湖泊，是大自然赐给沙洋人的一块无瑕美玉。长湖里鱼类丰富，尤以银鱼、刁子鱼滋鲜味美。雷鸣10岁的时候，母亲调到后港镇中学当老师，父亲则去了银行工作。家里的生活条件陡然改变了许多，不用非得亲自下河捕鱼，也能经常在饭桌上吃到鱼和肉了。

1989年，雷鸣考上了华北电力学院。第一次独自离家北上的感觉并不好。在河北保定的4年里，雷鸣心无旁骛地读书、学习。1993年，大学毕业那年，也是国家最后一次包分配。思忖再三，雷鸣还是决定回湖北。当得知自己被分配到湖北省超高压输变电局荆门分局的双河变电站时，因为离家比较近，雷鸣还是挺开心的，他欣然接受了命（mìng）运的安排。

命运＝命＋运。雷鸣的命运有一段时间好得令人咂舌，毕业时赶上最后一波国家包分配，进入双河变电站工作后，恰好又是传统继电保护向微机保护的过渡阶段，雷鸣刚好能够学以致用。雷鸣个子不高，性情沉稳有余，不苟言笑，整个人看上去有几分高冷，一副让人难以接近的模样。但只要靠近了，就会知道他内里的滚烫与热切，凡跟他打过交道的人，无论男女老幼，鲜有不喜欢他的。他终于实现了自己少年时更名的宏愿：不鸣则已，一鸣惊人。

事情的经过是这样的：有一天傍晚，刚参加工作没多久的雷鸣在巡视设备区的高压电抗器时，一丝异响引起了他的注意。当他再次凝神静听的时候，噪声似乎又没有了。作为一个刚走出象牙塔入职不久的青工，他甚至还没有将双河变电站内的核心设备全部观摩一遍，就职场而言，属于典型的初级阶段。纵然他出身名校、学富五车，又如何？有时候学历在经验面前不堪一击！然而，雷鸣对自己的判断非常笃定，他听过电抗器正常的嗡嗡声，有杂音与异响显然不是正常现象，他的疑惑在于，为何那个杂音瞬间而逝？每一起事故都是发端于细微，就像风起于青蘋之末、浪成于微澜之间一样。

"苏工，我觉得设备区的电抗器有问题，我刚才听到了一声异响，但是后来又没有了。我向您保证，我没有听错。"雷鸣鼓足了勇气，把他的发现向变电站的技术权威苏洲做了汇报。

苏洲带人去设备区查看了一圈，没有发现任何异样。他叮嘱值班人员重点监控电抗器的运行。那天晚上，年迈的苏工躺在床上睡不着，干脆起来，搬了一个小凳子在设备区的电抗器旁边蹲守。电抗器长时间放置室外，如若雨水或者露水进入套管之间的缝隙，加上电压之后可能产生噼里啪啦的放电声；如若电抗器内缺油，导致套管下端露出油面也有可能发出放电声；如若电抗器内部出现虚焊、脱焊，也会产生异响；如若电抗器的芯与外壳接触不良出现浮动电压，也能发出放电声……苏洲在心底用排除法排除着种种可能，他希望雷鸣是听错了，那就预示着电抗器的正常运行，但他又希望雷鸣真的听到了异响。职工素质其实是逐年提高的，这一点苏洲很是欣慰，他只是想从中挖掘一块浑然天成的技术璞玉，好好打磨，细细雕琢。在晨光微露的黎明时分，苏洲果然捕捉到了雷鸣向他汇报的那一声异响。以往发现事故隐患，苏洲都是严阵以待，唯独那一次，无人能懂苏工内心的那份欢喜若狂。

雷鸣一战成名（míng）。他成了苏洲口中的"少帅"，是最有希望承袭他衣钵之人。雷鸣身上的确有苏洲的一部分影子，他是变电站里除苏洲之外，第二个可以彻夜不眠看图纸的人。变电站的图纸，严格意义上来说，不允许在上面做什么标注，苏洲例外，雷鸣也成为一个例外。他成了继苏洲之后第二个可以在图纸上进行标注的人。当然那些标注都是极其有价值的，是对后来者有着至关重要的提示与警醒作用的。

2005年，在工作12年之后，雷鸣成为双河变电站第十任站长。在这一点，雷鸣与苏洲不同，除了技术上的执着之外，对于行政管理，他亦有所希冀与追求。多年之后，他的同乡好友兼昔日同事彭永祥就曾经慨叹："雷鸣是一个被行政耽误了的学者。"但那条路，是雷鸣自己选择的。有舍才有得，小舍小得，大舍大得，不舍亦不得。

从2004年起，湖北500千伏变电站迎来了快速发展的黄金期，对应的刚好是中国经济蓬勃发展、日甚一日的阶段。2006年，雷鸣获得了一个前往日本中部电力公司访问学习的机会。日本中部电力公司成立于1951年，是一家以日本中部地方为营业范围的电力公司，主要业务是电力的生产及输送，为日本中部地区5个县的1000余万人口提供电力服务。1991年，日本中部电力公司与华中电网有限公司签订了双边技术交流协议。根据双方协议，2005年，日本中部电力公司派代表团访问华中电网有限公司，就电力市场、发展规划、电力营销、节能环保、电价政策等方面进行交流，并于10月与华中电网有限公司签订了第四个五年技术交流协议。按照协议规定，翌年，雷鸣等人获得了前往日本中部电力公司总部访问学习的机会。

　　日本之行，在变电站基础设施建设、技术层面，雷鸣并没有感觉有什么震撼之感，彼时中国的超高压、特高压建设、运行技术不敢说领先世界，但与日本这样的发达国家比肩而立已成事实。变电站的继电保护装置经历了机电式、整流式、晶体管式、集成电路式、微机式处理等不同的发展阶段。中部电力公司成立之初建设的变电站，甚至仍在使用机电式继电保护装置，新建设的变电站使用的则是最新的微机式继电保护。从最基础到最先进，中部电力公司像一座继电保护装置的博物馆，新旧并存，新旧共生。早在2000年左右，中部电力公司的500千伏变电站就实现了无人值守，1000千伏的特高压变电站仅有4人值守，还管理得有条不紊，井井有条。中部电力管理层面的经验与做法对雷鸣内心的冲击与激荡远大于技术层面。这会是中国超、特高压变电站运行模式的明天吗？这也将是中国电力的未来吗？

　　2006年底，雷鸣离开荆门双河变电站，牵头筹建渔峡变电站。渔峡变电站地处长阳、巴东、五峰三县交界之处，是一座500千伏的开关站，隶属华中电网公司，是鄂西电网电力外送的大通道。渔峡变电站所在的地方，恰好是清江画廊的起点。"八百里清江美如画，三百里画廊在长阳。"三百里清江画廊，峰峦叠嶂，翡翠般的岛屿星罗棋布，灿若绿珠。清江水烟波浩渺，高峡茂林，曲径通幽。清江兼具长江三峡之雄、桂林漓江之清与杭州西湖之秀，山如青罗带，水如蓝宝石，四季气候宜人如春，置身其中，一步一景，宛若画中人。

　　渔峡变电站不到一年就筹备完成，投入运行之后不久，雷鸣就离开了。虽然时间不长，但是清江的山与水给性格单色的雷鸣上了一堂关于自然的大课。借由渔峡变电站的地形优势，无须进入清江画廊，就可以神游其间。青山、绿水的清江画廊就是一幅画，一幅活的可以呼吸的青绿山水，珍贵程度直逼北宋王希孟的《千里江山图》。雷鸣无数次地沉浸在这幅山水画中，思维奔逸，神游天外。直到这个时候，他才恍悟为何"智者乐水，仁者乐山"。

很多人觉得雷鸣变了，他也知道自己内心有一些东西发生了些许的变化。对于专业技术，他依然执着，但专业技术之外的知识，他开始尝试着从与人沟通的过程中得来。在担任鄂西分局总工程师的时候，他从建筑工人师傅那里学会了如何识别混凝土的标号，知道了并非标号越高就代表越好，只有适合的才是最好的。十堰变电站筹建的时候，雷鸣在现场看到一名农民工拿着一个形状奇怪的工具铺设路肩，这个工人抹出来的路肩不是直角形的，而是有一个微微的坡度。一问方知，是施工人员觉得直角形的路肩容易发生破损，遂自行设计了倒角形的工具，将路肩抹成四十五度角，这样一来，即便是汽车轮胎碾压，也不会造成路肩的损坏。变电站设备区有的铺设了草坪，有的铺设了石子，前者需要修剪，后者需要清理杂草。雷鸣观察到工人会用不同的除草剂进行有针对性的处理。"观朱霞，悟其明丽；观白云，悟其卷舒；观山岳，悟得灵奇；观河海，悟其浩瀚，则俯仰间皆文章也。对绿竹得其虚心；对黄华得其晚节；对松柏得其本性；对芝兰得其幽芳，则游览处皆师友也。"想到清代王永彬《围炉夜话》中的名篇《白云山岳皆文章》，雷鸣心中喟叹，果然是俯仰之间皆学问！就是这样一个雷鸣，曾经在直流运检划归湖北超高压公司期间，单枪匹马上任，使公司平稳、顺利度过了交接期。参加工作十几年，雷鸣从未接触过超高压直流技术，因为工作的调整，他有机会再次回到梦寐已"久"的课堂，去武汉大学专门学习直流技术，为期4个月。

珞珈山不高，海拔不到两百米，但已经是东湖南岸的最高峰。站在山顶上，极目远眺，东湖丽景与大武汉的景致一览无余。也算是体验了一把"会当凌绝顶，一览众山小"吧！

这种感觉很快就延续到了课堂上。重回课堂的雷鸣不再是16年前读书时的青涩少年，他对中国电力技术的掌握与应用显然是一直在象牙塔中的教授与学者不能比拟的。虽然教授有学术专著，有发明专利，但理论派与实践派真正交锋时，显然是雷鸣这个实践派更胜一筹。要用4个月消化的培训教材，雷鸣只用了一周时间就从头阅读到尾，还不是泛泛地读，而是圈点勾画，该查询资料的查询资料，该质疑的地方存疑，存在明显谬误的地方，雷鸣在课堂上公然向教授"发难"、与老师辨证。那一年，雷鸣38岁，还未到不惑之年。对于专业技术的"惑"，他依然像一把锐利的刀，寒光闪闪，要么你说服我，要么我说服你。理工科永远有标准答案和最佳方案。

也许只有这样的雷鸣，才会让湖北电力公司检修公司的管理层在几经商讨后，最终放心地将"大运维模式"的试点单位放在他领导下的鄂中检修分部。"大运维模式"的前提条件是变电站的集中监控与无人值守。远的，国外，日本早在2000年已经实现了500千伏变电站的无人值守；近的，国内，北京、浙江、湖南、上海等地也早就实现了500千伏变电站的无人值守。

动员会上，雷鸣讲起了2000年他在双河变电站经历过的一起事故。那天下午3点完成了交接班，4点发生了爆炸事故，现场一片狼藉。如果，雷鸣再三强调，如果，现场有人，损失一定会更加惨重，经济损失可以用数字来衡量，但生命至上，生命无价，它是不能用数字来表述的。2000年以前的变电站设备数字化程度低，但后来新建的变电站都具备了无人值守的基本条件。数字化与智能化，在未来，将会成为变电站又一个新的发展方向。

"大运维模式"甫一试行，各种问题层出不穷，唱衰之声不绝于耳。雷鸣用一个月的时间走遍了鄂中检修分部管辖的6个变电站，有时一个变电站，他需要在那里驻守一周，无论是硬件的设备问题，还是软件的人心问题，一个一个地解决。一个人在舒适区待习惯了，走出舒适区之后,最初的阵痛是难免的。"大运维模式"到底好不好?雷鸣把它当作一道证明题,反反复复演算了无数遍,答案是:好。只要方向是正确的,哪怕路难走一点,又何所惧?

鄂中检修分部的"大运维模式"试点,为整个国网湖北省电力有限公司检修公司的全面推行提供了一个优秀的范本。这是所有人努力的结果,雷鸣亦在其中,且不可或缺。

2021年,雷鸣50岁。原本属于女儿的玩具小汽车,被他拆了装,装了再拆,都快玩坏了。除了颜色红彤彤的不能改变,实际上每一次的拆装,汽车的造型都会有少许的不同,但是,这只是一个玩具。人生是不能推倒重来的。大先生鲁迅有过一段精彩的论述:"名声的起灭,也如光的起灭一样,起的时候,从近到远,灭的时候,远处倒还留着余光。"50岁的雷鸣,对自己的现状安之若素,他知天命(mìng)了。

寄语青年

开车自驾去遵义的时候,杜军的内心比汽车的发动机更加澎湃。车疾驶在高速公路上,眼角的余光观察路况的同时,杜军也在留意着一闪而逝的高压线以及杆塔。如果将整个电网比喻成人的身体,变电站和输电线路就是人体的器官和血管。时代赋予每一个超高压电网人守护能源大动脉的社会责任,无论何时,无论身处何地。在同行的伙伴们眼中,这次与以往自驾去西藏、云南大理一样,都是旅行。只有杜军自己知道此行对他而言,意味着朝圣。那是一座被载入中国共产党历史的城市,一场拨乱反正、悬崖勒马的会议,一个百年大党生死攸关的转捩点。

真正了解杜军的人,都知道他除了津津有味地啃专业书籍之外,最大的兴趣就是研读《毛泽东选集》。在众多的《毛泽东选集》名篇中,《中国社会各阶级的分析》《实践论》《矛盾论》《论持久战》《论十大关系》等是他反复阅读的,这其中尤以《论持久战》是他最喜欢的,几乎能全文背诵。之所以最熟读这一篇,是因为里面蕴含的哲学思维,无论是在彼时的抗日战争时期,还是时至今日的当下;无论是彼时指导抗日战争取得胜利,还是在新时代企业经营管理或个人修身立世中,都有着无穷尽的现实意义。古人有半部《论语》治天下之说,杜军则有自己的新论,活学活用《毛泽东选集》就是他笃定的定心神针。

1989年8月,18岁的杜军从湖北电业技校发配电专业毕业,成为湖北超高压输变电局修试工区高试班的一名工人。从发配电到高压试验，两个专业之间的跨度大得超过了杜军的想象。像每一个初入职场的青工一样，杜军最初也是从助手做起，从最基础、最简单的高压试验做起，而且，也不能只知其然却不知其所以然吧，于是，刚刚走出校门的他又重新拿起了书本，把相关的知识短板一点一滴地补起来。《电工基础》《电工原理》《高压电技术》《电力设备预防性试验及诊断技术》……他一本本地学，不懂的就向老师傅求教。一直以来，修试工区都有着相当浓厚的学习氛围，变电站的日常运行由变电站的工作人员完成，一般的小问题，他们自行处置；大型的维护与检修就需要专业的修试人员，尤其是发现了安全隐患，抑或是出了事故，那就必须要这群素有变电站"全科医生"之称的修试专业人士出马了。

在职业化学习的路上，杜军在飞速地追赶着大部队。一个呈加速度奔跑的人很难不完成追赶甚至超越，何况同行的人一直是在四平八稳地向前迈步。1993年，杜军脱颖而出，成为湖北省超高压输变电局最年轻的负责人。

玉贤变电站1996年3月建成投运。一次，杜军带领同事去玉贤变电站日常检修，在他们使用超声波探伤仪对220千伏管母支柱绝缘子探伤时，发现其内部出现了小裂纹。原因也很快就找到，是由于地基沉降造成的移位与损伤。玉贤变电站的筹建跨了一个年度，冬天低温条件下打的地基，到了来年3月，发生些许沉降也在情理之中，但像玉贤变电站因地基沉降对支柱绝缘子造成损伤的，以前发生得并不多。新的支柱绝缘子更换完毕之后，杜军坚持让技术人员再用超声波探伤仪检测一遍。这并不是常规做法，一般新的支柱绝缘子刚启用时很少会被检测，但杜军执意如此。工作人员没办法，小声嘟囔着内心的不满，检测了一遍，谁知果然发现了问题，新更换的支柱绝缘子内部也有裂纹，且空隙大于规定值，必须重新更换，否则将会造成不可估量的损失。杜军指着天空说："这鬼天气，能冻死北极熊哟！它们一直放置在室外,难保不受天气影响哪!"

孝感变电站是2001年12月正式投入运行的。500千伏主变压器交接试验结束后,杜军在查看数据时发现直流电阻值与出厂试验时差别过大,超过了规定标准。这是一个极其危险的信号,这组变压器一定有问题!必须对A相变电器进行排油检查!然而,彼时主变压器刚投运10天,排油检修是需要停电的,一停电牵涉面就比较广。厂家态度强硬,宣称自己的设备不可能存在质量问题;基于对新设备的信任,孝感变电站负责人态度模棱两可;就是在修试工区内部,意见也不统一,质疑者不在少数。杜军又重新做了一遍试验,将一组组翔实的数据摆在大家面前,厂家不得已才对主变压器进行了解体检查。在将A相主变电器中压侧套管吊出时,发现套管底部接线板与套管接触面有明显的烧灼痕迹,拆下来的链接螺栓和平垫圈上也烧蚀严重。在事实面前,厂家的技术人员面露尴尬与羞愧之色,一个劲地向杜军致歉、感谢。倘若不是杜军的一再坚持,后果不堪设想。

以前测量变电站接地网的手段相对单一,测量数据的误差也较大。地网是变电站的安全保护伞,其重要程度不言而喻。作为电气试验QC小组的带头人,杜军尝试着提高变电站接地网的测量精度,他尝试过用滤波法、屏蔽法和加大电流法来降低误差,但效果都不理想。在无数次的失败后,终于找到了地网测量的移频法,经再三验证,证明可以成功消除误差,移频法测量变电站接地网为老站接地网改造提供了可靠数据。杜军所在的高压试验班也因此被中国质量协会授予"全国质量信得过班组"光荣称号。

2006年10月,首届全国电力行业高压试验专业技能竞赛在吉林省吉林市松花江畔的丰满水电站举行。为此,湖北省电力公司召集了全省电气试验的55名高手进行集训,其中不乏硕士、博士。湖北超高压输变电公司派出的3名队员,其中就有杜军。

集训地点设在湖北省电力试验院,采取全封闭式训练。每天的课程排得满满的,早上6点起床,在清凉的晨风中开始早读,背诵知识要点。整个上午是实操练习课,其中有一项试验接线比赛,杜军反复练习了上千次,直到练习到自己的手对接线工作形成了牢固的肌肉记忆。科学表明,人体肌肉获得记忆的速度十分缓慢,但一旦获得,其遗忘的速度也十分缓慢。除了试验接线还有试验数据,杜军试遍了可能对试验数据结果产生影响的所有情况,只为了得到最精确的试验数据。下午2点到5点半是文化课,晚上是自习时间。杜军每天都会看书到凌晨两三点,有时候看得太入迷,到4点也是常事。往往是觉得自己刚躺下打了一个盹儿,早读的闹铃就"叮铃铃"响了。中午有一个小时的午休时间,这个休息时间对杜军而言,弥足珍贵。一起集训的队员经常开他玩笑:"你这家伙,怎么午休比晚上睡得还死!"

三天一次小考,五天一次大考。每周五下午都是固定的考试时间,考完试就可以收拾行李回家了。一般来说,顺利晋级的学员会在周日上午接到电话通知,下周继续返回湖北电力试验招待所进行下一轮的集训;而接不到电话的人,就意味着没有过关,那么下一周就直接回单位上班。

周六还好,杜军大都会选择睡到自然醒,把一周亏欠的觉集中补回来。一到周日,大脑就不由自主瞎想了,老是幻听,总觉得手机下一秒就会响起来。本来设置成了振动,担心会错过,又改成铃声加振动,还把铃声调到最大。杜军内心矛盾到极致,既希望接到电话通知他下周继续;又害怕电话铃响,因为实在是太累了,都不知道自己能不能坚持到最后,如果接不到通知也就算彻底从紧张的状态中解脱了。电话一般就会在杜军心生退意的时候适时响起……

就这样一轮又一轮地淘汰着,最后剩下了4个人,3名正式选手,1名后备,他们将代表湖北省出征首届全国电力行业高压试验专业技能竞赛,杜军是正式上场队员中的一员。一行人从武汉出发,航班经停北京后抵达长春，再换乘汽车才到达目的地。10月的吉林，有一种风景叫五花山。山花不再芬芳，草木凋零。正是那凋零的草木叶片，颜色变得深浅不一，鹅黄、橘黄、芸黄、绯红、朱红、胭脂红；点缀其间的是四季常绿的松树，层林尽染中晕染着青翠，五色花团锦簇中不失一丝葱茏。这是迥异于九省通衢之地的冷峻北国图景。

这是杜军第一次去东北，他在网络上百度过比赛地点丰满水电站的资料。原来中国人民银行发行的第2版人民币5角纸币背面的风景就是丰满水电站。说实话，杜军从来没有想过自己有一天能实地寻访人民币上的风景。丰满水电站是我国建设最早的大型水电站之一，由原东三省电力调度总司令孙继超牵头设计，1937年日本侵占东北时期开工兴建，至1945年日本战败撤退时，仍未完成。1948年3月9日吉林市解放，丰满水电站回到人民手中，从此翻开了建设发展的新篇章。经改建的丰满水电站成为一座以发电为主，兼有防洪、城市供水、农田灌溉、航运、养殖及旅游等综合利用效益的大型水电站。

上午9点，比赛正式开始。第一场是两个半小时的笔试。《电工基础》《高压电技术》《电力设备预防性试验及诊断技术》……那些挑灯夜读的自学收获和每一个早读时刻背诵的知识要点，精灵一样聚集在杜军的笔尖，它们争先恐后地通过那支中性笔，一粒一粒，黑白分明地被端端正正地书写在洁白的考卷上。得益于平常扎实的训练，笔试这一关，湖北团队顺利过关。接下来就是实训考核环节，需要进行三轮现场操作，并且进行现场打分。杜军在这个环节的发挥也非常稳定。最终，杜军以总成绩第一名的骄人战绩斩获全国技术能手，站在了最高的领奖台上。"全国电力行业技术能手""全国五一劳动奖章""全国技术能手""感动湖北电网十大人物""全国知识型职工先进个人""国网公司技能专家""湖北首席技师""楚天名匠""湖北技能大师"等荣誉与称号纷至沓来，一时之间，杜军身上的光环一环套一环，风光一时无两。

杜军既没有迷醉其中，也没有陶陶然。欢喜与欣慰是有的，得意与骄傲却不敢有。杜军习惯用动态的眼光看个人成长与事物发展规律，今天的收获源自昨天的付出。倘若今天志得意满、不思进取，明天一定会跌落神坛。

2007年之后，湖北超高压输变电局所辖的变电站数量逐年增加，变电修试分局所承担的维护检修任务越来越繁重，旧有的班组设置与管理体系不再适合新形势，改革势在必行。遵循"专业合并、一专多能"原则，将原先的油务化验、高压试验、仪表计量三个班合三为一，杜军出任大班长，带领一个由44名班员组成的庞大班组。杜军把3个专业的人按照合理的专业与年龄配比分成了4个小班，一改以往一有任务3个专业一起出差的局面。4个小班就是一个油化、高压、仪表的小分队，这样执行起检修任务就相对高效。

改革的设想是好的，但在具体的施行过程中，有些现实的问题也不容回避。以油色谱分析为例，整个变电修试分局当时能做油色谱分析试验的只有3个师傅。物以稀为贵，3位师傅一方面不时抱怨辛苦与劳累，一方面又牢牢把控着试验诀窍秘不示人，有道是教会徒弟饿死师父嘛。其中有一位师傅试验技能最为高超，是五十多岁的老三届大学生，无论是在以前的老班组还是新组合的大班组，都是恃才傲物，我行我素。一天晚上，变电修试分局的值班人员收到了变电站送来的变压器油取样，需要立刻进行化验分析。按照值班表就是这位老师傅值班，但他明确表示已经休息了不来，只能央求另外两位师傅来加班，其中一位师傅的确有事赶不过来，最后还是那位家离单位最远的师傅发扬风格连夜赶了过来。经此，杜军强烈地意识到，决不能在一个小环境内形成技术封锁！杜军用了两个月的时间，与44名班员逐一谈心，每个人的需求都白纸黑字地记录在册。他的目标只有一个：打破专业壁垒，让每个人都成为修、试、校的多面手。一个人的能力终究是有限的，只有一个强大的团队，才能有强大的力量为变电站的健康保驾护航。一个人可以走得很快，但一个团队可以走得很远。

随着电网的不断发展升级，变电检修中心的名牌大学生越来越多，技术创新的人才条件日臻成熟，尤其是"杜军劳模创新工作室"成立之后，一大批油化、高压、仪表3个专业的多面手涌现出来。一心吃老本的老师傅一时之间无法适应，找不到存在感的时候就三天两头找碴儿，让杜军给自己换小班，他4个班组转了一圈，每个地方都待不长，每个班组长都不欢迎他。去变电站做试验，重活累活不想干，去打瓶水来回就要一小时，一个变电站能有多大？一个小时能绕变电站跑五圈了！消极怠工不说，还牢骚满腹。杜军非常郑重且认真地约谈了这位老师傅，跟他一起分析他目前面临的现状，让他意识到自身的问题。"Y师傅，真不是他们的问题，您老啊好好想想，毕竟大家以后还要继续共事，换班组解决不了任何问题，关键在于您以后怎么工作，怎么跟大家相处……"历时半年，变电修试的大班制改革终于步入正轨。

2010年，杜军离开电气试验班，进入生产技术室工作，从一名抢修在前的排头兵，成为侧重于管理工作的安全主管。对于新工作，杜军个人的调试期更短，这应该也算是一个人成熟的标志之一吧。

2021年，中国共产党成立一百周年，国网湖北检修公司精心拍摄制作了"劳模领学宣讲"系列节目，这样的活动，杜军都会精心准备，务求将最好的一面展现出来。毕竟未来属于青年，希望更是寄予青年。"这世上谁都不想做默默无闻的星辰去陪衬别人，人人都想成为醒目耀眼的太阳，但就是有无数像我一样的电力职工，凭着对事业的热爱，默默无闻地坚守在平凡而又重要的岗位上，守护着一座座变电站里的每一台设备，守护着上万公里输电线路的每一厘米，只为城市里的万家灯火。"

这是来自杜军的寄语，寄予包括他在内的青年人。毕竟2020年，联合国世界卫生组织对人类年龄划分设置了新标准，将人的一生分为5

个年龄段：0至17岁为未成年人；18岁至65岁为青年人；66岁至79岁为中年人；80岁至99岁为老年人。按照这个新标准，1971年出生的杜军则是妥妥的青年人。青春万岁！

异姓兄弟·下

　　1993年，湖北超高压输变电局宜昌分局组建时，当年入职的9个学生中，又高又瘦的叫何相奎，是年龄最小的；身材敦实、长相敦厚的叫徐海章，是年龄最大的一个。他俩都是湖北随州人，也都是湖北省农电技校学生，不过，徐海章学的是输电专业，何相奎学的是发配电专业，但他们一起被分配到了宜昌分局。他们毕业离校的时候，宜昌分局还是一纸文件，于是，9个人先在襄樊分局工作了半年，之后才正式去宜昌上班。

　　9个人里，6个是输电专业，3个是发配电专业。输电专业的徐海章啊、姚俊啊，无论是在校期间还是实习阶段都有过线路施工的经验，巡过线、爬过塔。发配电专业的何相奎实习的时候去的是变电站，学习的是继电保护。工作之后第一次上塔，三十多米高的杆塔，何相奎跟在师父身后一步一步地攀登，腿抖得如筛糠，心狂跳不已。"我不害怕！我不怕！不害怕！不怕！"无论在心中默念多少遍，依旧管不住自己的腿抖与心跳，唯有用手牢牢抓住扶手，手心的冷汗浸湿了手套。眼见着徐海章、姚俊轻松愉快地完成了上塔任务，何相奎急得眼泪都快下来了。"别人能行，我为什么不行？"他掏出背包里的扳手狠狠地敲了一下自己的腿，居然感觉不到疼。说来也怪，敲完之后，颤抖居然神奇地止住了。何相奎深吸一口气，咬咬牙，虽然比其他同事慢了半拍，但任务也算是完成了。直到10年之后，有一次跟师父喝酒，师父喝到高兴处，大着舌头对何相奎说了实话："相奎啊，我当时是真不看好你啊！一米八的个子才百十来斤，那么高又那么瘦，上了线路，风一吹就能被吹跑的架势，师父是没想到你能干到现在这个程度，干得这么好，真是个奇迹哪！"

1998年，是徐海章、何相奎都不愿意回忆的一个年份。那年的春晚，那英与王菲首次合作，一首《相约九八》成为一代人的音乐记忆，"相约一九九八／相约在甜美的春风里／相约那永远的青春年华……"

在那一年，他们失去了一个共同的兄弟：胡波。胡波也是被分配到宜昌分局的9人之一，是徐海章湖北省农电技校输电专业的同班同学。夏天是草木最葱郁的季节，也是输电人巡线频繁、密集的时节。500千伏导线与树木之间的安全距离是7米以上，7米已经算得上是一般缺陷，就要实施消缺，及时清理危害导线安全的树障。夏天，也是蚊虫蛇蚁活跃的季节，看上去生机勃勃的草丛、树林之中有时却危机四伏，甚至暗藏着杀机。那天上山的途中，胡波走着走着，误打误撞靠近了野蜂窝。正青春的少年郎，哪会惧怕几只"嗡嗡嗡"的野蜂？因为无知，所以无畏。拿着木棍打草惊蛇的胡波在野蜂眼中俨然变成了领地的入侵者。

一只誓死守卫家园的工蜂率先攻击了胡波，一阵剧烈的疼痛让胡波忍不住叫出了声，他挥舞着双手试图拍死那只蜂，孰料却引来了更多野蜂的围攻……当大家想尽一切办法赶走野蜂时，胡波的身上、脸上已经被蜇得浮肿，整个人都变了形，意识也变得模糊，一时清醒，一时糊涂。在医院的重症监护室抢救了10天也没能挽回生命。那年的五一劳动节，胡波刚刚结婚，但他的青春却永远定格在了那年的夏天。

巡线从来不是坦途，意外随时都会发生。胡波的意外身亡给输电人敲响了警钟，后来大家才知道其实蛇药、蛇药膏是可以有效治疗蜂毒的。从那以后，从事外线工作的人员必须随身携带必要的医疗药物，如蛇药、防暑降温药以及处理简单皮外伤的双氧水、纱布和胶带等。

有一年，何相奎在巡线时，一只毛毛虫钻进了袖管，爬到了他身上，意识到状况不对头却为时已晚，被虫子爬过的皮肤又红又肿，还发起了低烧，在医院治疗了3天才恢复如常。徐海章还调侃何相奎说那只虫子是雌性，左挑右选才选中他们当中身材最高挑、长相最周正的一个人下嘴！

徐海章年龄大，结婚早，妻子也在宜昌分局工作。女儿是1999年出生的。妻子阵痛住院的时候，徐海章还在外面巡线没回来，等他下午回到单位才知道消息。当他火急火燎地赶到产房门口时，刚好听到女儿嘹亮的哭声，震耳欲聋，不知道的，还以为是个儿子呢。徐海章的父亲在随州供电局工作，他其实是个标准的"电二代"，妻子是同行。夫妻俩铁了心，同心同德引导女儿学习电学。在他们两口子的循循善诱下，女儿本科就读于武汉理工大学，研究生被保送华中科技大学电气工程及其自动化专业，未来也是妥妥的一枚"电三代"。

何相奎年龄小，结婚晚一些。2005年才当上父亲，2020年，儿子就读于宜昌一中，品学兼优，是夫妻俩的骄傲。2020年春节，何相奎一家三口永生难忘。何相奎的妻子董爱华是宜昌市中心医院肿瘤科的护士，大年初六去医院值班，当时宜昌市中心医院规定所有值班的医护人员在值班期间不允许回家，统一入住医院旁边的酒店。初九的时候，肿瘤科医护人员在统一做检查时发现董爱华的肺部有阴影，且新冠核酸检测为阳性，随即被送往宜昌第三人民医院隔离治疗。董爱华确诊之后，丈夫何相奎与儿子也就成了密切接触者，第一时间被送往隔离酒店。18天后，何相奎与儿子结束隔离回家。妻子在医院接受全面的治疗，做了4次核酸均为阴性之后出院。鉴于特殊情况，何相奎一直没有回单位上班。结果，妻子回家一个月之后肺部再度出现阴影，新冠核酸检测再度为阳性，只得重新入院治疗，而何相奎父子也再度入住隔离酒店。返阳后的妻子状况比第一次更为严重，而再次隔离的何相奎一直咳嗽，儿子每天下午都会低烧，所幸父子二人核酸检测一直是阴性。第二次隔离了15天，父子二人重新回到熟悉的家中。不久，妻子也终于痊愈回家了。2020年，一家三口共渡劫难，夫妻关系更加和睦，亲子关系更加融洽，劫后逢生更觉人生之珍贵。

何相奎缺席的日子里，徐海章分外忙碌。整个疫情期间，他一直身先士卒，奋战在一线。心里记挂着，却也爱莫能助。疫情影响了太多人的工作、生活节奏，春节回家探亲的同事大多都没能及时赶回来，只能临时把几个兄弟班组的人员整合在一起统一调配。这些年，雪灾、大风、暴雨、山体滑坡，各种各样的自然灾害，他们都一起经历过，挺过来了。不过这次比那些看得见、摸得着的自然灾害更为可怕，更让人心生恐惧。害怕也罢，恐惧也好，工作还得有人干哪！其实一忙起来，什么情绪都会被暂时搁置，抛之脑后，心里眼里就只剩下工作了。

秭归县郭家坝镇荒口坪是宜昌区域内一个非常显著的微气象区，海拔1000米左右，一边是清江，一边是陡峭的山坡。在这连绵的大巴山脉，西电东送的大动脉±800千伏祁韶线、500千伏盘宜线都贯穿其中。长江三角洲人口稠密，经济发达，对能源需求量很大。长期以来长江三角洲缺乏能源，影响了其经济发展。西气东输和西电东送能够很好地缓解长江三角洲的能源不足问题。与西气东输相比，西电东送对华东沿海地区有效减少温室气体排放的影响更加重要。

2005年，宜昌遭遇了一场雪灾，横贯荒口坪的盘宜线积雪严重，出现了倒塔、断线。线路险情面前还有什么可犹豫的？汽车绑上防滑链，左边是深不见底的清江，右边是绝壁悬崖，十万个小心地艰难向前行进。车平时也开不到杆塔近前，何况是雪路难行。最后一公里只能靠人走，问题是并不是空身行走啊！工具以及维修材料，都得需要人力肩挑背扛。在雪灾中损毁的直线塔重量在十吨左右，更换的是重量翻了一倍多的耐张塔，所有的零部件都需要人力运送，施工难度不言而喻。在零下10摄氏度的低温条件下，一具具肉身迸发出了超人般的力量与勇气，在很短的时间内更换了15个基杆塔，恢复了线路的正常供电。那一次，徐海章在现场，何相奎也在现场。2005年的雪灾预警之后，宜昌分局就开始了杆塔改造，到2008年遭遇特大雪灾的时候，宜昌辖区受灾状况并不严重。

徐海章刚参加工作时，不抽烟、不喝酒，何相奎也是。第一次跟着师父外出干活，歇息的时候，师父递给徐海章一支烟，说："抽一支吧！解解乏！"徐海章接过来师父的烟卷，何相奎没有。傍晚收工之后，大家一起吃饭，师父给他们一人倒上一杯稻花香白酒，说："喝一杯吧！解解乏！"两个人面面相觑，都端起了酒杯。就这样，徐海章在师父的影响下又抽烟又喝酒，酒量越喝越高，烟瘾越抽越大；何相奎不抽烟，酒也只能浅尝辄止。两个人虽然年纪渐长，但体形都保持得不错，没有中年人的肚腩。徐海章觉得自己最少还能爬5年塔，他喜欢高空的风，喜欢那种伸手可拏云的凌空御风感，那感觉不是每个人都能体会到的。两个人都喜欢跑步，何相奎的保留项目是引体向上，他一直不胖，身高180厘米、体重108斤的纪录已然保持了许多年。

何相奎羡慕徐海章收了一个叫高琛的好徒弟，当然他自己的徒弟中优秀的也不少，但翻来覆去总觉得徐海章地里的这棵庄稼比自己的长得好。徐海章比何相奎更看重、也更看好自己的徒弟，他觉得高琛真的是自己带过的徒弟中最有天赋的一个，起点高，学习能力强，最重要的是肯吃苦。当然也不是没有缺点，不爱说话，话太少了些，这一点也不像他的师父。偶尔，徐海章也会跟何相奎小酌一杯，他点燃一支烟，得意扬扬地跟何相奎唠叨两句他好徒弟的小瑕疵，往往被何相奎识破其炫耀的本质，丢给他几个白眼，让他自己体会。兄弟们的岁月静好，都在这两杯稻花香里啦！

有一种爱叫热爱

时至今日，李茗依然保持着在办公室放一个小行李包的习惯，里面放着几件替换的衣物和简单必备的洗护用品，时刻准备着来一趟说走就走的旅行（出差）。那是她在变电检修中心继电保护班工作时养成的习惯。

20岁那年，李茗走出校门，成为湖北省超高压输变电局修试工区继电保护班的一员，班长不是别人，正是董双桥。董班长安排了一位姓祁的前辈带李茗。正是从祁师父身上，李茗不仅学到了技术技能，更多的是学会了对待工作的态度与情怀，尤其是后者，成为李茗事业顺遂的制胜法宝。

变电站固定的维修周期是3年，在继电保护定检中，每次必做的基础工作就是紧固二次端子。通俗点说，就是拧螺丝。拧一颗螺丝不叫事，但如果要面对整整一个箱柜的螺丝呢？在一个狭小、逼仄的空间里有成百上千的螺丝要拧，一个间隔少说也有六七个箱柜，一拧就是几个小时，绝对是对耐心的极致考验。紧固二次端子看上去枯燥乏味、又没有技术难度，但其实是至关重要的。每一颗螺丝都马虎不得，若有一个没拧紧，就有可能导致设备异常、保护装置拒动等严重后果。简单的事情重复做，重复的事情坚持做，重复一千次依然能够保持初心。祁师父说这样的人就是热爱工作的人："干好工作，窍门就在一个词：热爱！"

除了承担固定维修工作外，日常工作中更多的是在应对紧急突发的抢修。第一次临时出任务的时候，李茗犹豫了一下，吞吞吐吐地说："我没准备行李。"毫无准备的李茗因此错过了那次出差，她心中懊丧不已。细心观察了一下，原来身边的同事都是不打无准备之仗的有心人，一到紧急出差的时候，都会变戏法一样瞬间变出自己事先备好的出差装备。

第一次出差，李茗记得是去荆门的双河变电站。半路上汽车坏了，时间不等人。班长董双桥决定让李茗留在车上等待救援，他带着大队人马换乘绿皮火车赶去了抢修现场。李茗等来救援车辆再颠簸七八个小时赶到双河变电站时，董班长他们已经完成了任务。

从1993年参加工作到2021年的28年里，李茗的21年是在继电保护班度过的。李茗的爱人在阳逻电厂工作。阳逻电厂是华中地区最大的火力发电厂，也是华中和湖北电网的重要电源，大部分电量供给武汉地区。爱人的工作时间相较李茗而言，有规律得多，女儿出生之后，爱人承担了大部分家务，再加上公公婆婆的助力，让一年有半年不着家的李茗毫无后顾之忧。女儿上小学的那一年，刚好是2005年建成运行的兴隆变电站改扩建工程的关键时期，李茗作为总负责人，整整在变电站坚守了三个半月。无论是重体力的放电缆，还是极其需要耐心、细心的屏柜接线，都需要班组同人齐心协力一起完成，而承担这项任务的十几个人当中，有三分之一是女性。工程施工现场哪有性别之分？工程质量是一根标尺，不会因为施工人员是女性而降低分毫。关于这一点，李茗参加工作不久就洞彻事理，明了在心。她剪了短短的头发，为了安全，也为了隐藏一切小儿女的情态。9月1号开学当天，兴隆变电站改扩建工程未竣工，李茗在潜江回不来，恰好爱人阳逻电厂也有事情走不开，公婆年纪大了很多事情无法处理。夫妻俩只好拜托爱人的好友带着女儿去办理入学手续。李茗的女儿从小聪慧，长得伶俐可人，言谈举止落落大方，入学当天的表现堪称完美，着实让朋友过了一把"吾家有女初长成"的瘾。女儿开学已有月余，李茗才完成了兴隆变电站的改扩建任务，零缺陷移交给值守人员。从潜江兴隆变电站一路风尘仆仆赶回武汉，李茗第一件事就是去学校门口接女儿放学。置身一群接孩子的爸爸妈妈、爷爷奶奶、外公外婆之间，李茗觉得每一个毛孔都叫嚣着幸福，有时候她觉得无论做什么都无法弥补对女儿的亏欠。这份亏欠从女儿幼儿园阶段一直持续到女儿考上北京邮电大学。

女儿离巢远飞，原本李茗以为自己会有一段长长的心理调适期，但工作不给她丝毫悲春伤秋的机会。李茗从运检部回到二次检修班担任班长。整个班组52个人，平均年龄30岁，博士、硕士等高才生云集。曾经手把手教授李茗技术的祁师父早已离开湖北省电力公司检修分公司变电检修中心，但他留给李茗的职业启示依然持续发挥着效力。李茗对师父口中的"热爱"自有她自己的解读与理解。热爱，也是爱的一种，"热"字是用来形容爱之程度的。"热"是武汉夏天的"热"，"热"也是热干面的"热"；是温度，也是能量。"热爱"是遇到问题不吃饭、不睡觉也要解决；"热爱"是哪怕已经十万火急，也能气定神闲、井井有条；"热爱"更是面对压力时，始终保持冷静，临危不乱。

当班长的时候，李茗曾经遇到过一天晚上有6个变电站同时报修的情况。她一边让变电站详细汇报故障情形，初步判断轻重缓急，以此安排维修顺序；一边组织人手，不是每一个人都随叫随到，不可或缺的动之以情、晓之以理。情况分析透彻之后，人手差不多也就组织到位了，时间不等人，迅速出发。李茗会把最难的任务留给自己，这是她的职业自信。

黄石的磁湖变电站直流接地处缺，李茗顶风冒雪、彻夜奋战，不找到故障点不收兵；襄阳樊城变电站稳控改造，她不眠不休，周密部署，不放过每一个危险点；荆州屠陵变电站是一座500千伏智能变电站，首检时，李茗超前规划，细化了检修方案，每天在现场干到深夜，圆满完成任务后，又编制了智能站二次设备检修标准化作业指导书，为变电站值守未雨绸缪……

2018年，李茗调整到湖北省电力公司检修公司运检管控中心担任主任。将原先由变电站承担的监盘任务上划，管控中心依托数据网络成为千里眼、顺风耳。这一年，在鄂中检修分部试点推行"大运维模式"。运检管控中心的集中监控是变电站无人值守的先决条件。

2020年，一场突如其来的意外打乱了李茗在内所有中国人民的工作与生活。身处运检部的李茗，在武汉封城的日子里，度过了终生难忘的76天。小区封闭、公交停运、道路禁行，但运维保电不能停，去公司上班成了最大的问题。李茗不会开车，爱人也去了抗疫保电前线，只好找朋友开车接送她上下班。虽然检修公司为李茗开具了通行证明，但毕竟是私家车，李茗和朋友都得身穿工作服，车里还放着安全帽，时刻准备着自证身份。

一天晚上，7点多，李茗下班经过月湖桥，远远地看见一辆警车闪着警灯，李茗和朋友暗中祈祷："别拦我们的车！别拦我们的车！"原本肃立在路边的警察仿佛听到了她们的心声一般，招手拦下了车。李茗有点小紧张，赶忙摇下车窗玻璃，掏出证明信想递给警察。谁知警察看到身穿着国家电网工作服的李茗，郑重地向她敬了一个礼："你们是保电的吧？辛苦啦，早点回家吧！"末了，又加了一句，"灯光秀马上开始了！有电就有希望，谢谢你们！"

静寂的马路上没有车来车往，李茗与朋友安静地流着泪。泪水里有光荣，有骄傲，也有自豪。那一刻，李茗才意识到，身上那件质朴的棉质工作服，已经化身为守护光明的使者符号，背负着这座千万人口城市的希望。

在那段特殊的日子里，大家都尽量封闭在家，减少见面。不明朗的时候，李茗心里一点也没底。76天里，她曾一天连开8个视频会，从早上8点直到晚上10点，就为了落实当天的生产、防疫和复工复产准备；76天里，时刻组织停电检修计划讨论，根据事态变化反复沟通、完善和调整；76天里，组织新改扩建工程施工方案及防疫专项方案审查，细化到现场每一个实施环节。76天里，企业和员工的安危，成为唯一的衡量标准：变电站换班、应急处缺抢修，交通出行问题，要管；复工的变电站有大量外来人员，必须确保运维人员防疫安全，要管；不见面办理开、停工手续、错峰分区域小范围验收、运维人员活动区域与外来人员隔离，也要管。76个日日夜夜，到底是怎么熬过来的？李茗至今不知道。那段时间，李茗在门口搞了一个挂烫机，每次回到家先把自己的衣物用高温蒸汽熨烫一遍，手被洗手液与消毒液洗得脱了一层皮。封城初期，家里只有萝卜和白菜，冰箱里的冻鱼冻肉和春节期间囤积在阳台上的腊肉都吃光了。李茗不让家中的其他人外出，外出工作返回时她顺道就把采购米、面、肉、菜的事情一起搞定了。76个日日夜夜，到底是熬过来了！

2021年七月流火的季节，电影《中国医生》在武汉洪山礼堂首映，李茗拒绝去看，任谁劝说也无济于事。她不愿意回望，也不敢，她宁愿选择遗忘。

李茗的工作再次调整，担任了鄂东运维分部主任，与看上去气定神闲的陈元建成为工作搭档。履新伊始，他们就面临着巨大的压力与挑战，"无人值守＋集中监控"变电运维管理新模式势在必行，运维人员向"设备主人＋全科医生"转型的时间节点也已经开始了倒计时。鄂东运维分部管辖范围内的9个变电站智能化程度不一，老凤凰山变电站涅槃重生，但其他变电站智能化水平低的现状也不容回避，远程运维的技术系统亟待改造、升级。技术系统、运转模式、规章制度……每个方面都需要动起来。

思想是行动的先导，认识是行动的动力。李茗、陈元建各司其职，在鄂东运维分部组织了多种形式的学习讨论，讨论的核心问题是：已经运行了四十年的变电站运维模式为什么要变？未来的变电站会是怎样的？

　　李茗并不是喜欢提及当年勇的人。正所谓，好汉不提当年勇，梅花不提前世绣。真正的成功者，是不屑于吹嘘、炫耀自己过往辉煌的，她的双眼一直紧盯着前方，她的胸腔激荡的是一颗永远前行的进取心。然而，李茗还是想把自己的授业恩师教给她的成功不二法门告诉自己的同事们："干好工作，窍门只有一个：热爱！"

情系玉贤

吴颖俐与李茗是校友，都是武汉电力学校的学生，李茗学的是继电保护专业，吴颖俐学的是发电厂及电力系统。她们是同龄人，也是同一年参加工作，同一年进入湖北省超高压输变电局，不同的是，李茗被分配到修试工区，吴颖俐则去了玉贤变电站。彼时的玉贤变电站还仅仅是一张图纸。职场的列车从玉贤变电站始发，关山迢递，鞭长驾远，走了许多路、看过许多的风景，28年后，这趟车又停靠在了玉贤运维站。吴颖俐成为国网湖北省电力有限公司检修公司鄂中运维分部玉贤运维站站长，负责包括玉贤变电站在内的6个500千伏变电站的日常维修与维护。只能说吴颖俐与玉贤的缘分不是一般的情深缘厚。

2021年是吴颖俐的本命年，48岁。在鄂中分部玉贤运维站的会议室，吴颖俐坐在我面前，眼睛里闪耀着属于18岁少女的清辉，因为陌生，这一抹清辉带着微微的凉意。整个采访过程中，她的手机振动就没有停止过，她每隔几分钟就看一眼，然后快速地回复。两个小时的采访中，她接听电话5次，平均20分钟就要说一声"对不起，我要接个电话"。

那天是个星期一，当天晚上玉贤变电站有一个抢修任务。鄂中运维分部玉贤运维站的4个运维人员将配合玉贤变电站的两个值守人员一起完成这场抢修。凌晨3点停电，5点开始操作，要确保星期二下午4点恢复供电，吴颖俐制定的抢修方案里时间精确到了秒，这本就是一项容错率为零的工作。

1993年的时候，湖北省超高压输变电局还只有凤凰山和双河两座500千伏变电站。当时，为玉贤变电站储备的技术人员分别被派往凤凰山变电站、双河变电站实习。吴颖俐个子娇小，生性腼腆，师父交代的任务从不打折扣，每天在双河变电站都抢着干活，大小操作总少不了她的身影。双河变电站的设备都是进口设备，光字牌上显示的都是英文，她把所有常用的都抄录在一个小本本上，利用一切能利用的时间背诵。等到1995年10月回到玉贤变电站跟着基建人员调试设备时才发现，新一代变电站的光字牌都是中文，清晰直观，了了分明，更容易识别与操作。1999年，500千伏玉贤变电站正处于争创全国一流变电站的关键时期。已经怀孕数月的吴颖俐已经显怀，她挺着大肚子穿梭在现场做变压器维护、开关柜操作和端子箱清扫。有时，难以抑制的孕吐会让吴颖俐不得不停下来，稍事休息，喝口热水，稳定一下情绪。她轻轻抚摸着肚子，面露微笑，那是对未来的希冀，待身体的不适感平复之后再继续未完成的工作。在以男性居多的超高压、特高压行业中，女性面对的困难、压力与挑战要比男性多得多，要想胜任工作，甚至在一众男性同事中脱颖而出，不仅需要双倍的努力与付出，更需要情商与智慧。

在玉贤变电站工作6年后，吴颖俐主动申请参与孝感变电站的筹建。500千伏孝感变电站是湖北首座集测量、控制、保护以及调度通信等于一体的综合性自动化变电站，这种新型变电站对吴颖俐这个"不爱红装爱武装"的技术控而言，实在是充满着巨大的诱惑，她不想错过这样千载难逢的机缘。筹建的时候没有专门的宿舍，只有一个简陋的食堂。他们找了两个空房间，分别作为男女宿舍。男宿舍人满为患，而女宿舍只有吴颖俐与另一名从凤凰山变电站抽调过去的女工。在孝感变电站，吴颖俐一待就是6年。2005年，兴隆变电站投入运行时短缺人手，吴颖俐又主动申请去了位于潜江的兴隆站，那是距离鄂西变电分局运维基地最远的一个变电站，吴颖俐又在那里工作了6年。2012年，作为生产筹备组组长，吴颖俐参与了湖北省首座智能变电站——500千伏柏泉变电站的筹建工作。柏泉变电站的主变压器采用的是1200兆伏安变压器，低压侧电压等级采用的是66千伏，这在湖北属首次，柏泉变电站无论电压等级还是智能化程度，在华中地区都是首屈一指，都极具实验性与探索性。在没有范本参照的前提下，软硬件建设如何才能达到相关标准，怎样实现在线状态自动监测系统，怎样通过电学、光学、化学等技术手段对设备状态进行在线检测，怎样对告警信息进行分类、信号过滤，怎样对自动报告设备异常并提出故障处理指导简报……这些问题不断萦绕在吴颖俐的脑海里。她带领着她的团队共同学习和讨论，通过查阅各类技术资料、图纸，询问专业技术人员，功夫不负有心人，这些难题被他们一一攻克，最终制定出《500千伏柏泉变电站运行规程》《500千伏柏泉变电站运行图册》《500千伏柏泉变电站设备提示卡》，智能变电站建设蓝图清晰可见。2013年7月，500千伏柏泉智能变电站顺利投产。精湛的技术、过硬的组织协调管理能力获得了验收组和施工、监理单位的一致好评。

一个人的精力毕竟是有限的，工作投入得多，分给家庭的必然就会少。2014年的一个晚上，吴颖俐的母亲突然尿道结石发作，晚上7点半，她刚将母亲送到医院，就接到变电站的电话，原来运维人员巡视时发现柏泉变电站220千伏泉233分段开关汇控柜有烟味，并伴有放电声响，打开箱体后发现端子排有灼烧迹象！吴颖俐简单嘱咐母亲几句，将母亲托付给医生，就火速赶往变电站处理事故。确认异常情况后，立即申请停电处缺。就在吴颖俐与检修人员查图纸、分析接线烧熔，排查维修设备时，女儿突然打来电话，带着哭腔说："妈妈，外公不见了！"几年前，吴颖俐的父亲因患有脑动脉瘤导致大脑功能受损，不仅语言功能丧失，还经常出现思维混乱。吴颖俐的爱人也是一名电力一线工人，当时他正在外地的施工现场。年幼的女儿惊慌失措，一个劲地在电话里哭泣。万般无奈之下，吴颖俐只好求助于警察，她拨打了110报警电话。就在这时，天空下起了雨，现场检修工作只能暂停。在安排好站内工作后，已是深夜12点钟，在开车回市区的路上，雨势越来越大，吴颖俐的心情像摇摆的雨刷一样焦灼。车内眼泪滂沱，车窗外雨雾迷蒙，父亲到底去了哪里？这样的雨夜他会不会出什么意外？在医院的母亲现在怎么样了？独自在家的女儿睡着了吗？吴颖俐开着车在父亲可能去的路上慢慢搜寻，她多希望下一秒，或者在下一个转弯处，就能看到父亲的身影。她在心底暗暗发誓：只要能找到父亲，一定放下手头的工作，好好照顾他。好在母亲的病情已经稳定，女儿也已经睡熟，凌晨3点，吴颖俐接到派出所打来的电话，父亲找到了！悬着的一颗心终于落地。安顿好父亲，吴颖俐还是放心不下站里的维修工作，又匆匆赶回了变电站，全然忘却自己几个小时前关于陪伴父亲的誓言。

　　有时候，吴颖俐也会自责自己上愧对父母，下亏欠孩子。2017年，女儿迎来了人生中第一次最重要的时刻——高考。可偏偏赶上了变电站设备抢修，吴颖俐在陪考与工作之间选择了后者。女儿考完试回到家，看到一脸疲惫的吴颖俐，既心疼自己的妈妈，又觉得自己委屈，噘着嘴抱怨："别人的妈妈都去送考，你倒好，只给我打个电话。"看到吴颖俐一脸愧色，又安慰妈妈道："妈妈，我不怪你的！我18岁了，已经长大了！"看着懂事、乖巧的女儿，吴颖俐鼻子一酸，泪水夺眶而出，在女儿面前彻底做了一回"小女人"，一个需要理解的脆弱妈妈。女儿是吴颖俐的心肝，变电站的设备也是吴颖俐的宝贝，手心与手背，都是需要她呵护、付出、照顾的。"玉贤变电站1996年3月15日投产，孝感变电站2001年12月31日投产，柏泉变电站2013年7月3日投产，仙女山变电站2015年1月18日投产，仙桃变电站2017年12月23日投产……"所有曾经参与过筹建的500千伏变电站里的每一个设备、每一台装置，只要闭上眼睛，都会浮现于眼前，都会过电影一样在心头回放。哪座变电站生产准备工作启动是哪天，竣工验收是哪天，投产运行又是哪天，吴颖俐都如数家珍。

"吴颖俐，你的结婚纪念日是哪一天？"如果被人冷不丁地问到这个问题，她一定会呆愣在当场，然后掏出手机查看一下，再思量半天才能说清楚。百试百灵！无论被问多少次，无论她在手机的备忘录里记录多少次，无论她曾经试图默背过多少次，依然不能在第一时间脱口而出。

鄂中检修分部成为国网湖北省电力有限公司检修公司"大运维模式"试点之后，吴颖俐成为玉贤运维站站长，也是检修公司唯一一位女运维站站长。她首先面临的就是人员调整、搭配的问题。技术人员短缺，而且是结构性缺员，44名运维人员中技师以上的只有8位。分部主任雷鸣带着她用一个月的时间走遍了辖区的6座变电站，逐一分析，解决问题。吴颖俐其实心里对"大运维模式"一点底也没有，雷鸣安慰她："在这个问题上，我们分部班子态度一明确，二坚决，这项工作必须要推开。万事开头难，大运维打破的是班组壁垒，改变的是以往的值班模式，只要坚持住，度过思维混乱期，大家重新适应新的工作模式之后，一切问题都能迎刃而解！一定要坚信，办法总比困难多。"

"大运维模式"经受住了2018年低温雨雪冰冻天气和2020年新冠肺炎疫情的考验。

2018年1月，一场罕见的极端低温雨雪冰冻天气席卷湖北大部，1月24日晚上9时开始，500千伏宜兴一、二回线，渔兴一、二、三回线相继跳闸，在强送成功与再次跳闸之间，累计达14次。吴颖俐组织成立了500千伏兴隆变电站抗冰保电党员突击队，她担任队长，带领队员们奔赴130公里外的兴隆站。由于路面已经结冰，车子足足开了3个小时才抵达目的地。连续10天，吴颖俐一直坚守在兴隆站抗冰保电的第一线，白天带着大家踏着厚厚的积雪仔细巡查设备的油温、油位、气压，晚上吃过饭，又拿上测温仪，全面查看设备发热点的温度以及瓷瓶上有无放电迹象。当时户外温度接近零下10摄氏度，巡视一圈下来，全身都冻透了。待到寒潮退却，抗冰保电突击队才从兴隆变电站撤回武汉。

2020年，阴云遮蔽了武汉的阳光。鄂中分部要成立党员突击队，吴颖俐第一个报名，主动承担这个非常时期的保供电责任，力求实现疫情防控和安全运维两不误、两不乱。面对汉外变电站的通勤，她积极协调交接车辆通行，保障交接班正常进行；面对隔离在外地的职工，迅速调整班次保障值守力量；有不能到岗就位的职工，吴颖俐就自告奋勇亲自顶上。她连续在玉贤变电站值守了47天，同时还得管控其他变电站的安全。期间，鄂中分部管辖的6个变电站为武汉市内的火神山医院、同济医院中法新城院区等在内的十几家医院提供了源源不断的电力保障，他们日夜不休，只为那武汉夜色中不灭的给人希望的灯光！

吴颖俐早就从刚参加工作时同事口中的"小吴"成为闲杂的"吴师傅"。吴师傅成了师父之后才意识到以前她自己的师父只教给她技术与技能，从来没有教过她关于职业规划的概念。吴颖俐不一样，她现在带徒弟，教的可不仅仅是技术，更注重的是徒弟的个人成长规划。不是每个人都适合搞一辈子技术，飞鸟就应该属于蓝天，翱翔天际；鱼的家在大海，深潜海底。如果让鱼翱翔天际、飞鸟深海潜行，会是怎样的结果？徒弟邓皓元，从一名非电专业毕业生成长为独当一面的技术骨干，曾参加各类技能比武并获得殊荣。2019年，吴颖俐和徒弟刘雷获得检修公司优秀师徒称号。相信不久的将来，她的徒弟也会迭代成为新一代青工的师父。

从玉贤变电站到玉贤运维站，吴颖俐走了28年，似乎很远，又仿佛一直待在"运维"的原地。

踏云篇

《点绛唇·踏云》

荆楚风流，山河代代新人显。高空俯看，紫气烟霞暖。　何处情归，云踏凌霄殿。杨柳岸，春来桃绽，豪杰英雄传。

在"日"字上的日子

华中"日"字形特高压交流环网图，李非闭着眼睛也能准确无误地在纸上画出来，山西长治、河南驻马店与南阳、湖北武汉与荆门、江西南昌、湖南长沙，这些城市像散落在大地上的珍珠，被特高压线有机地串联在一起，而后在中国的经济版图中熠熠生辉。

在我国，特高压是指±800千伏及以上的直流电和1000千伏及以上交流电的电压等级。特高压输电能将我国电网的输送能力提高5至6倍，送电距离也是后者的2至3倍。据国家电网公司测算，在导线总截面、输送容量均相同的情况下，±800千伏直流线路的电阻损耗是现有±500千伏直流线路的39%，是±600千伏直流线路的60%，它大大提高输电容量并降低能耗，被称为治理雾霾的重要技术。中国特高压技术起步早，技术在世界上处于领先地位。1986年开始立项研究交流特高压输电技术。1994年在武汉高压研究所建成了中国第一条百万伏级交流特高压输电研究线段。2006年，国家发展和改革委员会正式核准了晋东南经南阳至荆门特高压交流试验示范工程，它是我国第一条特高压交流线路。这就是未来的华中"日"字形特高压交流环网图上最先写下的一笔。

在建成投运5年之后，2014年3月，世界首个商业运行的特高压工程——1000千伏晋东南—南阳—荆门交流特高压输变电工程在河南南阳通过了国家标准化管理委员会组织的标准化验收。

国家标准化管理委员会专家组宣布：中国建成世界首套特高压标准体系，具有完全自主知识产权。作为首个国家重大工程标准化示范项目，1000 千伏晋东南—南阳—荆门交流特高压输变电工程在世界上率先形成了特高压交流输电技术标准体系，其多项研究成果被国际电工委员会（IEC）、国际大电网会议组织（CIGRE）和国际电气电子工程师协会（IEEE）等国际权威组织采纳，这标志着中国特高压交流电压被确定为国际标准电压，在特高压输电、智能电网领域，中国标准已经处于国际领跑水平。

消息传来，荆门特高压站内一片欢腾。3 月的荆门特高压站，门前一片鹅黄的油菜花海，在站内值守的所有人都被这个消息鼓荡得异常兴奋、激动，他们中的好几个人都是从 2007 年荆门特高压一开始筹建就在这里安营扎寨的，比如站长李非，还有比他更早来到这里的汪杨凯。

李非是湖北宜昌人，1993 年从湖北电子工业学校计算机专业毕业，被分配到了葛洲坝电厂，在一草一木皆风景的葛洲坝换流站工作了 10 年。2007 年通过竞聘来到了当时正在筹建中的荆门特高压站，担任副站长，那时正好是 7 月，稻花飘香的季节。凡是闻过稻花香的人，一辈子都不会忘记那个味道。关于这一点，李非虽然没与人交流过，但十分笃定自己的判断，稻花香也是大地之气，虽然他们的职业与高空更为接近，但他们毕竟不是翱翔天际的飞鸟，而是脚踩大地的人类，对大地有着天然的眷恋与亲近。

国网运行公司最初只在山西长治设置了晋东南特高压管理处，如果线路出现问题，运维人员就从长治沿线巡检修。奈何管理半径过长，很多运维不及时，实际运行中的弊端逐一显露。试运行半年之后，国网运行公司将湖北省域的线路划归宜昌超高压管理处，运维人员在荆门市区租了集体宿舍，分段管理 1000 千伏晋东南—南阳—荆门交流特高压输变电工程。彼时荆门至宜昌之间的高速公路尚未开通，车辆不仅被限速，还时常会出现拥堵，路上的时间根本不可控。荆宜高速开通之后，荆门与宜昌之间的车程只有两个小时左右。荆门特高压站就隶属当时的宜昌超高压管理处。

建设荆门特高压站不同于一般的变电站筹建，首先是设备难度，全国首台首套；再就是运行难度，完全没有运行经验与标准可言，当时国内最高等级的变电站是750千伏。总之，荆门特高压站的值守人员需要比一般的超高压变电站早进场，进入工作状态，他们不是来验收设备的，而是要与施工单位一起建设，与厂家一起安装设备。李非到的时候，变电站设备区的道路地基还没有开挖，办公室刚开始打地基，变电站的工作人员与施工人员都在工地一侧的板房里办公。在简陋的板房里，李非第一次见到了汪杨凯。

汪杨凯比李非整整小10岁，湖南耒阳人。汪杨凯的名字是父姓加母姓，后面又多了一个"凯"字，他还有一个叫"汪洋"的哥哥。每次回家，哥俩就凑在一块儿打趣父母给孩子取名的不走心，不是用谐音，就是用姓氏套餐组合。汪杨凯在华中科技大学从本科一直读到研究生。两湖文化有着天然的近亲关系，两者都源于荆楚文化，有许多共同的特征，只是在后来的发展过程中囿于地理环境、传统文化、社会发展模式等诸多因素的影响，才出现了不同的发展趋势。但那些细枝末节的差距在汪杨凯眼中忽略不计。2006年毕业之后，汪杨凯考入了国网运行公司，被分配到位于上海市青浦区华新镇的华新换流站。对于上海，早已习惯并适应了荆楚文化的汪杨凯一直无法融入其中。当1000千伏晋东南—南阳—荆门交流特高压输变电工程启动之后，他动了离开上海的念头。黄浦江是长江汇入东海之前的最后一条支流，虽然都生活在江畔，但心里对长江的悦纳程度远非黄浦江所能比拟的。除了文化的不相容，彼时，特高压算得上是中国电力的空白点，汪杨凯对其中蕴含的技术挑战心存向往，他预感到那应该是自己更能够实现个人价值的领域。

荆门特高压工作人员前后分批次前往西宁学习。坐落在青海省海东市民和回族土族自治县官亭镇的750千伏官亭变电站，是我国兴建的首座750千伏超高压等级变电站工程，也是中国电力建设史上具有里程碑意义的重要工程。官亭—西宁750千伏输变电工程东起750千伏官亭变电站，西至西宁750千伏变电站，线路全长157公里。西北的冬天，祁连山的山风又干又冷，与长江的江风截然不同，风里没有一丝水分，像开了刃的锋利刀片，在李非和汪杨凯的脸颊上来回刮蹭。风不刃血，只有钻心的痛。飞抵西宁之后，还要乘坐汽车去官亭，从西宁到官亭一路全是盘山路，蜿蜒崎岖，一向对自己颇有自信的李非居然晕车，在车上吐了好几次。天旋地转地辗转了6个多小时，他们才到达目的地。所有人被安排住在距离官亭变电站半个小时步程的官亭镇上。官亭变电站的工作人员一周轮一次班，前来学习的人员则需要天天上班。从官亭镇住宿的地方走到官亭变电站，只有毗邻变电站的一小段路有路灯。白天还好，夜路则是彻头彻尾的黑。官亭变电站本就地处偏远，方圆三公里之内没有村庄，没有人烟，这就意味着没有灯光，没有光污染，也没有空气污染，头顶只有清澈的银河与星空。地上越黑，天空就越亮，更亮的是天上的那一轮玉盘，从上弦月到满月再到下弦月，嫦娥含笑凝视着捣药的玉兔，吴刚奋力砍着一刻不停生长的月桂树。在漆黑的夜色中，前行的人们头戴大棉帽，脚蹬大棉靴，边走边唱，西北风中飘荡着粗犷、热烈、悠长、热辣、直白的韵调。

此时，荆门特高压站的土建工作有条不紊地进行着。结束西宁的异地学习培训之后，国网运行公司又组织了一个俄罗斯考察团，重点是考察国外的设备，学习他们的运维模式。俄罗斯1150千伏特高压建成但并没有实现商业运行，线路一直都是降压运行。俄罗斯之行，考察团的所有人心照不宣，达成了一个共识：在设备上，中国自主研发的设备已经不亚于国外制造；在变电站管理上，国内的精细化管理模式也远超俄罗斯的粗放式管理。原本抱着学习之心而来的考察团，实地参观之后，增强的却是对中国电力技术与发展的自信。

2009年1月16日，国内首条特高压示范工程——湖北荆门至山西长治的交流1000千伏特高压输电线路正式投运。12月1日，国标标准化管理委员会正式将晋东南—荆门特高压交流工程列为首个"国家重大工程标准化示范"项目。

荆门特高压站投入运行之后，李非发现特高压变电站相比超高压变电站而言，设备智能化程度更高，接近于智慧级别。特高压无小事。荆门特高压站是首个"国家重大工程标准化示范"工程中的重要一环，日常运行的压力非常大，压力不是来自站内的硬件设备，而是源于站内的日常管理，人员的精神状态、心理素质以及应对突发状况的能力。即便是一个很小的问题，也会迅速上报至国家电网主要领导的办公桌上。这里的任何一个数据都将为后续中国特高压建设能够全面推开提供试验数据与实践支撑。这里到底会是一个示范样本还是失败案例，很大程度上取决于变电站的值守人员与线路的运维人员。

2012年3月，根据国家电网公司关于特高压交流变电站和±660千伏及以下直流换流站运维属地化管理的要求，国家电网公司运行分公司宜昌管理处成建制划入湖北超高压公司，更名为湖北省电力公司超高压输变电公司宜昌管理处，作为公司二级单位管理。宜昌管理处业务范围、内部管理模式、职能职责保持不变。随后，荆门特高压站和宜都换流站接管工作会在宜昌超高压管理处召开。这标志着湖北超高压公司正式接管荆门特高压站和宜都换流站。至此，湖北省超高压输变电公司管理的500千伏变电站（开关站）达到19座，500千伏直流换流站达到5座，1000千伏特高压站1座。

属地化管理从开始酝酿到尘埃落定，荆门特高压站上至站长，下至普通的值班人员，无一人有思想上的波动。汪杨凯记得，李非当时在站内的一次例行会议上说过这样一段话："荆门特高压站只是换了一个上级主管单位，又不会撤销。咱们现在干什么，以后还干什么；现在怎么干，以后还要怎么干。大家担心什么呢？"有李非这样懂得做思想工作的站长，荆门特高压站的属地化管理接管井然有序，无波无澜。汪杨凯也没有任何的心理波动，他对自己的技术技能充满自信，深信自己无论怎样变换岗位都会有用武之地。

2013年2月初，1000千伏荆门特高压站发生了一次跳闸事故，是由T021开关A相灭弧室与合闸电阻间盆式绝缘子漏气导致的。那天李非刚好在宜昌休班，听到消息之后，片刻没耽误就返回到站里，奋战了五天五夜，终于将设备隐患圆满消除。此时的汪杨凯并不在站内，他去了北京。彼时的国家电网有意对全国范围内的特高压变电站集中管控，以期实现无人值守的目的，于是在全国电网系统遴选了部分技术高手组建了国家电力调度中心监控处，但限于当时的技术条件，监控处只运行了一年，特高压变电站的无人值守并没有如期实现。2019年11月底，国网山东电力曾三获鲁班奖的济南1000千伏特高压变电站发生爆燃事故，致1死2伤。变电站无人值守再次被提上日程。

荆门特高压站这个36人的小集体中，80%是党员。变电站无人值守的时代很快就会到来，这是大趋势，势不可当。每天朝夕生活在华中"日"字形特高压交流环网上的日子说不定哪一天就会结束，今天固定一隅的值守人员，明天可能就会是动态游走的运维人员。无论在哪里，在哪个岗位上，控制风险，把风险的关口前移，防患于未然才是所有电力人的最高使命和共同理想。

山河新人

张山河一口地道的南阳话，一开腔，不知道的大都以为他是河南人。也难怪嘛，湖北襄阳与河南南阳搭界，难免在饮食习惯、风土人情以及方言口音上有些许相似与近似。毕竟，连襄阳人自己都说："襄阳是南方里的北方！"

张山河的父亲是在组建湖北省超高压输变电局襄樊线路工区时，从襄樊供电局调过来的老职工。在电力系统大院里出生长大的孩子，从小耳濡目染，对输电工作一点也不陌生。父亲是一个尽职尽责的班车司机，在没有任何导航设备引领的年代，一个好司机的标志就是不走弯路、不走错路，能够准确无误地把输电工人送到目的地。父亲以自己的精湛技术赢得了工友的尊重。1939年出生的老人家，以82岁的高寿离世。父亲在世的时候，从来没有对3个孩子声色俱厉、正颜厉色地说教过，朴素的老张更坚信身教重于言教。大女儿锦绣，高中毕业就被招了工。大儿子山河，技校毕业留在了襄樊，成为湖北省超高压输变电局襄樊分局的一名输电工人，与从小看着自己长大的叔叔伯伯成了同事。小儿子志国，技校毕业后去了湖北省超高压输变电局荆门分局。兄弟俩，不在一地，却在异地从事着同样的工作，巡视着同一条线路。

襄樊分局向来重视职工技术比武，在一众人的努力下，也曾经取得过全省电力系统劳动竞赛第一名的好成绩。张山河的技术水平一度在襄阳分局是首屈一指的，他要说自己第二，无人敢自称第一。说来奇怪，张山河第一名的好成绩只能止步在襄阳地界，每次有全省的比赛或者全国的比赛，张山河这个襄阳第一名在与外面高手的切磋中总会败下阵来。但谁也不能否认张山河的技术水平与技能素质，因为在处理现场缺陷时，无论是点子还是办法，张山河的确无人能敌。久而久之，张山河以及他周围的领导与同事也就默认了这样的一个事实：张山河不是比赛型考试型选手，而是现场解决问题型的。

2008年8月，襄樊输电公司即将接管1000千伏特高压南荆一线。公司的运维人员随之做了大幅调整，那一年，张山河已经是运维2班的班长。3年之后，他被调整到运维4班担任班长，4班是专门负责运维南荆一回的特高压班组。张山河班组的运维范围包括南荆一线从209号到426号基塔，共计109.5公里。

接手南荆一线的运维之后，张山河顿觉工作节奏比以前紧张了许多，运维任务也突然加重了许多。1000千伏南荆一线的14、15A、15B三个标段的耐张绝缘子串均压环为铝质支撑杆，在这三个标段中一共有17基耐张绝缘子串导线侧均压屏蔽环。每一次的巡检，张山河的班组都会发现因下坠导致均压环接近绝缘子串而产生不同程度异常放电。刚开始是少量的，最初的时候4基，后来6基，直到有一次17基都发现了不同程度的异常放电。所以在每次停电检修中，张山河都把"耐张塔导线侧均压屏蔽环支撑杆根据检查情况扶正、耐张接点检查紧固"作为综合登杆检查的重点工作之一，让每一个上塔人员重点关注，通过对"耐张塔导线侧均压屏蔽环扶正"，来消除这一类的电晕放电缺陷。

每次将耐张塔导线侧均压屏蔽环扶正之后，从杆塔上回到地面，张山河都会沉默着抽一支烟，缓解身体上的累仅仅是一个方面，更多的是在思考。思考为什么会这么集中频繁地出现同一类型的故障缺陷？这样扶正的方法，治标不治本，并不能从根本上解决问题。晋东南经南阳至荆门特高压交流试验示范工程,是我国第一条特高压交流线路,是纯国产化,一条具有完全自主知识产权的领先国际的特高压线路。关键它是国内首个特高压示范工程!2009年1月才正式投入运行。作为基层运维人员,如果没有大量的真实数据做支撑,贸然对工程质量提出质疑,是站不住脚的,也不会被采信。

2011年,1000千伏南荆一线停电检修,张山河发现291号耐张杆塔管形硬跳线屏蔽环连接支撑板断裂。他们及时向上一级主管部门汇报了详细情况——在他们平时巡线过程中,在微风条件下,运维人员经常能听见硬跳线部位的部件振动发出风振啸叫,爬上杆塔之后肉眼就可以近距离地观察到硬跳线屏蔽环明显振动并发出声响。

支撑板为何会断裂?必须要找到原因。这个工程既是试验工程,又是示范工程。试验工程就决定了在这之前没有任何经验可以借鉴,只能是摸着石头过河。最终湖北省超高压输变电局决定由襄樊公司现场解剖一个完整的硬跳线屏蔽环,最终选定了221号杆塔。其实河南境内的1000千伏晋东南—南阳—荆门交流特高压输变电工程线路也发生过故障,南阳的运维人员曾经解剖过故障点,资料与报告张山河都看过,但看纸上的资料与真正的实操之间还是有巨大差距的。一群骨干,一沓图纸,做好全方位保护的张山河爬上杆塔打开了硬跳线,仔细查看里面的结构,原来它是通过螺栓进行的固定连接,而实际查看之后才发现湖北境内的硬跳线连接方式与河南境内的连接方式并不一样。综合分析之后,张山河最终确定了故障原因:特高压硬跳线屏蔽环外观尺寸较大,且无防振设计,在实际运行中受风力作用产生振动,长时间作用导致螺栓松动疲劳,直至断裂。那一次检修,把能加固的螺栓统统加固了一遍,防止其松动、脱落,甚至受力不均时断裂。

两年后,2013年10月,1000千伏南荆一线再次停电检修。张山河班组又发现了一个断裂故障,1000千伏南荆一线321号中相管型硬跳线屏蔽环连接支撑板断裂。但是没有可以替换的备件,只能对断裂的部分进行特种焊接加固。后来，这个故障也逐年增加。张山河决定将自己近年来运维南荆一线所发现的故障形成书面报告——《南荆一线耐张绝缘子串均压环不良工况、家族缺陷排查报告》。经过专家审核，最终认定了张山河的判断。专家在襄樊输电公司实际运维经验的基础上，优化了设计，对南荆一线所有的耐张绝缘子串均压环集中进行了更换。运行一年之后，张山河班组没有再发现所管辖内的线路杆塔上有新的断裂，那也就预示着从根本上消除了这个缺陷。

第一条特高压交流线路试验示范工程通过验收，完美收官。几年后，在第一条线路成功的基础上，华中"日"字形特高压交流环网建成。张山河也一天天地变成了"老张"。

1999年昆明世界园艺博览会那年，张山河做了父亲。他给儿子取名"渊博"，一来是"园博会"的谐音，二来也希望儿子将来人如其名，成为一个知识渊博的人。后来，儿子虽然没有如张山河期盼的那样考上名校，但考上了一个专科学校——武汉电力职业技术学院。张山河觉得儿子至少比自己强，自己也不过读了个技校。多年的工作实践让张山河对学历没有半点的迷信与推崇，技术与技能百分百是出自实践的。学历很大程度上代表着一个人的学习能力，对于新生代的青工，张山河觉得他们当中的每一个人学习能力都没有问题，关键在于对工作的兴趣、热爱以及责任心。儿子毕业之后，通过笔试、面试，层层选拔，被襄阳供电公司录取。自此，老张家从事电力行业的就是三代人了。张山河觉得挺好的，一个职业对三代人都有吸引力，说明这应该是一个不错的行业。

2020年9月，张山河的4班班组来了一个新成员——生于1997年的小姑娘，毕业于三峡大学的张雪韵。轮岗实习一圈之后，在从事变电运行还是输电线路运维中，小姑娘勇敢地选择了输电线路运维。张山河听说内蒙古锡林浩特输电运检分中心有个女子特高压输电班，全部是90后，也是全国第一个女子特高压输电班。但张山河从1995年参加工作以来,他所在过的班组都没有女子输电工。即便有,也不出外勤,不巡线,更不会爬塔进行高空作业。但是,小丫头初生牛犊不怕虎,有着强烈的个人意愿,张山河也不好阻拦,他给张雪韵安排了一个经验丰富的师父罗刚,让罗师父一对一、手把手地好好教她。师父只能领进门,毕竟修行在个人。

　　线路运维,高空作业这一关必须要过。阳春三月,张山河安排张雪韵的师父带着她去南荆一线爬塔。张山河站在地面,看着罗刚在前逐个动作分解示范,张雪韵紧随其后亦步亦趋地学习、效仿,两个身影一点点上升,慢慢在视野里变得模糊。从高空鸟瞰地面的视角不是一般的视角,那是与高空、与蓝天、与白云有着特别连接的人才有的机缘。虽然飞翔的无人机能替代人的眼睛去看风景,但是高空的气流、高空的风声,无人机无法将这些感觉与触觉传达到地面。张山河把每一次的爬塔定义为"双脚离地的飞行",人类一旦飞行过,就会爱上这样的姿态,毕竟人类关于飞翔的梦想由来已久。张山河忽然觉得这个新生代小姑娘不容小觑,有胆量攀爬几十米高的特高压杆塔,如果再恋上高空,那她的将来要如何限量?

曹爸爸

在自己所有的人生角色中，曹亮最引以为豪的就是"父亲"的角色，他觉得自己为了这个角色，竭尽了他的全力。

千禧年的时候，曹亮步入了婚姻，家就安在了宜昌。宜昌，古称夷陵，"水至此而夷，山至此而陵"。彼时，他在葛洲坝换流站工作，妻子在三峡电厂，两个人都属于这座江畔宜居小城的高收入群体。宜昌城市面积不大，却名列湖北"最宜居"城市名单，还在中国城市竞争力研究会评选发布的"全国十大宜居城市"上榜上有名。曹亮与妻子在宜业宜居的江边小城宜昌，吹拂着江风，安逸地"栖居"着。直到2006年儿子的出生，打破了原本的岁月静好。

曹亮的儿子患有先天性小耳畸形，一只耳朵完美无缺，另外一只却没有被上帝亲吻过。在最初的震惊、错愕之后，曹亮最先冷静下来，他带着儿子经过一系列系统的检查，除了先天性小耳症之外，儿子其他的指标一切正常。这样的结果多少给了曹亮这位三十而立的父亲些许的安慰。刚出生的孩子，孱弱、瘦小，除了吃，就是睡。妻子不似曹亮坚强，一时之间还无法接受现实，整日以泪洗面，影响到了身体的恢复以及乳汁的分泌，吃不饱的婴孩饿得哇哇大哭，粉嫩粉嫩的娇娃娃哭得上气不接下气，那只残缺的耳朵也涨得通红。然而，再红也红不过妻子哭得红肿的眼睛。没办法，只好给襁褓中的儿子添加了奶粉。妻子在自怨自艾的情绪里持续了许久，她极力要为自己的痛楚找到一个自洽的理由，怀孕期间该做的检查一次没落下，为何会是今天的局面？曹亮何尝不是呢？他们将所有的可能因素排除了一遍，却也不能改变已成定局的事实。有道是，女人本弱，为母则刚，男人亦然，为父之后的曹亮变化更大。他变得更加强大，更加有担当。夫妻二人痛定思痛，任何的向前追溯都无济于事，于事无补，要向后看，尽一切所能去弥补。两个人分工明确，妻子照顾孩子，确保孩子的身心健康，尤其是心理健康。曹亮则收集各种关于治疗小耳症的方案与办法，他加入了很多QQ群和微信群，不搜索不知道，原来中国有那么多被小耳症困扰的家庭。痛苦有人分担，不知不觉中，曹亮夫妇觉得不再那么痛苦，那么孤单。2012年，就在儿子即将上学成为小学生的那一年，考虑到入学之后孩子在集体当中要承受的心理压力，曹亮夫妇下定决心带孩子远赴美国进行人造外耳手术。就在这一年，曹亮的工作也发生着巨大的变化。

曹亮大学就读于武汉水利电力大学，也就是三峡大学的前身，毕业的时候直接到了葛洲坝换流站工作。彼时，正值八月桂花香的时节，尤其是直流场上那棵硕大无朋的桂花树，仅凭一己之力就香飘整个葛洲坝换流站。

葛洲坝换流站自有属于它的灿烂与辉煌。葛洲坝水利枢纽工程是长江干流上第一座大型水电工程，1970年年底破土动工，1974年10月主体工程正式施工，1988年12月全部竣工。这是20世纪我国自主设计、施工和运行管理的最大水利枢纽工程。1989年9月，±500千伏葛洲坝—上海直流输电工程竣工投产，填补了中国超高压直流输电技术的空白，双极投运后拉开了中国电网跨区联网的序幕，标志着中国输变电技术跨入世界先列。作为首端站的±500千伏葛洲坝换流站紧跟中国发展脚步，年输送电量投产时为10亿千瓦时，2019年已增加到60亿千瓦时。

2009年，国家电网探索特高压交流变电站和±660千伏及以下直流换流站运维属地化管理工作。当年 4 月 27 日，葛洲坝、龙泉、江陵换流站作为首批试点，国网公司建设运行部将这三座换流站的运维工作移交给了湖北超高压公司。3 年后，特高压交流变电站、直流换流站属地化运维调整工作全面启动，国家电网总部相关部门加强组织协调，国网运行分公司和相关省（自治区、直辖市）电力公司相互支持、密切配合，将原本由国网公司建设运行部运维的 3 座特高压交流变电站和 8 座直流换流站的运维管理及安全责任全部移交至 9 家属地省（市、区）电力公司。3 座特高压交流变电站分别为晋东南、南阳、荆门站，8 座直流换流站分别为银川东、胶东、宜都、华新、鹅城、灵宝、高岭、伊敏站。但国家电网管理模式的改革并未就此停止，2019 年 8 月，国网湖北省电力有限公司直流运检公司成立，又将国网湖北检修公司十年前从国网公司建设运行部接管的 7 座直流换流站的运行维护、设备安装调试、检修任务剥离了出去。自此，直流换流站的运维与检修公司再无牵涉，也算是一别两宽，各生欢喜。

国家电网的改革一直都是与时俱进，一直在路上。从曹亮参加工作进入国家电网至今，无论是在管理模式、机构设置、用人标准等方面一直在调整，在变革。曹亮并非一个惧怕改革的人，作为一个从小在长江边长大的宜昌人，他深谙顺势而为的人生道理。曹亮是第一批被属地化的员工，他记得当时老同事还调侃过他，后来当第二批换流站属地化时，第一批人早已适应了，而第二批人的调试期与适应期才刚刚开始。当真是俗语中的"山不转路转，路不转水相逢"。曹亮庆幸自己是第一批被属地化的，2012 年的时候他已经早就融入了湖北超高压输变电公司的氛围之中，所以才能心无旁骛地请假带儿子前往美国去做外耳再造手术。

曹亮儿子的手术分两个阶段完成——第一次手术是在 2012 年，第二次是在 3 年后的 2015 年。而第二次手术的时候，曹亮已经离开了宜昌，到武汉的湖北省超能电力有限责任公司任职。这是特高压交流变电站和±660千伏及以下直流换流站运维实行属地化管理之后，国网湖北检修公司为增进融合而有针对性地推行的干部任职交流。曹亮从宜昌来到武汉，武汉也有干部去了宜昌，比如，雷鸣。

做父亲，曹亮是认真的，竭尽其所能。对于工作，他也极其认真，以职业化的状态倾心倾力。在武汉工作的五个年头里，开了超能公司走出湖北投标的先河。那是2014年10月，曹亮偶然获悉了河南郑州换流站集中检修招标的消息。在这之前，超能公司的业务范围仅限于湖北。曹亮突发奇想，为何不走出湖北放手一搏呢？他牵头组织人手制作了严密的标书，前往北京国家电网去投标。原本只是抱着试试看的想法，孰料却一举中标。郑州换流站检修500万的项目，工期10天，超能公司完美完成。

在武汉工作生活了五个年头之后，2019年，曹亮申请调回了宜昌运维分部。大武汉固然好，但曹亮心中总是怀恋着小而美的宜昌，毕竟那里才是自己出生长大之地，清江上有清风，而武汉烟火味深重，繁华得几近聒噪，还是回到宜昌吧，那才是曹亮的上上策。

宜昌运维分部目前管辖着4座变电站，每个月曹亮都要带人去巡视两趟。他有一个精准的时间表，像瑞士手表一样准确无误。早上8点半从宜昌出发，先去恩施变电站。从宜昌分部到恩施变电站大约四个小时的车程，12点半左右能到目的地，在站里简单吃个午饭就开始检查。下午3点准时从恩施变电站前往建始变电站。

位于恩施州崔家坝镇的500千伏建始变电站，2020年5月投产送电。以往，恩施电网只靠一座500千伏恩施变电站与主网连接，输送能力有限。随着恩施经济发展，当地用电负荷逐年增大，外部电能无法有效支援。同时，恩施州水能、风能资源丰富，加上近年来光伏扶贫工作全面铺开，每到丰水、光照充足的季节，大量清洁能源所发电量需送出。在脱贫攻坚关键时期，为了优化湖北主网结构，国家电网有限公司投入近5亿元，在恩施州再建一座500千伏输变电工程。

2017年4月30日，建始变电站动工建设，全站采用气体绝缘全封闭组合电器设备，配备了先进的智能化辅控系统，简化了线路停、送电操作流程，是湖北首座实现一键顺控操作的新建主网变电站。建始变电站2020年3月19日项目复工。参建人员连续坚守了50多个日夜，终于抢在丰水期到来前完成了建始变电站的调试送电任务，解决了恩施电网供电卡口、清洁能源外送受限的难题，为恩施清洁能源外送提供了一条新通道。

恩施变电站与建始变电站之间相距一个小时的车程，下午4点半准时抵达。常规操作，三百六十度无死角巡视一圈，6点折返，晚上住在恩施。恩施土家菜名扬天下，只可惜第二天一早就要马不停蹄地赶路。酒是不能喝的，即便喝也只能喝杯寡淡的啤酒浅尝辄止，不能开怀畅饮，不醉不归。何以解忧？唯有玉露。恩施玉露！"金风玉露一相逢，便胜却人间无数。"恩施玉露更是名扬荆楚的神仙级茗茶，湖北省第一历史名茶，其传统制作技艺列入国家级非物质文化遗产名录。一杯玉露，茶香氤氲中便解了一天的舟车劳顿。第二天一早，吃罢早饭依然是8点半准时出发。沿着清江，一路青山绿水，两个半小时的车程，11点到达渔峡变电站。一点时间也不敢浪费，必须要在下午两点半从渔峡变电站出发，赶往此行的最后一站——安福变电站。时间再紧张，检查也不会打折扣。而且这一天不论早晚，曹亮必须要赶回宜昌分部。

回到宜昌城区的时候，已是华灯初上。一盏盏路灯，昏黄、温暖，空气中依稀弥散着家常菜的香气。循着熟悉的香气回家，家的方向就是心的方向。毕竟家才是曹爸爸最心之所系的地方。

彭老师儿

"老师儿，请问泉城广场怎么走啊？"耳畔传来一口浓重的山东话。是个问路的！彭永祥大脑飞速地运转着。虽然来济南时间不长，但是已经接受了最基本的山东方言知识速成培训。尊称＋济南话特有儿化音＝济南话最出名的词汇——老师儿。逢人喊"老师儿"是济南人的传统，那是对陌生人的尊称。所以当一个济南人称呼你"老师儿"时，千万不要误会，对方不是真的把你当成了一位老师，哪怕你的身份是一位真正的老师，也无须自作多情。人生地不熟的，哪会有一个擦肩而过的陌生人那么精准地知道你的职业呢！

这是彭永祥第一次来山东，不是来旅游，而是来出差，还是一趟大差！到位于济南市中区二环南路366号的国网山东省电力公司培训中心担任讲师，为期半年，培训国家电网当年新入职的四千多名员工。这一批的讲师团，湖北省电力公司一共来了3个人，彭永祥是检修公司宜昌分部的，另外两个分别来自武汉供电公司和十堰供电公司。上海电力公司派来的是一位已经退休的高级工程师，毕业于上海交通大学，理论功底深厚，讲起课来声情并茂，给湖北讲师团带来了巨大的心理压力。培训结束之后，来自全国各地的国网讲师将由培训学员投票选出10%的优秀。为了"优秀"，所有的讲师都精心准备着每一堂课。

每次站在讲台，彭永祥总会想到一个人——雷鸣。彭永祥与雷鸣是老乡，他们都是荆门沙洋县人，还曾经在双河变电站一起共事过好多年。彭永祥比雷鸣小4岁，初中毕业考取了武汉电力学校，学的是发配电专业，他比雷鸣晚一年来到双河变电站。1994年的双河变电站有六十多个工作人员，是一个热闹、欢乐的青春飞扬的大集体，1982年工作的那一批人，大部分都是60后，彼时也不过才二十出头的样子，正是激情如火、豪情万丈的年纪，人人心中都激荡着一股不服输、不言败的擎云壮志。结婚的是少数，未婚的占大多数，加上交通不便，上班的时候正常上班，休班的时候也很少回家休息。除去集中学习的时间，大半的精力都消耗在篮球场上，青春的活力度直逼500千伏。

在彭永祥的记忆里，那时的苏洲"苏工"已经退休，返聘在岗。苏工的夫人从武汉搬到双河变电站照顾他的饮食起居，他们住在变电站招待所的二楼。有一次，彭永祥路过招待所，苏工坐在藤椅里，抱着一本厚厚的资料书研读。他的夫人为他端来一杯牛奶，担心烫，先是一只手在杯壁上试了一下，还不放心，端起来抿了一小口，温度适中，这才递到了苏工的手里。苏工接过牛奶，一仰脖，"咕咚咕咚"大口喝完，头也不抬，把杯子递回来时的方向，夫人接过空杯子，转身离去。无须任何语言，夫妻之间的默契就是那么自然而然。这应该就是传说中的相濡相呴吧！苏工那个时候正在自学英语、计算机编程，主抓双河变电站内青工的日常培训。每次聆听苏工上课，彭永祥都特别认真，唯恐错过一个知识点。彭永祥多年之后站在讲台上讲课时，偶尔会看到学生走神开小差或者是在课堂玩手机，他都会替那些年轻人感到惋惜。在双河变电站的实践知识课堂上，彭永祥觉得自己离开了学理论的学校，进入了另一所学技术的学校，每天都有学不完的东西，甚至比在学校读书时还要有压力。彼时的湖北超高压局只有两座500千伏的变电站，凤凰山变电站与双河变电站，两地虽然有空间上的距离，但是因为工作性质的相同不可避免地存在你追我赶、比学赶超。彭永祥还记得当时的站长每次讲完后，总会用同一句话来结尾："一定要比凤凰山强！"

雷鸣是苏工最赏识的人，也曾预言其能传承自己衣钵。雷鸣是彭永祥亲眼见过的唯一一个彻夜不眠看图纸的人。雷鸣去宜昌直流运检中心担任主任期间，曾经在武汉大学进修过一段时间，是能够在课堂上犀利地指出教授错误的人。彭永祥一直替雷鸣惋惜，他觉得雷鸣是一个被行政事务耽误了的学者。作为老乡，他知道雷鸣曾经报考过研究生，因为英语不过关而惜败，不得已放弃了。彭永祥有时候在想，如果雷鸣如愿考研成功，他会选择离开吗？没有答案。因为人生没有如果。就像彭永祥站在讲台上，设想如果是苏工，如果是雷鸣来讲这一堂课会怎么样？他们会如何讲？中国电力的发展本身就是一个奇迹，从筚路蓝缕到世界第一，每个人经历不同，视角不同，一定会有不同的认知。依然没有答案，因为人生不存在假设。

彭永祥的工作履历还是蛮丰富的，在双河变电站工作到第十个年头时离开去了鄂西变电运行中心。2008年12月，朝阳变电站投产运行，彭永祥是朝阳变电站的第一任站长，在那里一待就是5年。2014年，特高压交流变电站和±660千伏及以下直流换流站运维实行属地化管理之后，国网湖北检修公司为增进融合而有针对性地推行了干部任职交流。彭永祥卸任朝阳变电站站长，到了宜昌分部担任变电技术主管。彭永祥到宜昌的那一年，曹亮去了武汉。5年后，曹亮从武汉回到宜昌的时候，彭永祥又从宜昌回到了荆门。他们俩是同龄人，又都在同一年回到各自的家、各自的爱人身边。生活中的巧合有时候就是巧得让人觉得有一双看不见的翻云覆雨的手在左右着，人世间的悲欢离合，阴晴圆缺，总是一环接着一环。多年过后，将时间的维度拉长，再一点点回溯，总有规律可循。

彭永祥的妻子是荆门第一人民医院的医生，他们的家安在荆门，那是他们爱的大本营。2014年9月，彭永祥的女儿刚好上一年级。女儿要入学读书，丈夫要去山东济南担任国网讲师，妻子没什么怨言，沉默着给彭永祥收拾远行的行囊。毛衣、棉衣、羽绒服，爱人能想到的防寒保暖的衣物都一件件、一套套地收纳进了大大的行李箱。老舍先生的散文名篇《济南的冬天》，妻子是读过的，虽然知道北方冬天有暖气，但是动辄零下十几摄氏度，想想就打哆嗦。小女儿因为爸爸不能送她参加入学仪式而黯然神伤，嘟着小嘴跟彭永祥赌气，任凭彭永祥怎么哄，脸上也是多云见阴，不转晴。

出发的那天，彭永祥赶在女儿起床前早早出门。作为一个父亲，他实在没有勇气在女儿的眼泪与哭泣声中离开。九月的济南，温度不亚于湖北，暑热依然肆虐。泉城广场中那个硕大的"泉"字提醒着熙熙攘攘的人们，济南还有一个名字——泉城。深度了解一个城市的方式就是用脚丈量。上课之余，彭永祥骑着共享单车穿梭在济南的老街巷里，五光十色的泉城路、风清水冽的芙蓉街、重华千古的舜井街、脱俗附雅的鞭指巷、车水马龙的经纬路……布政司街、高都司巷、后宰门、剪子巷、将军庙街、王府池子、贡院墙根、英雄山……这些风景都被彭永祥用手中的相机一一记录下来，远程分享给远在荆门的妻女。

"今天在路上，又有人叫我老师儿……"

"老师儿！"视频那头的女儿学着彭永祥的腔调，笑得前仰后合，花枝乱颤。相对工作岗位的忙碌，上下班时间没有准点，跟家人相处的时间并不多，但是现在，讲师的工作时间固定，到点上课、到点下课，属于自己的时间多了起来，彭永祥每天都跟女儿视频，甚至比在家的时候对女儿的陪伴都要多得多。

那段时间，彭永祥爱上了站在讲台的感觉。夜深人静之际，甚至认真思考过从事这个职业的可能性。理工男的脑回路"清奇"，无须纸与笔的配合，只需闭上眼睛在意识中推演即可。然而，每每推演完毕，结果都是可能性微乎其微。但正因为是客串，有时间限制，才更加珍惜。而且还有一个重要的元素，此行他们不仅仅代表个人，更是整个湖北电力的形象代表。

　　时间飞逝，半年的培训即将结束。返回湖北之前，彭永祥与朋友结伴专门去了一趟曲阜，游览了孔庙、孔府和孔林，专门在他向往已久的"金声玉振坊"前拍照留念。孟子有云："集大成也者，金声而玉振之也。金声也者，始条理也；玉振之也者，终条理也。始条理者，智之事也；终条理者，圣之事也。"拜谒完孔圣人，他们又奔赴青岛，去感受"东方瑞士"的海滨风情。时至初冬，青岛海边游人稀稀拉拉，迥异于缤纷的夏日。但却体味到了年少时曾听过的那首歌中的图景："我想我是海/冬天的大海/心情随风轻摆/潮起的期待/潮落的无奈……"到了青岛，自然少不了一顿海鲜大餐。在餐馆吃饭时听服务员说，自从2007年青岛海域出现浒苔以来，几乎每年的夏天都会爆发，而且是一年更比一年严重，甚至有人开玩笑说"夏天到青岛来看草原"。虽然冬天无法下海游泳，但最起码能看到大海本来的模样，天蓝蓝，海蓝蓝，海天一色。

　　结业仪式隆重而又热烈，既有优秀学员，也有优秀讲师，学员与老师依依惜别，各自踏上归程。彭永祥，彭老师儿，返程的行李箱里多了一本大红烫金的"优秀讲师"证书。

下卷 云蒸霞蔚

腾云、凌云、拏云

2002年，中国超高压、特高压领先世界。

2009年，中国首条特高压示范工程——湖北荆门至山西长治的交流1000千伏特高压输电线路正式投运。

2012年，国网湖北超高压公司正式接管1000千伏荆门特高压站。

腾云篇

《南歌子·腾云》

腾云秋景胜，山楂树影偏。风清云淡紫烟绵。百里荒生醉梦、翠微寒。　　兄弟情深暖，人间父子贤。悠悠岁月驻心间。浊酒倾觞篝火、尽欢颜。

双龙会

熊超进与苏毅同岁，都是属龙的。两个人都毕业于武汉电力学校。苏毅学的是继电保护，毕业之后去了凤凰山变电站，改行从事了变电运行，他比熊超进早一年毕业。熊超进学的是发电厂及电力系统，比苏毅晚工作一年，去了双河变电站，从事变电运维。苏毅祖籍河北，性格底色里依然保有着北方人的直接与爽朗，熊超进性格里则充盈着江风水润。两个人的交集开始于2020年6月。苏毅从襄阳调到宜昌，担任宜昌分部的主任，而熊超进这一次比苏毅早来宜昌一年，两个人正式成为工作搭档。

整个特殊期间，苏毅一直奋战在襄阳战场。他在那里工作了三年多的时间，对襄阳鄂西北运维分部的老龄化程度了解至深，尤其是到了宜昌分部，不比不知道，一比吓一跳，这种感觉就更加强烈。宜昌分部的平均年龄只有35岁，是一个思维不固化，接受新变革毫无障碍的群体。从1982年的湖北省超高压输变电局到2022年的国网湖北省电力有限公司超高压公司，这四十年一直在变，唯一不变的就是"变"本身。对于变革，苏毅和熊超进的看法也有着惊人的默契。在变革面前，通常会有三种态度，最为积极的是拥抱变革，相对积极的是慢慢接受，消极的则是彻底抵触。不同的态度就会产生不同的效果，毕竟态度决定一切。

熊超进读书的时候偏科严重，物理回回考第一。上学的时候，专业课学得特别扎实，参加工作的那一年，刚好玉贤变电站投入运行。后来，无论是双玉二回，还是葛双二回，每一次的扩建工程，他都没有落下。除了不参与土方工程建设之外，一次设备、二次设备的安装与调试现场，都少不了他的身影。熊超进在双河变电站工作了9个年头，才成为值班长。2006年8月底，技术突出的熊超进接到通知，去自己的母校武汉电力学校参加集训，备战国网公司变电运行技术竞赛。最初集合的有四十人之多，每天考试，每次考试都会有人被淘汰，最终留下了500千伏与220千伏的两支队伍、八位选手。集训一直持续了两个月。

2006年10月22日，国网公司变电运行技术竞赛在河北石家庄电校拉开帷幕。熊超进所在的湖北代表队提前一天到达，目的就是让参赛队员适应一下环境。初到石家庄的时候，熊超进还不觉得有什么异样，吃了一顿饭，喝了几杯水之后，他就觉得肚子疼。与他吃同样食物、喝同样水的同伴和领队却没有出现任何的异常。到达石家庄的当天晚上，他就开始腹泻。去医院看了一下，医生说他是由典型的水土不服造成的腹泻。医生看上去非常和善，操一口浓重的河北口音："可能是因为你从小喝惯了长江水，乍一来河北喝我们的地下水，肠胃不适应吧！"

"那他们怎么没有事啊？"熊超进忍着腹痛问道。

"这就是个体差异嘛！你这都拉稀拉得脱水了，得输点液，不然电解质紊乱可就要出大问题喽！"

熊超进晚上输液，白天去赛场参加比赛，终因体力不支而止步于前十。

多年之后，当成长到领导岗位上的熊超进牵头组织选拔技术比武人才时，自己当初失败的经历让他格外注重参赛选手的身体素质。参加工作那一年，熊超进的体重只有90斤。参加比赛的那一年，他30岁，体重也才刚100斤。纵然技术出众，没有一个好的身体素质，经不起风吹雨淋，轻而易举地被一口冷饭、一杯凉水击倒、击垮，那就不是合格且名副其实的"特别负责任、特别能战斗、特别能吃苦、特别能奉献"的电力铁军。

铁军之"铁"，既要有健康如铜皮铁骨的身体，也要有钢铁一般的意志。2007年5月末的一个夜半时分，一场超强雷暴天气毫无预警地突然而至，刹那间，双河变电站上空雷奔云谲，轰雷掣电，狂风裹挟着暴雨倾盆而下。正在值班的熊超进与师父隐约可见设备区的导线金具在风雨中飘摇，隔着层层雨雾、水帘，模模糊糊看不清楚，但从其晃动的姿态与频率初步判断，应该是出了问题。

"小熊，我出去看一下！"师父一边说着一边穿好雨衣出了门。师父刚一出门，一记响雷凭空炸裂，惊得屋里的熊超进打了一个寒战。师父在雨中发现了断裂的导线金具，掏出对讲机只"喂"了一声，隐约听到熊超进说了一声："不要靠近，安全第一！"对讲机便进水没有了声音，师父没办法只得退了回来。因为隔得远，师父只能描述一个大致的位置，但这个故障必须尽快排除，一旦碰到其他设备就会导致跳闸。

"师父，您喝杯热水休息一下，我再去一趟！"不等师父接话，熊超进已经穿戴好，冲进了大雨中。一出门，一阵风将雨衣的兜帽吹到了脑后，大雨如注，衣服瞬间就湿透了。对讲机还没说一句话就哑火了。他沿着师父走过的路线又向前走了一百多米，锁定了具体的事故地点。暴风雨来得急，走得也快。师父带着熊超进连续抢修了14个小时，直到下午才将所有断裂的导线金具全部更换完毕。被大雨淋湿的衣服早已被体温烘干，肚子"咕咕"直叫，他们这时才想起来从昨夜一直工作到现在，早饭、午饭都还没顾上吃呢。2008年9月25日，湖北超高压输变电公司的"十佳青年"中，鄂西变电公司的熊超进榜上有名。

苏毅与熊超进略微不同的地方在于，刚走出校门到变电站工作时，原本学继电保护的他没有继续从事继电保护工作，而是从事变电运行。当时他内心有一丝丝小失落。与苏毅一同分到凤凰山变电站的还有他的两个同班同学，他们分别被分在了甲、乙、丙三个班组，班组给新入职的青工指定了师父，由师父手把手地教授他们如何监盘以及值班等工作事项。

工作多年之后，苏毅回望自己的工作履历，觉得一路走来就是一个与家渐行渐远的过程。苏毅家住武昌，与最初入职的凤凰山相距40分钟的车程；2004年苏毅参与磁湖变电站的筹建，而磁湖变电站距离武昌的家有一个半小时的车程；后来的鄂东分公司、鄂西北分部、宜昌分部，每调整一次，都离家更远一点。总结规律归总结规律，每一次的调整，苏毅都欣然接受。在工作面前，没有退路可找，没有条件可讲，没有折扣可打。

500千伏磁湖变电站是2004年6月28号投入运行的。那年年初，筹建人员基本到位，第一批到岗的是6个人，苏毅是第二批到岗的。他在凤凰山变电站工作了9个年头，离开的时候，苏毅依依不舍，绕着变电站转了一大圈，与那片记录了他青葱岁月的土地默默告别。磁湖变电站是苏毅人生的一个转折点，从这里开始，他从技术岗位转到了管理岗。坦白讲，从技术人员转型为管理人员的初始阶段，在管理、协调方面，苏毅切切实实度过了一段彷徨期。他不再是一个与自我能力较劲的技术控，而是一个团队领导者，这就要求苏毅必须充分信任团队的工作能力与判断能力，让团队中每一个人的长处和知识都能得到发挥；他也不再是一个凡事亲力亲为的示范带头人，他需要制订计划，而不是执行，他在团队中担任的是辅导者的角色，侧重于价值分析与技术传播，给予他人建议和帮助，提振团队士气，而不是控制和命令。有的人可能会在经历人生重大的变故之后，一夜之间参透世间法则，变得通透、成熟。管理者的成熟绝不可能是一朝一夕的事情，也不会一蹴而就。在磁湖变电站，苏毅工作了两年之后，又去筹建了

500千伏光谷变电站，2008年6月28日，光谷变电站投入运行。四年前的6月28日，磁湖变电站投入运行。苏毅有时候会觉得磁湖变电站与光谷变电站是他生命中同一天生日的两个孩子，对这两个孩子的宠爱程度，排名不分先后。

2012年，苏毅离开变电运行一线，到鄂东分公司担任副总经理。从一名技术人员转型为一个合格的管理者，苏毅走过了8年。

熊超进、苏毅，两个同龄人，相遇时心融灵素，默契歧黄，这是两个足够成熟的人之间的心照不宣。就像自然界找不出两片同样的叶子一样，他们的人生经历，有重叠，有交叉，有相似，有不同，但他们却有着不言而喻的难得默契。就像现在，一个问题摆在熊超进与苏毅面前，让他们在目前的宜昌分部找出一个态度决定高度、细节决定成败的个人案例。无须事先沟通，苏毅与熊超进分别写在白纸上的黑字答案，虽不同的字迹，写的却是同一个人的名字！有道是，工作搭档之间的默契可遇而不可求，那就且行且珍惜吧。

相约百里荒

2010年，电影院线火了一部电影，带火了现实生活中的一个景区——百里荒草原风景区。电影嘛，国网湖北检修公司荆门运维分部的技术主管朱传刚没去看，荆门超能公司的周大华也没去看，但百里荒，他俩倒是常去，而且还都是那里的常客。

百里荒草原风景区是一个"鸡鸣三地"之所，景区内有宜昌夷陵区分乡镇、远安县花林寺镇和当阳市的三处界桩。"荒烟几家聚，瘦野一刀田。"在古代，百里荒，因为那里方圆百里荒无人烟而得名。20世纪80年代，国家南方草场在百里荒建了"北羊南养"项目实验基地，百里荒摇身一变成了"中国南方草场"。千禧年之后，百里荒的旅游价值逐渐被发现、挖掘、打造。真正名噪一时是因为2010年上映的一部电影——张艺谋执导，周冬雨、窦骁主演的爱情片《山楂树之恋》，其取景地就在百里荒山楂树景区。片中百里荒的一棵野生百年山楂树见证了剧中人静秋与老三纯净的爱情。一时之间，百里荒成为无数向往浪漫、美好爱情的人们的打卡地。2017年3月，宜昌市趁热打铁，百里荒草原风景区升级为国家AAAA级旅游景区。

百里荒草原风景区火了！一举成为人们来宜昌旅游的必到景点之一。然而，几家欢乐几家愁。百里荒不仅仅是一个风景区，它还是500千伏峡林线三峡电力外送的重要通道之一，西电东送的电力"主动脉"，影响着湖北乃至华东地区的电力供应。景区内的林木严禁砍伐，即便线路下面的树已经长到了树障的危险高度，也不能立刻采取行动，得经过层层报备、级级审批之后方能清理，更不消说那线路经过农民山地与宅基地的部分，出现故障现场抢修之前，必须先做好群众沟通工作，否则只能瞪着眼睛看着。干瞪眼，干不了活的焦急与尴尬，朱传刚、周大华都经历过。

朱传刚与周大华同岁，他们是同一年来到荆门的，两个都是外地人，又在同一个班组，感情格外亲厚。默默心算一下，他们一起工作的时间甚至超过跟彼此家人相处的时间。朱传刚喜欢跑步，在2016年荆门国际马拉松赛中，朱传刚跑了个全程，拿着成绩单拍照的感觉很好。周大华不跑，他走，暴走过一阵子，觉得不科学，伤膝盖，便放弃了，改为散步，只要一出门散步，就强迫症一样必须走够2万步，否则绝不停下。他还在家里偷偷对自己进行力量训练，确保自己穿衣显瘦、脱衣有肉，十几年如一日，保持着明星一般的标准身材。周大华的儿子比朱传刚的儿子大4岁，但俩孩子一前一后都考上了三峡大学。缘分就是这么奇妙。这份缘分很值得这一对异姓兄弟有事没事小酌一杯。朱传刚酒量浅，跟他沉默寡言有关，周大华有酒量，跟他善于表达有直接的关系。他们从不喝酒到喝酒，都跟刚参加工作时的师父有关。上班第一天，师父就粗喉咙大嗓子地教导他们："不喝酒不抽烟，来输电班干吗？不喝酒不抽烟，还是男人吗？"

是不是男人难道非要靠喝酒吗？是不是男人去百里荒甩开膀子干活比一比不就知道了嘛！

百里荒，西临三峡大坝，南接宜昌中心城区，海拔1000米以上。负责三峡电力外送的500千伏峡林一、二、三回3条线路均经过此地，最高海拔可达1200米。这里地形复杂，山路十八弯，高山延绵，从山底到山顶，随着海拔的不断攀升，微气象也在发生着细微的变化，是典型的微气象区域。尤其是到了冬季，这个区域的微气象更是变得异常复杂。500千伏峡林线遇到冰雪，线路、铁塔上的冰层往往会越积越厚，当超过线路、铁塔的承受能力后就可能导致线路舞动、倒塔险情。2018年2月、2019年2月，500千伏峡林线连续两年都因雨雪天气，线路设备覆冰受损停运。两次险情，虽然经过及时的抢修恢复送电，但导线、杆塔覆冰隐患始终在那里。抢修用的加固办法治标不治本，要想彻底永绝后患，还得另做图谋才行。

500千伏峡林一回是确定改造的第一条线路，从2019年4月起，国网湖北检修公司荆门运维分部就开始谋划。但2019年情况比较特殊，第七届世界军人运动会于10月18日至27日在武汉举行，赛期10天。整个湖北电网的首要任务是军运会保电。开幕式保电任务完成之后，施工人员进驻现场开始改造。改造包括拆除薄弱杆塔和新建加强型杆塔，拆除好说，常规操作，拆下来打包集中运送。最难的是新建杆塔的地基，这里的山体构成也比较复杂，有花岗岩石层，也有矸石层。难点在于军人运动会期间不允许使用炸药，原本一炮就能搞定的事情，水磨钻吭哧吭哧钻了将近一个月才把杆塔的地基挖好。十一月中旬，百里荒的天气已经转凉，一早一晚温差比较大。当时百里荒海拔最高处的路基铺设完成，路面还没有硬化。新建的25基加强型杆塔，在车辆不能直接运送到杆塔地基所在的位置。周大华与施工单位商量，请来了马帮，将杆塔零件一批批送上山，一边组装，一边安装。那段时间，从早到晚，百里荒到处都是清脆悠长的铃铛声响，仿佛一夜之间回到了山间铃响马帮来的年代。2019年底，先是大雾天气，有时候能见度不足5米。早雾晴，晚雾阴，雾气还随着太阳升起或者起风消散。越到年底，气温越低，雨雪冰冻天气随之而来，道路、杆塔、导线上还是出现积雪覆冰情况。受天气影响，施工现场数次停工，撤也不能撤，三百多人的施工队伍只能留在山上随时待命，只要天气稍有好转，就见缝插针地开始施工作业。

元旦，施工队伍也是在百里荒的山上度过的。只不过，那天的伙食比往常丰富了些，还破例让大家喝了一点酒。10基薄弱杆塔拆除了，新建的25基加强型杆塔已经傲然矗立起来，4.4公里的加强线路也已经放完线，就等待升空了。这天突然下起了雨。周大华不放心，坚持要上山去查看一下。朱传刚不放心他一个人去，陪他一起上山。从指挥部出来，只走了20公里，海拔997米处，道路已经结冰。他们乘坐的车开始打滑，司机有些慌乱，方向打得有点急，车原地打了几个转，向山崖一侧滑过去。千钧一发之际，司机及时调整了方向，让车撞向了另一侧的山体。车停下了！车上的人松了一口气。

惊魂未定的几个人从车上下来，深呼吸平复着各自的情绪。冻雨落在四季常青的树上，凝结成了雾凇，雪白里透着丝丝的青翠。对于人类而言堪比灾难的微气象，却成了大自然鬼斧神工的胜景。

2019年1月18日，500千伏峡林一回线路由检修状态转为运行状态，送电成功！历时89天的500千伏峡林一回线路抗冰改造圆满成功。两天后，1月20日，300多人的施工队伍有序撤离。

峡林二、三回线路的改造不能久拖，这关系到来年百里荒上的三峡电力外送通道安全。2020年4月，国网湖北检修公司荆门运维分部把峡林二、三回线路的改造作为复工复出的首要任务，再次集结人马上山。

2020年5月20日，500千伏峡林二、三回线路送电成功。5月20日，520！那一天，百里荒景区的情侣特别多，他们是奔着"相约百里荒·情定山楂树"来的。朱传刚木讷一些，只看不说。周大华是忍不住的："人家都是奔着山楂树来的，只有咱们，是奔着百里荒来的！"

至此，峡林一、二、三回线路的抗冰改造全部完成。至于效果，就要留待风雪之时看成效了。

2020年12月30日，湖北最强寒潮来袭，多地遭遇大风雨雪恶劣天气。气温骤降，百里荒一片白雪皑皑。朱传刚带着荆门运维分部党员突击队队员刘文超、鲍兵虎赶赴现场，对500千伏峡林一、二、三回线进行雨雪天气特巡。

"海拔971米，风速每秒2.3米，温度零下5摄氏度，导线未见摆动，杆塔少量积雪、无覆冰，线路运行情况良好！"他们监测了现场的温度、风速及湿度，并做了详细的观测记录。这是峡林线"重生"以来的第一场风雪遭遇战，应该说是经受住了考验。雨雪天的巡视，不比平常，安全是第一位的。雪天路滑，人身安全是第一位的。有些人力不能抵达的地方，无人机就可以代劳。巡线人员回来之后，线路上还隐藏着一双永不撤退的"眼睛"——观冰精灵。那是他们在对线路进行抗冰改造时埋下的伏兵。"观冰精灵"在线监测装置，镜头采用高分子有机薄膜加热技术，镜头不覆冰。红外成像技术通过5G传输方式，向监测平台实时发送监测图像。运维人员坐在家中，通过图像信息查看是否覆冰，覆冰之后也可以根据比例计算覆冰厚度，远程掌握线路运行状态。

　　雪后的百里荒银装素裹，冰封雪盖，朱传刚掏出手机，拍下一张，又一张："老伙计，一会儿发给你，让你眼馋心痒一番。谁让你这次没能相约百里荒呢！"

父子兵

胡龙江已经当了 10 年班长了，单位的名字换了好几回。不管单位的名字怎么改，怎么调，怎么换，胡龙江都是班长，现在是鄂西北运维分部输电运维 3 班班长。他觉得自己越来越像父亲，曾经的老胡班长。父亲是真的老了。46 岁的胡龙江也开始被人喊"老胡"了，作为老胡的父亲，可不就是要更老一些嘛。

胡龙江没读大学，他选择了另一条路——当兵。20 岁那年报名入伍，去了河南安阳的一支作战部队淬炼。3 年后退伍回到襄阳，参加招工进入湖北省超高压输变电局襄阳分局，被分配在了输电运维 1 班。彼时，胡龙江的父亲，老胡，胡振忠是运维 2 班的班长。当时分班组的时候，分局的领导也是有考虑的，把小胡放在老胡班里担心儿子不听老子管教，毕竟胡龙江从小在襄阳分局大院里长大，小时候调皮捣蛋，大家有目共睹。老胡脾气不大好，跟儿子吹胡子瞪眼都是家常便饭的事儿。老胡那一代的外线工，鲜有不抽烟不喝酒的，偏偏生了个不抽烟不喝酒的儿子。胡龙江小时候因支气管炎经常咳嗽，每次去医院看病，医生都语重心长地告诫他："你支气管不好，千万不要抽烟啊！"医生的话像钉子一样钉在了胡龙江脑子里。所以，即便工作之后，也像父亲一样从事输电运维，周围的同事大多抽烟、喝酒两手抓两手都硬，胡龙江却连一根烟卷也没叼在嘴上过。本来气管就先天性弱，光闻那个烟味就已经够他的气管承受得了，再抽烟打火的，简直是不要命了嘛。胡龙江生活原则是追求简单、健康。

　　工作之后，虽然跟父亲成了同事，但是两个班组承担的线路运维任务不尽相同。工作之后，胡龙江更愿意跟同事挤在单身职工宿舍里，虽然环境狭小、逼仄，但是脱离了父母的视线，一群大男孩过得恣意又逍遥。工作的时候全情投入，休息的时候再把剩余的血气方刚挥洒在篮球场上。在班组中找到归属感的小胡不怎么回家，跟老胡碰面的机会少之又少。只有在大检修的时候，几个班组同时出任务，胡龙江才能在工作现场看到父亲的身影，有时候是匆匆一瞥，有时候则在一旁看着父亲工作。老胡是个表里如一的人，在家里什么样，在班组也是什么样。那如假包换的急脾气，在维修现场也跟在家里丝毫不差。看着哪个人活干得不利索，老胡就直接把人扒拉开，扔下一句"看着点"。然后自己上去三下五除二就把活干完了，末了再来一句"学着点"。

　　胡龙江当兵的时候身处作战部队，平时的训练任务非常重，但训练归训练，那是一种团结、紧张、严肃、活泼的氛围，除了偶尔支援地方的应急与抢险，部队的生活总体来说是非常有规律的，起床号、集合号、出操号、就餐号、熄灯号……一天24小时听号令，准时准点。成为襄阳分局输电运维班的一员之后，胡龙江发现他们早上的起床时间甚至比部队还要早。这是由输电巡线任务的性质所决定的，早起是为了避开中午的高温。夏天天不亮就起床，摸黑赶路，到达工作工位的时候天光大亮，趁着早晨气温不高赶紧干活，等日头毒辣的时候就暂时休息，中午避过最热的晌午头，再一直巡到太阳落山。天气没个准，时而风，时而雨，今天与明天，后天与大后天，气温天天不一样，气象条件也千变万化，甚至瞬息万变。输电的巡线工人与农耕文明时代靠天吃饭的农人无异，作息和吃饭没什么规律。刚工作那会儿，胡龙江第一次跟师父出外差，师父爬杆塔在线路上工作，他在地面拉着绳子配合。那天气温不高，师父从早上开始工作一直干到了中午。

12点的时候，胡龙江肚子就已经饿得"咕咕"作响，早晨那一大碗连汤带水的牛杂面早已消化得一干二净。抬头看看高空飞翔的师父，胡龙江一边咽唾沫一边忍着。忍到下午2点钟，他已经饿得头晕眼花，原本一直仰着头看师父，现在已经不敢老仰着头了，抬头久了老觉得自己站在原地打晃。但是高空导线上的师父依然不紧不慢地干着活。直到下午4点，师父才哼着小曲慢悠悠地从塔上下来。此时的胡龙江已经饿得前胸贴后背，但班组里的同事却一脸淡定、从容，大家七手八脚把工具收拾好，坐着班车返回。胡龙江像霜打的茄子蔫儿了，坐在车上无精打采。

夜幕已经低垂，回去的路走到半程，有一家排骨火锅店。这是师父他们经常光顾的一家小餐馆。热气腾腾的排骨火锅"咕嘟咕嘟"地翻腾着诱人的香气，胡龙江一口气吃了三碗饭才觉得自己重回人间。这个时候，他才有余力和心情打量一起吃饭的同事，发现他们一个个都在慢条斯理地喝酒吃肉。

"师父，你不饿吗？"

师父白了胡龙江一眼，说："你问问他们！"

众人哄堂大笑，纷纷指指自己的口袋，馒头、饼干、火腿肠、水果糖……每个人的口袋里都满满的。

"你们……"胡龙江瞠目结舌。他奇怪父亲老胡怎么没提醒他，同事为何看到他的困窘不施以援手。

"不吃一堑，咋能长一智？"师父嘬了一口酒，吧嗒着嘴，"以后你就记着了！"

胡龙江也不负众望，以日见一进的速度成长着。在部队的时候，他专门做过恐高训练，有了那样的心理、身体基础，爬塔根本不是问题。清扫绝缘子，师父只给胡龙江示范了一下，他就无师自通了。师父见他上手如此之快，按捺不住内心的好奇，一问才知道，自己的这个徒弟是把清扫绝缘子当成了洗碗。小时候在家看母亲洗碗，长大之后看餐馆洗碗工一摞一摞地洗碗，两者看上去风马牛不相及，但细细琢磨一下，无论动作和原理还是有相似、相近之处的。师父从那个时候起就分外看重胡龙江，一身的技术毫不保留，倾囊相授。

多年之后，师父退休了。胡龙江的父亲，老胡同志光荣退休的那一年，胡龙江当上了班长。有一次在现场，一个同事又拖拉又磨蹭，胡龙江直接看不下去，一个箭步冲上去："我来，一边看着！"一通操作猛如虎，活不但干得漂亮，还不费时不费力。末了，胡龙江也来了一句"学着点"！说完这句话的时候，胡龙江有一瞬间的失神，呆愣在当场。脑海中闪回的记忆居然是多年前父亲的身影与话语。哦，长大后，我也成了你！

在部队的时候，和胡龙江感情最深的就是自己的老班长。班长，这个职务虽没什么级别，但也不是每个人都能当的。班长在部队里素有"军中之母"的称号，有多重要呢？直逼兵头将尾。输电线路运维班组的班长亦然，官不大，却非常重要。这个岗位要求责任心强、技能突出，有管理能力，有奉献精神，有大局观。没当班长的时候，每次出差，都是班长坐副驾驶位置，班组其他人坐在车厢里。那时候，胡龙江以为副驾驶的位置一定很舒服，当真正坐到那个位置时，他才知道副驾驶从安全角度上来说是最不安全的。另外，车厢里的人累了可以打个瞌睡，而副驾驶座位上的人不能，他有责任保持清醒，陪伴着司机师傅。有时候去的路上还得分神考虑当天的任务如何分解，更要兼顾安全，尤其是安全，来不得半点马虎大意。

胡龙江班组维护的线路工作半径为两百多公里，主要的工作区域为葛双一、二回与安江一、二回，其实是在宜昌的当阳。2016 年，鄂西北运维分部当阳运维站建成挂牌。为何会将运维站设在当阳呢？这还得从当阳的地理位置说起。当阳是湖北省直辖、宜昌市代管的县级市，地处鄂西山地向江汉平原过渡地带，西接宜昌，东临荆门，南连荆州。平时当阳运维站常设 5 人，4 名运维人员，1 台工程车配 1 个司机师傅。一旦有线路故障发生，运维人员能迅速到达现场，缩短了一半的反应时间，提高了应急抢修的速度。

每年春节前后，襄阳的天气总是多变。雨雪导致的导线短路，春节期间祭祖引发的山火，每年总会有那么几起。从参加工作的那一年起，春节值班就成了胡龙江的常态。尤其是当了班长之后，反正一旦发现故障他都要来运维站，还不如就直接守在这里，反应还能更迅速一些。2019年春节之前，鄂西北运维分部对当阳草埠湖地区线路舞动严重的500千伏三江一回送电线路开展防舞动治理改造，在14档线路上安装了336套双摆防舞器。但是春节期间，这条线路还是由于覆冰舞动导致了绝缘子掉串。胡龙江刚好在当阳运维站值班，立马带着同事迅速赶到现场消缺。2020年年初，新冠肺炎疫情苗头初现时，胡龙江也听了一耳朵，只是没走心。越到年底，杂事越多，天天正经事都干不完，实在是没有闲心余力去捕风捉影。一直出差到2020年1月20号才回到襄阳的鄂西北运维分部。排好值班，回了趟家，洗个澡准备好换洗的衣物，跟家里人简单说了一下，家人对胡龙江的节日缺席早已习以为常，无须任何的解释。胡龙江和运维工赵温元、司机明坤在分部领了60个口罩、1瓶酒精和值班物资，就直奔当阳输电线路运维站而去。第二天，湖北各地开始实行交通管制。

当阳运维站在当阳市的南郊，离城区还有一段距离。胡龙江赶紧想办法找到当阳市政府再三说明情况，办理了一个通行证。对方也知道保电的重要性，没有在他们的车辆通行证上限制时间。每天他们照常运维线路，那段时间，他们几个仿佛化身为消防员，扑灭了对线路有直接威胁的大型山火5次，小规模的不计其数。

2月14日晚上，胡龙江就觉得那天的天气实在是太奇怪了。先刮风，大风疯了似的呼呼地刮。天上的云彩以肉眼可见的速度在翻滚。胡龙江隔窗观察着外面，开玩笑说："这也不知道是哪路神仙在渡劫，挨完天雷就能飞升上神了吧！"

话音刚落,一记响雷在耳畔炸开。胡龙江惊呆了:"我没听错吧?赵,刚才打雷了?"

赵温元也是一脸蒙,是雷声,没错,他也听见了!紧接着又是一记响雷。雷声过后,密集的雨点噼里啪啦从天而降。雷雨交加,持续了一段时间之后,雷神远去,雨势渐小。半夜时分,又开始下起了雪。这是什么天气啊!胡龙江心生忧虑。房子能替人遮风挡雨,线路在室外只能乘风沐雨。吃罢早饭,三人行动组立刻出门去巡线。当阳城区没有积雪,一路顺畅,越往荆门方向气温越低,路面开始有积雪。又往前走一段,天上又飘起了雪花。路越发难行。原本1小时的车程,由于封路绕行,足足走了3个小时。眼看着前面就到荆门栗溪镇白果村了,迎接他们的却是没路!"下车,咱们走过去。再绕道,黄花菜都凉了!"背起工具装备,胡龙江与赵温元一前一后、深一脚浅一脚地向山顶的铁塔走去。葛双二回213号到224号的铁塔全部都在海拔500多米的山上,积雪覆盖住了山石,有的山石牢固,踩上去即便滑一些也不会松动,怕的是那种浅表的山石,一层层薄薄的湿雪像润滑剂一样,一旦踩上去,滑不说,踩翻之后,轻则崴脚,重则失去重心摔倒在山坡上,倒在原地还是万幸,一不留神滚落下去,轻则皮开肉绽,重则伤筋动骨。每一步都不可知,每一步都可能是凶险的。"我们走慢一点,安全第一!"整整5个小时,在风雪中,胡龙江与赵温元完成了所有杆塔的检修,将导线上被积雪压垮的树木、毛竹一一清除,确保每一基塔的接地引下线、导线、绝缘子串安全无缺。下午3时20分,线路成功恢复送电。

胡龙江与同事在当阳运维站整整值守了58天。从冰天雪地的雪景迎来了漫山遍野的油菜黄,他们才得以撤离。那段时间,每天晚上胡龙江都会跟襄阳的家人视频通话,父母、妻子、女儿都尽量在家不外出。这让远在当阳的胡龙江心安不少。

每次跟父亲、母亲打视频电话,总是那几句车轱辘话,记得吃饭！多喝水，多穿点衣服！中国式家庭成员之间，尤其是老一代的长辈与儿女大都是羞于传情达意的。除了这些还能说什么呢？那就好好工作吧，工作中不掉链子，工作上多出成绩，把自己淬炼成"传说中别人家的孩子"，让父母在人前赚足面子。让自己变得更优秀，有时也是对父母变相的孝敬，是一种不可言说的爱的表达。

北京，北京

每一次来北京，感觉都不同。北京是一个符号，感觉很复杂，一句两句说不清楚。再说胡洪炜本就是一个不善于表达的人。"不善于表达"这个标签不知从何时起被贴在了胡洪炜身上，他本人认同，而周遭也默认。直到有一天，一位胡洪炜非常尊重的前辈语重心长地告诫他："胡洪炜，当你接受了社会给予你的诸多荣誉之后，你就不仅仅是你自己。作为一个公众人物，表达是一项必须掌握的重要技能，不善于表达不能成为你的借口和理由。"

"我可以吗？"

"这并不比你挑战±800千伏特高压输电线路带电作业难！高质量的表达可以将深奥的道理讲得通俗易懂，令人幡然顿悟。语言表达能力是一个人思维方式的外在呈现，这样的能力不是一朝一夕能成就的，家庭环境和教育环境是基础因素，但最重要的是个人意愿，想要表达，愿意表达，主动投入时间和精力去学习、练习，强化大脑的信息储备能力和信息的收集整合能力，这样就可以游刃有余地自我表达了。"

"那我试试吧！"

"我不是非要你像主持人、播音员那样字正腔圆地说话，只要你能清晰、准确地表达你的思想就行。你个人条件比乔治六世好多了，他是个严重的口吃患者，他都能通过训练成为一个慷慨激昂的演说家！你也一定可以的。"

"您说谁?"

"推荐你看一部电影——《国王的演讲》。好好看,一定会对你有所启发!"

那天晚上,胡洪炜找出前辈说的这部电影。他戴上耳机,以防影响家人休息。一个人坐在电脑前,静静地随着光影变幻感受剧中人的羞愤与窘迫、欣喜与自信。夜深人静,万籁俱寂,胡洪炜找到了自己的心结。那不是一个死结,只需轻轻一抽,这个结就能轻松打开。电影果然是成年人的童话,在别人的故事里,透视一下自己的人生,想通了然后抽身而退。夜深了,他却毫无睡意……

话说,胡洪炜小时候是大院里的孩子王,调皮捣蛋,爬树上墙。他振臂一呼,也是千呼百应,鼓动小伙伴跟他一起搞怪的时候,嘴皮子溜着呢。改变是从什么时候开始的呢?成熟是一瞬间的事情,成长却是一辈子。成年后的胡洪炜眉宇间、眼神里总有一丝淡淡的哀怨与忧郁,没有办法,那是瞬间被成熟的烙印,是一生也无法去除的生命胎记。少年开始紧锁眉头,一脸倔强。父亲老胡是湖北超高压输变电局武汉线路工区的司机。50后的父亲与70后的儿子,年龄的差距即是时代的鸿沟。父亲能够给予儿子更多的是生活上的照拂,吃饱穿暖,该上学的年纪送去学校读书,而非精神上的慰藉。少年情绪低落的时候,自我觉醒的时候,我命由我不由天的时候,父亲的粗放式养育,让叛逆的青春充满了恣意的张力。1996年,父亲将胡洪炜送去武警部队当兵。一路向南,再向南,到广东偏远艰苦的韶关市大瑶山隧道担任守备武警。3年,橄榄绿把倔强淬炼成果敢,把叛逆磨砺成了刚毅,把恣意升华成了担当。树不修剪不成材,玉不雕琢不成器。曾经飞扬跋扈的少年蜕变成了坚强勇敢、成熟内敛的人民子弟兵。1998年,胡洪炜被所在的武警支队评为年度优秀士兵。退伍后的胡洪炜通过招考,与父亲成了同事。父亲拜托自己的好兄弟闫旭东收胡洪炜为徒,好好管教他,教他做事、做人。闫旭东,荆楚工匠,全国"带电作业第一人"，一个从小看着胡洪炜长大的邻家叔叔。

老话说得好，严师出高徒。这话一点儿也不假。闫旭东这位"闫师"的确是一位"严师"。胡洪炜是一个好徒弟，一个好学生。他在部队练就了一副好身板，虽然人看上去精瘦，却是力量型的。克服了恐高症之后的胡洪炜爱上了凌风飞扬的感觉，其实也没什么可奇怪的，全则必缺，极则必反，事物发展到极端必然会向着相反的方向转化。解决掉恐高症这只"拦路虎"之后，闫旭东这位优秀的师父手把手将胡洪炜领进了门，眼到、手到、心到，一天、两天、三天，更换间隔棒"三天超越师父"，便是初入职场的胡洪炜创造的第一个奇迹。

胡洪炜不是没有短板，起先软梯摆渡就是。软梯摆渡的作业空间小，他身高一米八，好在人瘦，灵活。闫旭东最初也隐隐担心，自己的徒弟会被身高所累。很久，胡洪炜就用实际行动打消了师父的忧虑与担心。他在练习登梯时将身体缩到极致，每天攀爬三四个小时，直到将自己的肌肉锻炼到产生记忆，形成条件反射，硬生生把自己从一个先天条件不好的典型，练成了爬软梯作业现场教学的示范老师。其实在业界，胡洪炜并不是第一个打破大个子不能从事超特高压带电作业行业偏见的。从事高空作业越久，接触的同行越多，荆门的、襄阳的、宜昌的，胡洪炜从他们身上和自己身上，慢慢地都能感觉到一种相通的东西，只是自己无法用具体的言语去形容去下定义。胡洪炜像一棵在地下蛰伏数年的竹子破土而出，在短短几年里，一旦钻出地面便迎风而长，他超越了自己的同事、同行，甚至师父。

2009年6月10日，胡洪炜勇闯特高压带电作业的人类禁区，成为世界首位±800千伏特高压输电线路带电作业第一人。2012年，在国网湖北省电力公司500千伏输电线路带电作业技能竞赛中，荣获个人第一名。这两个纪录，前者是当时国家发展规划中的攻坚项目，成功意味着中国掌握了世界最高电压等级输电线路全套检修技术，这是集体的重托与实践；而后者是个人能力的真正体现。无论在集体中还是单打独斗，胡洪炜都是当之无愧的王者。2019年12月27日晚上，2019年度"荆楚楷模·最美退役军人"发布仪式举行。20名"荆楚楷模·最美退役军人"荣誉称号获得者依次走上舞台，接受表彰。成绩与荣誉纷至沓来，每年的年度总结小框框里已经填写不下胡洪炜成长路上的系列光辉。从那时起，胡洪炜就成了名副其实的公众人物，也开始去北京捧回一尊尊奖杯，领回一本本烫金的大红证书。他早已摒弃了"不善于表达"的标签，虽然依然话不多，却能准确地表达着自己想要表达的，表达简洁，有力量。

当接到通知，要自己参加"岗位成才、奋斗圆梦"新当选全国劳模和先进工作者代表中外记者见面会时，胡洪炜是真的紧张了一回。2020年，共有1689人被授予全国劳动模范称号，804人被授予全国先进工作者称号。在这两千多人中选出了最具代表性的5位参加中外记者见面会，胡洪炜是参加见面会的5位代表中最年轻的一位。

"我要参加见面会？"胡洪炜握紧拳头，深深呼吸一下，然后快速把膨胀的肺气排空。这曾经是他克服恐高症的绝技之一。当选全国劳模的消息传来时，他也很激动，但不是现在这样的心情。"那么多优秀代表，参加见面会的怎么会是我呢？"

"为什么不能是我呢？"转念一想，胡洪炜的心境豁然开朗，"我不仅仅是我，我所代表的是一个行业，一个工种，一种精神。我是我，但我不仅仅是我！我是带电作业一线工人，我是输电检修中心，我是国网湖北检修公司，我是中国特高压！我是我，也是我们！"

2020年11月24日下午，新当选全国劳动模范和先进工作者记者见面会如期举行。胡洪炜侃侃而谈。他拿出自己工作用的防护手套，向在座的中外记者介绍："手套由特种金属纤维和脱脂棉纤维混纺编织而成，后面的这个'小辫子'，是连接衣服和裤子的，让整个装备成为一个整体，像一个金属笼子把我们保护起来，所以有人说我们是守护电网的'特种兵'。"

"对我影响最大的人,就是我的师父闫旭东。'我只想一辈子干好一件事',这是我师父常挂在嘴边的一句话,这种钉钉子的精神对我影响最大。在我们的职工之家,有一片'成才林'。第一排是生于20世纪50年代的优秀代表人物,中国进入500千伏等电位试验第一人李祥林;后面是生于60年代的优秀人物,中国500千伏等电位带电作业第一人,也就是我的师父闫旭东;然后就是我们生于70年代的佼佼者,再往后是生于80年代和生于90年代的优秀代表,最后是一个大大的问号。'成才林'代表的就是传承的力量。只有传承有序、力争一流,才能使电力行业真正实现高质量发展。我们不仅要当中国的状元,更要当世界的状元。"

"疫情期间,我们立下军令状,24小时待命,确保期间武汉不发生一起电网事故。我们信守了承诺,保障了供电,守住了光明,守住了希望!"

记者见面会一结束,胡洪炜拿到自己的手机之后,第一时间给同事打去电话:"我在现场说的'我'多还是'我们'多?"

同事一听就乐了:"那还用说,你一直在说'我们'!"

"对,我们。"

那段时间,胡洪炜的新闻霸占了"湖北主网微播",也刷爆了他自己以及同事、家人的朋友圈。身披全国劳模奖章绶带走进人民大会堂,走上主席台,接过荣誉证书;作为劳模代表出席记者见面会;中央电视台《新闻联播》播出全国劳模表彰大会上的采访;"最美职工发布仪式"播出事迹……胡洪炜的荣光一时无两。

人间清醒,终有一归。英雄归来,双脚落地,同事们发现荣誉等身的胡洪炜,还是那个胡洪炜,还是"我们"中的一员。每个人依旧沿袭着各自的轨道,肩负着各自的使命。有公共性社会事务需要胡洪炜出席,他就去;没有时该干吗还干吗,该出差出差,该爬塔爬塔。

当然了,该去北京时,还是要去北京!

2021年，胡洪炜作为全国劳模，受邀参加7月1日上午在北京天安门广场举行的庆祝中国共产党成立100周年大会，与7万余名全国各界代表一起见证中国共产党百年华诞。

6月28日，胡洪炜与湖北的11名代表一起从武汉启程前往北京，下榻长安街上的北京君悦酒店，单人单间，闭环管理。7月1号凌晨3点半起床，4点吃完早餐，5点安检，6点出发，从君悦酒店步行前往天安门广场。胡洪炜所在的全国先模代表方阵离天安门城楼足足一千米。对于那天的庆祝大会与文艺演出，身处北京现场的胡洪炜与远在武汉家中的妻子的观看感受截然不同，胡洪炜是听觉的，而妻子则是视听的双重享受。尤其是妻子说到那天晚上的庆祝中国共产党成立100周年文艺演出《伟大征程》，胡洪炜虽然在现场，但因为座区的缘故，依然是听。而妻子则眉飞色舞地跟胡洪炜分享舞蹈演员黄豆豆在情景合唱与舞蹈《战旗美如画》中扮演中国人民志愿军战士"王成"的精彩片段。

"哎呀，那天晚上的演出实在是太棒了！"妻子由衷地赞叹。胡洪炜只能拼命回忆那段熟悉的旋律："为什么战旗美如画，英雄的鲜血染红了它。"

这趟北京之行，唯一的遗憾就是没有拿着精美的庆祝中国共产党成立100周年大会的请帖在现场拍照留念。现场有记者，胡洪炜拜托他们拍了几张照片，但没有给对方留下联系方式，没能拿到照片。

有时候惊喜也会来得特别快。时隔几天，7月5日，胡洪炜再次踏上去往北京的高铁。这一次，他是作为国网楷模代表前去领奖的。那天到北京时已是下午，报完到，胡洪炜向会务组告了个假，马不停蹄地赶去了天安门。依着记忆找到自己参加庆祝中国共产党成立100周年大会的座区，胡洪炜拿着自己的那张珍贵的请帖，自拍留念。拍完，发给妻子，立刻收到了对方的视频电话："胡洪炜，你自拍的时候，请贴的字是反的！"

定睛一看，果不其然。看来不能自拍，只能拜托路人帮忙。找了一个好心人，互帮互助，胡洪炜先给对方拍了几张，又让对方帮他拍了几张。发给远方的妻子，精益求精的女人仍然不满意："你干脆花钱请人拍吧！广场上有专业的吧？"

四下寻找一番，果然有。"五十块！"

再次将照片发回武汉："这是专业的吗？这也不怎么样嘛！"

胡洪炜忍俊不禁："下次带你来，你给我拍吧！只有你才能给我拍出好看的照片来！"

"真的？"女人语带娇嗔。

"真的。千真万确，比真金还真。"

七月的北京，热度不亚于武汉，只是比武汉的空气干爽一些。太阳西斜，热度稍减，这一点跟武汉不一样，武汉能从早热到晚。天安门广场游人的热度却丝毫不减，不但不减，反而眼见着渐增，那是来纳凉的人吧。忽然开始想念武汉，想念江畔的灯光秀，以及陪着自己的家人。

"好吧，下次我们娘俩陪你一起去北京！"

"嗯，我们一起。"

瞧，这也是我们。

我不是传奇

"没有人生来就勇敢，因为被需要才选择逆风前行，因为背负使命才选择坚守岗位。"说这番话的人叫李哲。一个中性甚至偏男性化的名字，但拥有这个名字的人性别为女，百分之百的女娇娥，而非男儿郎。在湖北新冠肺炎疫情肆虐期间，女娇娥李哲独自驻守500千伏江夏变电站6天，确保了站内设备的安全稳定运行。巾帼不让须眉，一朵真材实料的铿锵玫瑰逆风盛放，不是传奇胜似传奇。

《我是传奇》是李哲最喜欢的一本书，理查德·马特森是她最喜欢的科幻小说家，没有之一。《我是传奇》的主人公叫罗伯特·内维尔，他是人类的最后一名幸存者。他的敌人是它们，它们很奇怪，一到白天就躲着不敢出来，它们怕大蒜，怕十字架，它们会被尖木棍杀死，它们无法抵御吸食人血的渴望。白天，他，罗伯特·内维尔，在死寂的城市中寻找食物、供给和幸存者。天一黑，就把自己反锁在家中。它们聚集在屋外咆哮怒骂，穿梭徘徊，窃窃私语："滚出来吧，内维尔！"

房间里的音响正在播放唱片，喇叭传出阵阵音乐声——那是贝多芬的交响曲，第三号、第七号，还有第九号。他一边操作车床，一边听着音乐。他暗自庆幸，还好小时候妈妈就教会他欣赏这种音乐。漫长的时间仿佛巨大骇人的空洞，音乐可以填补这种空洞，舒缓漫长时间的煎熬。

……

他慢慢走过客厅，一边走一边看着后面墙上的壁画。画中的景象是一片碧蓝的大海，海上巍然矗立着一道悬崖，汹涌的海浪冲击着黝黑的岩石，激起漫天的浪花。天空如紫晶般清朗蔚蓝，成群的白色海鸥迎风翱翔，有一棵树孤零零地挂在右边的崖壁上，在蔚蓝天空的衬托下，纠结扭曲的黑色树枝看起来格外突兀。

合上书，李哲对自己说，我不是传奇，我是李哲。

从第一次读这本书时，李哲就喜欢上了这位手握魔法的作家，他笔下的罗伯特·内维尔身上应该也有他自己的影子吧，身处险境永不言弃，孤独的灵魂中沸腾着一腔热血。她从来没有想过有一天她也会陷入与罗伯特·内维尔相似的困境，他的敌人是夜晚出没的它们，而李哲的对手则是来无影去无踪的病毒。

2020年1月23日凌晨，农历腊月二十九。武汉市疫情防控指挥部发布第1号通告：自2020年1月23日10时起，全市城市公交、地铁、轮渡、长途客运暂停运营；无特殊原因，市民不要离开武汉；机场、火车站离汉通道暂时关闭。恢复时间另行通告。消息一出，转瞬之间便在一千多万武汉人的心海上掀起了狂飙巨浪，那应该是大多数武汉人的一个不眠夜吧。李哲也不例外。一大早，李哲像往年一样开车去接班。自从担任500千伏江夏变电站站长以来，她已经习惯性地年三十值班，并非李哲多么高尚，而是她承袭、遵循了湖北电网，哦，不仅是湖北电网，而是整个国家电网一直以来的普遍做法——每逢节假日值班、待岗的几乎都是党员领导干部，把休息的机会、阖家欢乐的机会留给一线的普通员工。

上班途中，街上依旧是熙熙攘攘的人群，路上有不少的车，甚至

· 221 ·

在个别路段还有一点拥堵。火车站附近挤满了拎着大包小包准备出行的人，满街大红灯笼高高挂，喜庆祥和。不敢想象，再过几个小时，武汉就要"封城"了！此刻的热闹将成为昙花一现，而后就是烟花落尽的阒然。惊慌失措的也大有人在，他们在忙着做各种准备，采购口罩、酒精、84消毒液等防疫物资以及米面粮油等生活物资。好在几天前，李哲已经在江夏区周边的十几家药店成功攒到了一千个医用口罩，员工个人防护物资有了基本保证，李哲的心才稍稍安稳了一些。她的车汇入缓缓的车流，慢慢流向江夏变电站。江夏变电站距离城区比较近，平时是分班值守，只有春节期间才是一人值守，人性化的调整是为了让职工尽可能地回家过个团圆年。

与同事交完班，李哲静下心来，来的路上她已经打定了主意。看看墙上的钟表，时针一点点转动，向着十点钟的方向挺进。疫情凶险难测，要保障变电站安全稳定运行要做些什么。如果交通被完全切断，变电站的物资、人员通勤、事故抢修都将受到影响，以往的生产模式可能无法正常运转。那就只剩下一个应对办法了，延长值班时间，降低交接班频率。只有这样才能最大限度地减少人员出行和接触的机会，减少感染风险。

李哲沉思了一会儿，打定了主意。她掏出手机，在家庭群里留言：我准备过年这几天就在站里不回去了。现在城区疫情蔓延，运维人员和司机出行不方便，也增加被感染的风险。跟你们商量一下，行不行？

妈妈秒回：我们支持你！也为你这种敢于牺牲自己的行为感到骄傲自豪！多多保重！

妈妈又补充了一句：安安就交给我们了，你放心，我们绝不出门。除非断粮了。

妈妈说第一句话的时候，配了一个双手合十祈祷的表情包，第二句话用了三个泪流满面的表情包。虽然只是一个哭泣的表情包，但李哲能够想象妈妈此刻的心情，即便妈妈的眼中没有泪水，心已经开始哭了。

平复了一下情绪，李哲拨通了分管领导的电话，说了自己的想法，让站内其他运维人员在家备班待命，她一人留站值守，降低大家感染的风险。

电话那头的分管领导沉吟了一会儿，同意了李哲的请求，再三嘱咐李哲一定要保重身体，照顾好自己，随时保持联系。

这天晚上，李哲睡前继续捧着《我是传奇》夜读。李哲觉得自己比罗伯特·内维尔要幸运得多，他孤独的命运是被动，是一种无可奈何的选择；而她是主动承担，主动选择了一人一站的坚守。

大年初二，李哲再次提出继续值班的申请，到初五再交班。

早上五点三十分，闹钟响了。在晨曦的微光中，罗伯特·内维尔感觉自己的手臂有点麻麻的。他伸手把闹钟的铃声按掉。

他伸手去拿那包烟，点了一根，然后从床上坐起来。过了一会儿，他下了床，走进昏暗的客厅，打开大门上的监视窗。

一尊尊的黑影站在外面的草坪上，静悄悄的，仿佛正在执勤的卫兵。就在他看着它们的时候，有几个黑影已经开始要走开了。它们低声咕哝着，互相抱怨，仿佛对空手而回感到很不满意。终于又熬过了一个晚上。

……

穿好衣服之后，内维尔坐在床缘，嘴里咕哝着，手上拿着铅笔写下今天的工作：

到席尔斯百货搬一台车床

饮用水

检查发电机

粗木桩

早餐吃得很仓促草率：一杯柳橙汁、一片吐司，还有两杯咖啡。他匆匆吃完，心里却希望自己有那种耐性能够慢慢吃。

吃过早餐之后，他把纸盘子纸杯子统统丢进垃圾桶，然后就跑去刷牙。他安慰自己说，至少我还有个好习惯。

罗伯特·内维尔的早餐有柳橙汁、吐司面包和咖啡，他觉得那是仓促而草率的，但在李哲看来已经是丰盛甚至可以算得上奢侈了。李哲低头看着自己的一桶泡面，暗自在虚拟与现实中做着比较。

江夏变电站占地面积近七万平方米，偌大的变电站里仅李哲一个人。一人一站，对于李哲来说并不是第一次，可为什么这一次的坚守会有如此非比寻常的感触呢？铺天盖地的消息搅拌的人心惶惶，江夏变电站事关江夏区多家发热门诊医疗机构和定点救治医疗机构的供电，疫情当前，大意不得。1月25日下午3点半，要在江夏区建设雷神山医院的消息传来，李哲顿时觉得自己肩头的担子又重了几分。

变电站运维工作要面对各类大块头的机器和精细的仪表，是枯燥的。每天要先在站内清查前一天晚上的监控信号，再到设备区去进行常规巡视，查看设备状况，记录充油充气设备的数值，看汇控柜有没有凝露，最后到站外巡视一圈，检查有无异常，如果有异常就迅速报告处理，如果没有就可以回到办公电脑前填写网上巡视记录……周而复始的程序化工作内容特别容易让人心生倦怠。对刻板的模式化工作保持清醒的认知，其实是变电站里每一名工作人员对抗单调与乏味的必修课。工作时间长了，谈不上热爱，只有职业的习惯使然。

每天晚上，李哲都睡得很踏实。勇气是人类最重要的一种特质，没有人生来就勇敢，正因为被需要，才选择逆风前行；正因为背负使命，才选择坚守岗位。在这场没有硝烟的战争中，每一份小小的坚持都为疫情防控贡献着一份力量，每一次自我牺牲都为战争的胜利积蓄了一份成果。作为众多主网守护者中的一员，李哲的踏实与心安来自一天二十四小时每一分每一秒的守护。她相信电网给前线的医护人员和千家万户送去了光明，也带去了希望。

　　他跌坐在沙发上，坐在那里缓缓地摇着头。没有用的。他被它们打败了。他打不过那些邪恶的怪物。

　　他又开始感到烦躁不安了，感觉自己的身体仿佛正逐渐膨胀，而房子却越缩越小。他感觉自己仿佛随时会爆炸，把房子炸得稀烂，碎片四散飞溅，碎木头、灰泥、破砖头……他站起来快步走到门口，手一直发抖。

　　……

　　那种烦躁不安的感觉越来越强烈，他突然明白，他得赶快离开这个鬼地方。他已经顾不了今天是阴天还是晴天，他只想赶快离开这里。

　　……

　　他缓缓穿越墓园的草坪，心里想，野草已经泛滥成灾，占领了整个墓园了，这里已经快变成蛮荒之地了。这是很自然的，没什么大不了。

　　野草已经高到撑不住自己本身的重量，垂弯到地面上，被他那双又厚又重的靴子踩在底下。墓园里万籁俱寂，只听得到他的鞋子踩在野草上的声音，还有阵阵的鸟鸣。

　　只不过，他已经感受不到鸟鸣的美妙旋律……他已经多久没有来了？至少一个月了吧。他真希望自己有带花来，不过，他并没有想到自己会来。当他意识到的时候，人已经到了墓园门口了。

……

无边的寂静仿佛一双手，冰冷而又柔和，环抱着他。

工作之余，李哲密切关注疫情。李哲能够想象罗伯特·内维尔一个人置身墓园的悲凉与困顿。从小到大，李哲都是一个同理心超强的姑娘。她盼望着有好消息，但等来的始终不是。没有最坏，只有更坏。她的心情糟糕到了极点。

晚上，李哲特意做了晚餐，因为晚餐时间是与家人网聚的时间，她不想让父母看到自己吃泡面。封城之前，李哲安排炊事员趁路上还能通行的时候采购了一批耐储存的食材，面条、方便面、鸡蛋、饼干等，以备不时之需。李哲给自己煮了一碗鸡蛋面，特意打了两个鸡蛋。医生说要多补充蛋白，最好能多喝鸡汤，增加免疫力。然而在变电站里熬鸡汤无异于天方夜谭，那就多吃几个鸡蛋吧，毕竟鸡蛋也能为身体提供优质蛋白啊。李哲一边吃面一边跟家人视频聊天。调皮的儿子"妈妈长妈妈短"地叫着，时不时从外婆手中抢过手机，做一个鬼脸后就欢快地跑开。黄髫小儿不知愁滋味，懵懂无知的时期应该是人生最好的年纪吧！看着儿子无忧无虑地又唱又跳、又笑又闹，李哲觉得此时此刻是她一天当中最放松的时候。

丹丹，妈妈叫着李哲的乳名。咱们小区封闭隔离了，你过几天咋回来啊？

妈妈，我回去其实也是有很大风险的，我也可能会带着病毒回家的呀。

我们是一家人，不管咋样都要在一起！

知道了，会好起来的！

寡言的父亲极少在视频里发表意见，顶多是凑过来看一眼，看看女儿在干吗，吃的什么饭，而后就闷声不响地走开。李哲也早已习惯了父亲在她的生活中父爱无声的存在。

这天晚上,李哲读了几页《我是传奇》,觉得累了。临睡前刷了一下朋友圈,赫然发现不善言辞的父亲发了舐犊情深的一段话:丹丹,记得你刚参加工作时,连续两年大年三十晚上值班,那是排班刚好排到的,而如今你作为站长,主动将自己排到年三十值班,你成长了,你有担当了。这次,你更是又一次主动要求多值班,一切为大局,为同事,我落泪了,我感动了,但我理解你,支持你!我的好女儿,你还要安排好多事,还要在外奔波,只希望你多保重,照顾好自己!我们盼望你平安回家!

空旷寥廓的江夏变电站里,李哲哭得肆无忌惮。那一刻,她多么想凭空生出一对翅膀,振翅一挥飞回家中,投进父母宽厚、温暖的怀抱。"我不是传奇,我只是平凡的李哲。"父亲的脉脉温情让李哲毫无睡意。窗外滴滴答答,下雨了!滴滴答答,一任阶前,点滴到天明。

2020年1月28日,"一人一站"坚守了6天之后,李哲踏上了回家的路。路上没有人,没有车,空城一般的死寂。然,李哲满心欢喜,她要回家了。

凌云篇

《桂殿秋·凌云》

风揽胜,凌云端。十八岁月半生缘。　星辰大海苍茫见,不负韶华美少年。

守 护

经常会看到一句话"互联网是有记忆的"。其实人也是有记忆的，只不过每个人记事的年龄不尽相同罢了。或早或晚，有的人能对自己三岁之前的童年有一些模糊的印象，而大多数人则是六岁左右，成为学龄儿童之后才开始有清晰的记忆。汤凯波清晰的童年记忆开始于四岁，那年家里发生了一个重大的变故。父亲走了。

父亲是搞信通专业的，1985年春节前，他去双河变电站出差，在返回的路上遭遇车祸，意外身亡。那年的春节，家里冷锅凉灶，母亲以泪洗面，小凯波不知所措。妈妈哭的时候，他就陪着妈妈流泪。妈妈发呆的时候，他就像一只沉默的小兽一样蜷缩在妈妈身边，感受来自妈妈的温暖。窗外有噼里啪啦鞭炮的响动，也有大大小小的孩子没心没肺的嬉闹声，这些更显得家里冷冷清清。好心的亲戚和邻居送来了年货，母亲心灰意懒，经常忘记煮饭，小凯波饿了也不敢打扰她。成年后的汤凯波宁可一个人承受也不愿意麻烦他人，能自己做的绝不假手于他人，这样的品格对成年人是一种担当，但对于一个4岁的孩子而言，却懂事得让人心疼。母亲每次都是看着儿子饿得嘬手指才想起来去厨房煮饭，在儿子闪着希冀的眼神里，母亲终于活了过来。丈夫已然走了，儿子还在，以后她既是母亲也是父亲。她不能垮，她要把儿子好好带大，这样才对得起先走一步的老汤。

10岁的时候，汤凯波的母亲再婚。母亲征求过他的意见，如果儿子反对，母亲愿意牺牲自己的幸福。汤凯波没有反对，那个人他见过，是个看上去跟父亲差不多憨直的人，眼神和善，尤其是看母亲的眼神，总有笑意藏在里面。继父与母亲感情很好，还带来一个比汤凯波大一点的姐姐。家里又多了两口人，一下子多了很多生机与活力。度过了最初的适应期之后，姐弟两个人的各种龃龉与小心机一点点消退，彼此都能够允许对方的存在。在母亲期盼的目光里，汤凯波跨出了人生的一步，他真正接纳了继父的存在，这个让他再次重温"爸爸"的人。多年之后，汤凯波偶尔还会跟姐姐一起回忆小时候各自的小心思，一起长大的两个人，见证了彼此青涩的成长，甚至各种荒唐与出糗。回忆自带滤镜，回望时只剩下一片美好。汤凯波结婚之后自己买了房子，离父母家直线距离只有50米，一碗汤的距离。父母帮着汤凯波带孩子，让他这个令他们骄傲的儿子可以毫无后顾之忧地全身心投入工作。

被武汉大学电子自动化专业录取的时候，继父其实比母亲更激动。一家人都能看出来。当汤凯波自己也做了父亲之后，他更理解了继父。朝夕相处了十几年，继父是真的把他视作自己的小孩。生育之恩比天高，养育之恩似海深。幼小失怙，幸而遇到继父，得以庇护在继父的羽翼之下，健康成长。汤凯波的童年苦中有乐，酸中带甜。

汤凯波的职业生涯从玉贤变电站开启。不过他只在这里工作了一年。2003年，500千伏磁湖变电站开始筹建。汤凯波作为筹建组的一员被派往了黄石。磁湖变电站地处湖北东部的黄石市，是三峡电站向湖北供电骨干网架的末端，也是三峡电力送江西电网的首端，地理位置十分重要。磁湖变电站是湖北第六座500千伏变电站，工程设计容量为2台750兆伏安变压器，500千伏出线6回，220千伏出线10回。2004年7月，由华中电网公司投资建设的湖北黄石500千伏磁湖变电站一期工程顺利完成24小时投产试运行后正式移交生产运行。磁湖变电站的建成投运，对提高华中受端电网的电能质量和安全稳定水平，消除鄂东高低压电磁环网，降低短路电流以及在迎峰度夏期间提高华中电网的输电能力都意义重大。就个人而言，磁湖变电站对汤凯波的意义更大，在定岗考试中，他越过了副值班员，直接晋升为主值班员，引来一众艳羡的目光。

磁湖变电站有"磁力"，把汤凯波吸在这里，一待就是10年。刚到磁湖变电站的时候全站的工作人员只有20多个，这放在汤凯波刚工作的玉贤变电站，仅仅是一个班组的人员数量。在磁湖变电站工作的10年里，湖北500千伏变电站进入快速的建设期，变电站数量在增加，人员的增加速度远远落后于变电站的建设速度。不断有同事被抽调去参与筹备新变电站建设，往往新站投入运行，前期的筹备人员就会落地生根在新站工作。就这样，汤凯波2012年离开磁湖变电站时，变电站的运行人员只剩下10人，比最初开始运行时整整压缩了一倍。

如果2002年走出校门的时候，汤凯波说："我将来会成为凤凰山变电站的站长！"彼时一定会有人觉得他在痴人说梦。凤凰山变电站与汤凯波同岁，是中国首座500千伏超高压变电站，是中国电力发展史上一座里程碑，响当当的"中华第一站"。凤凰山变电站历任站长夏登基、陈孝方、余宝国、廖祥胜、韩崇国、谭重伟、李文胜、陈元建、徐声龙、陈建华、洪启刚、司马朝进、鲁勇山，他们中的每一个无论学识还是能力都是响当当的。2018年，汤凯波走马上任，成为凤凰山变电站站长。他这一次履新，不是让自己的人生履历更丰满，而是肩负着开启凤凰山变电站新时代的使命。

凤凰山变电站从投产运行，历经了无数次的技术改造，每一次总有不尽如人意之处，日积月累，集腋成裘。算一笔经济账，几十年来投入的技术改造资金，完全可以新建一座甚至几座新型变电站。2018年3月，在众多的方案中，国网湖北检修公司最终采纳了凤凰山变电站原址重建方案。名称不变，只是大家在私下里聊天时会以"老凤凰"与"新凤凰"加以区分。这边拆除，那边建设，边拆边建。新站建设期间，老站依然正常运行，什么时候新站启用，也就是老站彻底关停之时。因为是原址重建，拆除任务相当繁重。老站服役30多年的旧变压器拆卸下来以后，一部分作为实训基地的教具发挥余热，另一部分直接送往电力博物馆。拆除工程3月份启动，前前后后差不多足足有6个月的时间。汤凯波记得，土方工程建设方是在那年国庆节之后才进的场。2019年6月中旬，新凤凰山变电站进入调试阶段。从那天起，汤凯波就没有回过家，吃住一直在主控楼里。直到6月30日凌晨1点12分，最后一个开关成功合上，500千伏夏凤二回线顺利带负荷运行。500千伏凤凰山变电站第一期改扩建工程顺利投产，其电力供应能力可提升66.7%，大幅填补武汉地区逐年扩大的供电缺口。此时距离武汉第七届世界军人运动会举行还有三个多月的时间。任务完成，汤凯波长舒了一口气。

变电站的集中监控与无人值守已经成为未来运行的大趋势，涅槃重生的凤凰山变电站完全达到了无人值守的技术条件。万事俱备，只欠东风。鄂东分部将凤凰山变电站和江夏变电站的运行人员有效组合，成立凤夏运维班，班长与副班长各有各责，班长侧重江夏变电站，副班长汤凯波的运维重点依旧是凤凰山变电站。2020年2月4日，正在凤凰山变电站封闭值守的汤凯波发现2号主变套管外壁有渗油，变压器油位由七分之一降至八分之一，有明显油珠滴落。与这台主变相连的220千伏凤岳二、三回线，是武汉雷神山医院的源端电源。彼时的雷神山医院正处在施工的关键时期，不能有丝毫的差错。从上报缺陷到抢修完成，前后仅用5个半小时。用保电的方式参与抗疫是2020年无数位主网人的使命。

汤凯波身上并没有特别耀眼的光环，仅有的几个也都是集体荣誉。就像他本人一样，走进人群，因为普通，因为毫无特质，很快就会淹没在汹涌的人潮中。偶尔也会特殊一下，比如双手都打上绑带，被裹得像一只大白。2020年6月30日，一场大雨过后，汤凯波想起老站设备区有一口电缆井，此时会不会积水；如果现场没有摆放标识，万一有人跌落进去受伤怎么办。他跟同事简单交代了一下,便匆匆跑去了老凤凰变电站。现场查看一圈,在一片泥泞中找到井盖,将其恢复原样。在从老站返回新站的路上,心里美滋滋、乐滋滋,觉得自己刚刚做了一件好事,应该能避免人员无谓伤害。走路的时候就难免发飘,而刚才在设备区脚上沾染的泥巴恰好是最好的润滑剂。一个不留神,汤凯波滑了一跤,整个人撞到了四号主变压器上。剧痛袭来,汤凯波跌坐在地上。左手手腕以眼见的速度肿了起来,右臂僵直,不敢挪动。他挣扎着掏出手机给同事打了个求助电话。左手腕桡骨骨折,外加右手上臂骨折,两只手都被打上绷带。在医院住了两周。伤筋动骨100天,汤凯波谨遵医嘱在家休养了3个月,十指不沾阳春水,在家度过了一段衣来伸手、饭来张口的养尊处优岁月。吃得好营养过剩,再加上疏于活动,汤凯波体重噌噌上升,整个人胖成皮球。国庆假期一过,还没休养够100天的汤凯波,在母亲的唠叨声里义无反顾地上班去了。

  等待他的又将是一项崭新的任务。很快,他将卸任凤凰山变电站站长的职责,再次履新。他将借助科技的力量,凭借一双双千里眼、一只只顺风耳,无限伸展他的双翼,远程监控、守护鄂东运维分部的所有变电站。

高空的风

窗外夜雨寄北，忽从梦中醒来。来武汉已有月余，有点想家了。雨声嘀答，梦境若隐若现，想记下来，却残缺不全。

耳边依稀可闻风声，与高空的风同频。除了能听见，我还能看见它起伏的声浪波段，高高低低，起起伏伏，忽而高山之巅，忽而峡谷深渊，在我眼前无限铺陈，蔓延开去，无休无止。军夏一回16号塔在江北，它的孪生兄弟17号塔就在对岸的江南。所谓兄弟齐心，其利断金，哥俩犹如哼哈二将，矗立长江两岸，临江照水。一奶同胞的兄弟，身量长成之日就注定了各自的际遇与使命。他们的感情不得不靠线路维系，真情一线牵，脉脉不得语。这是两座135米高的超高压杆塔，是长江大跨越线路中为数不多采用钢筋混凝土浇筑的。塔身分别在30米、80米和108米处用实心钢筋环铺了3个瞭望台。不恐高，不畏惧高处不胜寒，对起舞弄清影心存向往的人，便会在合适的时间节点上迎来在高空漫步云端的机缘。我跟在他身后，一步步向上攀爬，他不时回头，丢给我一个坏坏的笑："怕吗？要不要歇一会儿？"

我想我是怕的，我一向恐高，但我不想承认。我不说话，继续尾随其后慢慢向上爬。终于我们停住了，在高度108米处，就是此刻。远方江水浩荡，滚滚向前。我知道水下深度105米，是人类不依赖任何装备徒手下潜的最大极限。从108米的高空鸟瞰江面，视觉产生错乱，高压线自然下垂的弧线似乎没入了滔滔江水。从高处向下俯瞰的时候，除了原始的恐惧，占据上风的是纵身一跃的冲动。

"想飞吗？你可以试一下。"一个极具蛊惑的提议。"我们每天在这里飞来飞去，我飞给你看！"说罢，他倏地一下飞走了！以风一样的速度飞抵对面的杆塔，含笑向我招手。

"我应该也可以！"我在心中给自己暗暗助力。我学着他的样子，笨拙地效仿着，也做出了翱翔的姿势，但我没有向上飞翔，而是急速地下坠，我知道自己马上就要从高空跌落江中，甚至闻到了江水的味道。"我不会游泳！"不可名状地对溺水的恐惧迫使我从梦中醒来。夜雨滂沱，室内一片水汽。

只是一个梦，一个关于飞翔的梦。

从事输电运维的大都常年与高空为伴，他们也会像我一样做关于飞翔的梦吗？

当我把这个问题摆在刘超超面前时，被他毫不犹豫地否定了："不会。"

每次到这里巡视线路，刘超超都会爬到这个高度，从高处看一眼自己生活的城市。听说这个地方正在被规划和改造，也许以后的日子里不会再是一个安静的所在。刘超超有点失落，有一种自己的秘密花园失守的怅然。

40岁的刘超超看上去要比实际年龄大一些。他指着自己脸上黝黑、沟壑分明的皮肤，说："两年前你要是认识我的话，可不是现在这副鬼样子噢！"

两年前的夏天，长江的一条支流泄洪，水位暴涨至杆塔下，之前巡线的荒地变成了一片汪洋。以前是两条腿走路，这样的情形只得用冲锋舟代步。借来冲锋舟的时候已近中午，太阳又毒又辣，明晃晃地当头照着。刘超超着急想去杆塔近前查看塔基是否还稳定，周围有没有漂浮物冲击塔身。情急之下，他跳上冲锋舟就开始巡线。驶出去很远，才想起来没找顶帽子戴在头上遮阳。他们在正午阳光下波光粼粼的水面上整整巡视了2个小时，汗流浃背，起初脸上的感觉只是热，咸味十足的汗水不时流到嘴边。后来脸就开始疼，就像靠炉火太近被炙烤一样，火辣辣的疼。汗水越发咸了，似乎把眼球腌渍得缩了水，刘超超的眼睛睁不开了，视线一下子窄小了许多。回到岸上之后，同事惊讶地发现刘超超的脸肿了。他们立即去医院做检查。那天所有参与巡视的人面部都有不同程度的晒伤，伤势最重的就是刘超超。他的脸半个月才消肿，而且面部皮肤屏障功能永久受损，无法自助修复。

"不知道能不能申请工伤？"刘超超一脸坏笑，表情戏谑。

刘超超的名字里藏着一个"典故"，"超"是因为他是家中超生的那一个。他有一个比他大3岁的哥哥，哥哥上面还有一个大3岁的姐姐。父亲一直跟着工程队到处奔波着建电厂，刘超超出生在咸宁，他记得小时候经常搬家，父亲去哪里建电厂，他们的家就搬到哪里，从咸宁到荆州，再到荆门、襄阳、黄石，直到在武汉安顿下来。刘超超觉得自己有一个吉卜赛式的童年，往往是在一个地方，刚认识了一群朋友，就不得不告别，再去一个陌生的环境重新认识新朋友，一遍遍地重复从陌生到熟悉的过程。要想不孤单就必须主动融入，否则只能一个人孤孤单单地看着小朋友玩耍。别人眼中的刘超超性格开朗，但他对自己的认知却是一个内向的人。除非特殊情况非要活跃气氛，否则他更愿意一个人待着，眼观鼻，鼻观口，口观心，保持静默状态。别人打麻将，喜欢一惊一乍，咋咋呼呼，刘超超打起麻将来更像一部默片。他觉得麻将才是当之无愧的国粹。麻将里有人生，没有一颗看淡输赢的心是打不好麻将的，赢的时候莫得意，输了之后也无须懊丧。麻将里也有兵法，那排兵布阵的智慧不亚于带好一个班组需要费的脑筋。这一点是刘超超当了班长之后，总结提炼出来的心得体会。只不过，2010年之后，新建的变电站越来越多，需要维护的线路也越来越多，麻将已经好久没有摸过了。

在输电中心运检3班班长的岗位上，刘超超已经干了10年了。线路运维这个领域，班长就是职业的顶点，很多老班长就是证明。即便光芒四射的胡洪炜，也是徘徊在班长的位置上。刘超超比胡洪炜年龄小3岁，但比他早进公司两年，两个人曾经有过短暂的同班共事。刘超超一看胡洪炜就知道他是个狠角色，眼睛里闪着光的人，早晚一定会出人头地。刘超超佩服胡洪炜，自己是把职业当成职业来干，用职业的心态做好本职工作。人家胡洪炜不是，那家伙把职业当成事业来经营，不抽烟、不喝酒、不打麻将，玩命，拼命，然后把自己搞成了反流性食管炎，整个人暴瘦了十几斤，病恹恹的。刘超超觉得人嘛，得承认自己力有不逮。他的任务就是带好班组，照顾好家庭，把一双儿女培养成人中龙凤，最起码得像他们的妈妈一样读大学，不能像自己，只有一张技校的文凭。3班这几年新加入的青工，有不少名牌大学的毕业生，刘超超发现他们的悟性不是一般得好，工作中不但问题找得准，解决问题的思路也"清奇"，听上去奇奇怪怪，效果却好得不得了。这应该就是知识的力量吧！公司要求线路运维人员必须考取无人机驾驶证，那帮小家伙一考一个准。这不是知识的力量，还能是什么？

刘超超掏出手机，让我看一段视频。视频里，呼呼大作的风声，还有人群的阵阵惊呼，一块蓝色的铁皮被刮到半空中……

"我好像在抖音上看过这条视频！想起来了，这是今年5月武汉的龙卷风！"终于想起来这似曾相识的画面在哪里看过。

"对，这是我拍的。当时我在现场。"

2021年5月14日，那天白天热得出奇，天上像在下火一样。傍晚时分，乌云层层叠叠地涌了上来，四面包抄，很快天就黑了下来。从傍晚一下子过渡到深夜的黑。分不清风向的风从四面八方胡乱地刮，一声紧似一声，打着尖利的呼哨。雷声隆隆犹如万马过境，不是雷霆霹雳，而是悠远绵长，一个大雷拖挂着无数颗小雷，爆炸声不绝于耳。晚上8点39分，武汉市蔡甸区奓山片区、武汉经济技术开发区军山片区传来消息，EF2（对应风速每秒49米至60米）级龙卷风造成部分村湾房屋受损，大量树木折断、部分工棚倒塌。

晚上8点30分——500千伏汉军线故障跳闸！

晚上8点40分——500千伏葛军线故障跳闸！

晚上8点41分——500千伏玉军一回线故障跳闸！

500千伏汉军线、葛军线、玉军一回是鄂东环网的主动脉。这3条线路相继跳闸之后，500千伏军山变电站仅剩一条500千伏线路还在运行，一旦剩下的那条线路也跳闸，势必会影响武汉电网的供电。

刘超超从武汉市区出发去现场的时候，是晚上9点。龙卷风过后，风狂雨急，这是他长这么大以来遇到的最大的一场雨，车挡风玻璃上的雨刮器根本不起作用，刷过去，就相当于没刷，抽刀断水水更流应该就是这般光景。雨不是点滴落下，而是瓢泼、倾盆而下。冒雨艰难前行，说来也怪，到了军山变电站附近，雨势渐小，不大一会儿，居然停了。

马路中间的隔离带全部倒在地上，绿化带里的稍微高一点的树全部被连根拔起，路灯杆拦腰斩断，横七竖八躺在马路上，周围建筑公司的临时活动板房早已扭曲得面目全非，蓝色的围挡七零八落，几十米高的导线上挂着树干、树枝，蔬菜大棚的塑料薄膜，甚至还有拧成麻花一样的彩钢板……

紧急抢修一个小时之后，玉军一回、汉军线相继恢复供电，葛军线受灾最重，受损也最重，只得连夜继续抢修。

那种大自然不确定性带来的无力感让他在抢修现场总是不由自主地分神。新闻里说这场龙卷风造成了8死280伤。新闻里出现的数字，具体到家庭就是一个鲜活的生命，是有名字的真实存在。也许是他，也许是她，在这场令人窒息的风刚开始刮起的时候，谁能想到这就是他或她人生绝唱的先兆？意外总是无处不在，来得猝不及防。2008年，刘超超的岳父去世。他从老人住院，一直悉心照料，送了老人最后一程。在某种程度上，意外比癌症更可怕，癌症病人是有机会与亲人告别的，而意外则直接剥夺了当事人与家人"说再见"的机会。生老病死尚有规律可循，而越发毫无规律可言的大自然则瞬息万变，在这样的超强破坏力之下，人的承受力是多么得渺小、可怜。

即便内心翻江倒海，刘超超也没停下手中的工作。即便人定胜天是妄念，也要努力一把！干好自己的工作，让线路的缺陷早一秒钟消除，早一分钟恢复供电。在终端用户那里，那一盏明亮的灯，可能就是今夜最贴心的慰藉。高空的风吹拂着脸颊，但脚踩在大地上的人们却浑然不觉。不是起风了，而是风从来就没有停止过。

莫老爷在路上

宜昌东开往恩施的动车徐徐启动，莫长宇坐在一个靠窗的位置。窗外的景致慢慢加速，追赶着动车的速度。终于在某一个点达成动态平衡，一起向前奔跑。时间尚早，两个小时呢，可以眯一会儿，想想心事。

那一年，当同事们起哄说休班的时候去"莫老爷"家耍一耍，看看"莫老爷"家到底有几个山头，种了多少棵树，养了多少只鸡……莫长宇挠了挠头，说，"好吧！既然你们这么想去，那就去吧！"

出发的那天，第一次登门做客的同事争相去超市买礼物。莫长宇连连摆手："不用！不用！不要买东西！"见阻拦不住，只得说，"那咱们说好了，谁买的东西谁自己拿着！"

莫长宇的家在恩施州宣恩县沙道沟镇麻柳村，恩施变电站是湖北最偏远的一座超高压变电站，他家距离变电站所在的宣恩县晓关侗族乡大岩坝村理论车程一个半小时。这个车程是按照2021年宣黔高速和安来高速恩施段都开通之后推算的，但同事们去莫长宇家的时候，宣黔高速还在施工，安来高速还只是一纸规划。一行人租了一辆车，浩浩荡荡从晓关乡向沙道沟镇进发，翻山越岭，被颠得七荤八素。到了沙道沟镇，前方没路了，付了车钱，出租车把人与货卸下，扬长而去。这个时候，大家才明白莫长宇不让他们买东西的良苦用心。

"还有多远？"

"不远，翻过那个山头就到我家！"大家面面相觑，把买的饮料、牛奶、酸奶还有各种吃食分摊了一下，各自拎着，跟在莫长宇身后小步慢行。空气清新，山花烂漫，大家一边走一边嬉闹，累了就停下歇歇脚，拍拍照。每一次歇息，莫长宇都会提议大家吃掉或者喝掉手中准备的礼物，推让一番之后，同事们便恭敬不如从命。就这样，歇息一次，大家手中负担的重量就减轻一点，直到将大部分礼物吃得差不多了，他们才走到了莫老爷家。什么翻过山头就到啊，莫长宇骗他们的，翻过山头是能看见山坳里的小村庄不假，但望山跑死马，翻过山头，他们又生生走了两个小时才到达。看着像被打散的残兵一样的同事，莫长宇笑得直不起腰来。这条吓退同事的路，要不是莫长宇故意放慢脚步，估计大多数同事早就掉队了。这点山路算什么，这是他从小走的路，闭着眼睛也能摸到家门。

莫长宇的父母听到儿子的同事喊他"莫老爷"，觉得好奇，扯过儿子到一旁追问原因。"咱们土家族有土司嘛，咱们家又有承包的山，还有果园，就是'老爷'嘛，同事跟我开玩笑的！"

其实同事们的戏称里，还有一份对莫长宇行事稳重、思虑周全的肯定。别看"莫老爷"年龄不是变电站里最大的，却是站里解决疑难杂症的技术达人，无论工作还是生活，做事有板有眼，有章法，更有节奏，是同事们心中认可的可以托付和信赖的人。

一群同事在莫长宇家大口吃肉、大碗喝酒，上山摘野果，下河摸鱼虾，彻底玩够了才打道回府。只不过，从那之后，再也没有同事主动要求去"莫老爷"家做客了。

咦，车停了？哦，是巴东站到了，已经走了一个小时了！不急，还能再眯一会儿。

莫长宇祖籍湖南省常德市桃源县，明成化年间，因为水患部分莫姓百姓搬迁来到恩施宣恩县沙道沟镇。麻柳村有两个大家族，莫姓与杨姓，都是先后从外地迁徙至此。莫姓家族近些年已经出了3个博士，十几个硕士,几十个大学生。这个人口不足400人的偏远小山村,崇学尚德之风浓厚,村里有一所小学,家家户户都会送小孩去读书。上小学的时候,天刚蒙蒙亮,莫长宇就要跟着父母上山去砍柴、割猪草,然后再回家吃饭。村里的小学10点钟上课,下午4点半放学,不吃午饭。下午放学回家,先去地里干活儿,大人干什么,他也干什么,挖土豆、挖红苕、除草……多年之后,工作了的莫长宇很少觉得工作累、工作苦,那些苦与累比起童年记忆中的简直不值一提。晚上没有电,就着昏黄的煤油灯做作业。小时候的月光似乎比现在的亮,月圆之夜,一片清辉,是可以就着月光读书的。直到莫长宇考上大学的那一年,麻柳村才通了电。

初中时,莫长宇要去沙道沟镇上的民族中学就读。从麻柳村到沙道沟镇民族中学要走3个多小时,先从半山腰走到山脚下的公路上,而后再步行10公里才能到学校。读初中的孩子除了镇上极个别离家特别近的,大多数都住校,一个月才回一次家。每次去上学,莫长宇都要背上半个月的米和酸菜。酸菜里放上红辣子,用菜籽油炒熟。每次给莫长宇炒酸菜时,母亲都会在家常做法的基础上再多放一勺油。月中的时候,父亲还会再送半个月的米和酸菜到学校来。沙道沟镇民族中学所有的住宿学生人手一个饭盒,以班为单位,每天学生自己淘洗好米,值日生负责送去食堂,由食堂的师傅们统一上笼屉蒸熟。吃饭时,领回自己的饭盒,没有新鲜的蔬菜,只有各自从家里带去的炒熟的酸菜。一到吃饭的点,教室里就弥散着一股股浓浓的米香与酸菜的混合味道,久久挥之不去。就连上体育课,跑一身汗,每个人身上也是一股酸菜的酸腐味。

莫长宇不负众望,考上了重点高中宣恩县第一中学。两个哥哥都考上过高中,但那时家里太穷,根本供不起。哥哥们相继辍学,外出打工,一个去了浙江,另一个去了福建。他们真心希望自己的小弟弟能比自己有出息。莫长宇上了高中之后,一个学期才回一次家。县城离家更远了！高中不再给学生集体蒸饭盒，莫长宇只能在学校食堂买饭吃，开销一下子多出许多，但家里一个月只给不多的生活费。莫长宇懂事，能省一块钱是一块钱，有时他为了省钱干脆一天只吃两顿饭。家里给的生活费，他每个月都能有节余。每次母亲问他的时候，只要不是弹尽粮绝，他都会说："我还有钱呢！"

父亲其实是读过高中的，学的还是俄语，会用俄语唱《莫斯科郊外的晚上》《三套车》《喀秋莎》和《红莓花儿开》，可惜被十年浩劫剥夺了上大学的机会。母亲也读过书，小学毕业。夫妻俩把这辈子的缺憾全部寄托在了孩子们身上。读过书的父亲成了手艺高超的瓦工师傅，他种药材、种莲藕，在鱼塘里养鱼，努力赚钱供孩子读书。没有能力供他们个个都上大学，但最起码要让他们接受完义务教育再步入社会。父亲已经愧对老大、老二，到了小儿子这里，拼尽最后一把力气也要坚持到曙光来临。父亲忍痛把给莫长宇在村里置办好的宅基地卖了，反正如果考上了大学，也就用不着在家里盖房子了。

叔叔家的堂哥是莫长宇的偶像，堂哥跟莫长宇的大哥同岁，本科考上了武汉理工大学，研究生去了厦门大学，硕博连读，毕业之后留在了厦门大学。学习疲惫，心生倦怠之时，莫长宇就想一想堂哥曾经走过的路，也正是他脚下的路，想想"诗和远方"，也就没那么累，那么苦，那么难了。

终于，莫长宇被三峡大学电气工程及其自动化专业录取。一家人都替他高兴。两个哥哥特意从外地赶回来，家里比过年还要热闹，一家人开开心心吃了一顿饭。

"不用担心学费，有大哥在！"

"还有二哥呢！"

从上大学的第一天起，莫长宇压根就没动过考研的心思，他就想早点毕业，早点就业，回报父母，减轻哥哥们的经济负担。毕业前一年，宁波电业局来学校招人，莫长宇毫不犹豫地去了。在宁波电业局工作了几个月之后，看到国家电网湖北电力公司的招聘信息，他抱着试试看的心态投了简历。原因很简单，他还是希望能回到湖北，离家近一点。

莫长宇收到了国网湖北省电力有限公司超高压公司的考试通知。思忖再三，他决定辞职回湖北。宁波电业局的领导再三挽留，也没能留住莫长宇的思乡心切。

"小莫，你先去考试，我们这边呢，先给你保留一下关系。如果你没有被录取，我们还欢迎你回来！"

莫长宇拒绝了宁波电业局领导的好意，破釜沉舟，收拾好行李，辞职后踏上了回家的路。彼时宁波到杭州的高铁还没有开通，莫长宇坐着长途车从宁波到杭州，再从杭州坐火车到宜昌，没有座位，只好站了一路，整整20个小时。到了宜昌再坐长途客车回恩施，318国道，一路堵，走走停停，到了恩施，再倒车去宣恩县城，之后再倒车去沙道沟镇，最后再步行4个多小时回家。背着铺盖卷和大包小包，逃荒一样回到麻柳村，已经是3天之后。

入职考试如有神助，顺利异常。2004年11月，莫长宇前往潜江市参与500千伏兴隆变电站的筹建。他跟着老师傅看图纸、啃资料、学操作，只要是不懂的就马上记下来，一个问题又一个问题，积攒了厚厚的几大本，他也在很短的时间内掌握了变电运行的实战技能。在兴隆变电站工作了两个年头，其间完成了主值班员的定岗考试。2006年，500千伏恩施变电站筹建，莫长宇第一个报了名。从上学开始，莫长宇就觉得自己是在一步步地远离家乡，这一次，他终于有机会离家更近。机不可失，失不再来！

恩施变电站是2007年8月正式投产运行的。从筹建到投产运行，莫长宇连续值班76天才换岗，创造了湖北省电力公司超高压输变电公司变电站单次连续值班的纪录。这个纪录一直保持，至今无人打破。

2020年特殊时期，已经担任恩施变电站站长的莫长宇在恩施变电站值班，本以为能破一下自己的纪录，不过只值守了53天就换班了。莫长宇换班的那一天，还专门给继续值守在渔峡变电站的好哥们儿熊宇打了一个电话："老熊，你继续坚守吧！赶紧把我的纪录打破喽！"

熊宇第67天换班时，不无遗憾地通知了一下莫长宇："莫老爷，恭喜你，你依然是单次值班纪录的保持者！"

车厢里响起提示音：建始站到了。那应该还有半个多小时就到恩施了。真快呀！经常在新闻里听到关于经济发展的词汇："驶入快车道""又快又好发展""平稳健康发展"……诸如此类的，每次走在路上，无论是乘坐汽车、飞机，还是高铁，莫长宇都觉得这些形容词也可以用来形容在路上的自己。是啊，每一个人都走在各自成长的路上，国家则走在发展的路上。个体的命运与时代紧密相连，时代从某种程度上定义了个体的身份和其创造的空间。自从开通了宜昌东至恩施的动车，莫长宇的上班之路就变得一路顺畅。上溯十年，恩施铁路没有建成之前，可没有今天的安逸。

莫长宇刚结婚的时候，家安在了荆门，直到2019年才搬到了宜昌。无论家在哪里，莫长宇都与318国道有着莫名其妙的缘分。318国道起点为上海黄浦区，终点是西藏自治区日喀则聂拉木县，是中国国家道路网的横线之一。全程5476千米，途经上海、江苏、浙江、安徽、湖北、重庆、四川、西藏8个省市，横跨中国东中西部，揽括了平原、丘陵、盆地、山地、高原景观，由东向西纵览江浙水乡文化、天府盆地文化、西藏人文景观，《中国国家地理》杂志曾专门对318国道做过全面而深入的介绍。318国道之所以广为人知，一方面是作为东西向的交通要道，车流量大，更重要的一点是因为1950年至1954年建成通车的川藏线的成都至拉萨段，它是西藏旅游的经典路线之一。318国道上不但车多，路上高山峡谷也多，山体滑坡，路基塌方也是常事。每次上班路上，都会遇到堵车，堵车几小时稀松平常，十几个小时也不是新鲜事儿，曾经有一个班组因为塌方事故被困在318国道上整整三天。由于路上的各种情况，湖北省电力公司超高压输变电公司专门为上班路上必经318国道的恩施变电站运行人员另谋更为安全通畅的路径，遂决定不走陆路，改为飞机航班。家住荆门的莫长宇早上坐荆门的班车到武汉天河国际机场，然后飞往恩施许家坪机场；还有部分家住武汉的同事，则在机场集合之后一起乘坐飞机赶往恩施变电站去交接班。

航班受气象影响比较大，云层、低空风切变、气流、雨雪天气、低能见度等都会影响航班的正常起降。恩施许家坪机场处于一个微气象环境相对复杂的区域，经常会因为大雾、大雨导致飞机无法降落。莫长宇曾经在天河机场滞留了3天才赶到恩施变电站。几年之后，沪渝高速G50全线通车，东起上海闵行区，途经湖州、宣城、芜湖、铜陵、池州、安庆、黄石、鄂州、武汉、仙桃、荆州、宜昌、恩施等县市，终点为重庆渝北区，全长近1780公里。上班的路又从高空转回到陆地上。荆门的班车到恩施大约需要5个小时，从宜昌出发则快一些。跟妻子商量一番之后，莫长宇决定在宜昌买房，不久就把家搬到了宜昌。妻子辞职做起了全职妈妈，专心照顾两个孩子的生活起居。妻子既是妈妈，也是孩子们的"爸爸"。

从2006年筹建恩施变电站，从初始的第一根打桩到投产运行，莫长宇陪伴恩施变电站已经15年了。如果是婚姻，业已进阶到"水晶婚"的阶段。一对夫妻相处15年，彼此间了如指掌，心如明镜，像水晶般晶莹透明。与恩施变电站这个"佳人"结缘甚至还要早于莫长宇与妻子的情缘。妻子是家人，亦是佳人，恩施变电站亦然。15年，无数次站内巡视、无数个日夜的监盘，成百上千次的倒闸操作，数以万计的台账记录……是枯燥，是艰辛，还是相濡以沫，彼此成就？莫长宇的答案是：责任，情怀，主网人的职业素养与操守。

2019年，黔张常（黔江—张家界—常德）铁路新建基建施工及送电调试，500千伏恩施变220千伏#3、#4母线需要轮停。11月29日凌晨时至12月4日晚上11点，恩施电网进入三级电网风险应急状态。如果出现一点失误，恩施州8个县市400余万人将陷入黑暗，境内8个电铁站将停运，宜万线高铁动车将全部停摆。7天6夜，莫长宇没有离开过工作岗位，他将6天的三级电网风险时长分割成三段，总计时间缩短至37小时。大战当前，镇定自若。恩施变电站操作人员通宵奋战，零失误完成了送电调试，解除了电网重大运行风险。

恩施高铁站到了。不过，还要走一段路才到500千伏恩施变电站。"佳人"已在望，"莫老爷"莫长宇还在路上！

斗笠十八春

跟莫长宇一样,陈晓跃的中学记忆里也有一只铁饭盒。不过,他不需要住校,每天早上骑自行车去上学之前,最重要的一件事就是去厨房拿饭盒。母亲已经把米淘洗好,菜也给他放了进去,有时候是一点海菜,有时候是一条鱼干,反正很少会是肉和排骨。

迎着风,蹬着自行车,风驰电掣地赶去学校。有一段路地势平坦,人迹罕至,绝对安全。陈晓跃跟同行的小伙伴刚学会了骑车大撒把的技艺。每次到这里,都忍不住要操练一下。书包挂在脖子上,双手伸向空中,感受气流穿过指尖、滑过指缝,那种看不见却能真实触摸的感觉,妙极了!

到学校第一件事就是把饭盒交上,值日生会把所有人的饭盒集中起来送去学校食堂。食堂的师傅往饭盒里加水的时候总是心不在焉,原本熟能生巧的事儿,就是因为他们漫不经心,水不是加多了就是放少了。水多了,饭就特别软,黏糊糊;水少的时候,米蒸不熟,一嘴的夹生饭。饭盒也经常会拿错,有时候还能瞎猫碰上死耗子,错拿一个带肉的饭盒,吃得齿间留香。但这样的好运气毕竟是少数!

陈晓跃的父母是渔民,不是驾船出海捕鱼的渔民,而是在海边围堰从事海产养殖的渔民。养殖场里有海虾、螃蟹还有鱼。渔民与农民一样,只不过渔民是将种子播撒在水里,农民是将种子播种在自家的土地上。鱼苗是成本,饲料也是成本,水里的鱼虾蟹也会生病,吃药护理，又是一笔成本。农民靠天吃饭，渔民也是。收成不固定，年景好的时候，收入高一点；碰上年景不好时，就打了水漂。

初中三年，陈晓跃散漫了两年。初一、初二的时候，一门心思贪玩，经常被老师叫家长。

"老陈，好好管管你儿子！"班主任一副恨铁不成钢的口气。

父亲没有打过陈晓跃，顶多就是阴沉着脸，在载他回家的路上，一句话也不说。

鱼塘不是一天二十四小时都有活，饲养是有时间节点的。忙完之后，父母就在鱼塘一旁的板房里喝工夫茶。到了鱼塘，父亲依旧板着脸，烧水，冲茶。父亲最喜武夷岩茶。武夷岩茶属半发酵茶，它未经窨（熏）花，茶汤却有浓郁的鲜花香，甘馨可口，回味悠长，既有绿茶之清香，又有红茶之甘醇，是乌龙茶之极品。父亲可以一天不吃饭，但不能一天不饮茶。

水烧开，紫砂壶温暖，建盏洗净。茶汤金黄，岩韵明显，澄明见心，低头便见水中天。"喝吧！"父亲放在陈晓跃面前一杯茶，茶香里隐隐混合着一丝鱼腥味。那是父亲手上的味道，海腥味早已渗透父亲的血液，洗不掉了。

一壶茶，由浓转淡。"好好上学，实在不想上，就回家跟我养鱼！"父亲的口气不容置喙。

在鱼塘吹了一天腥风的陈晓跃，回到学校后开始奋起直追。整个初三，他像换了一个人。中考的时候，班里的同学一半选择了高中，一半选择了中专。陈晓跃是后面的一半。填报志愿的时候，他先填了一个本地的潮州医学院，然后又选了两个北方的学校——武汉电力学校和哈尔滨电力学校。

收到武汉电力学校入学通知书的时候，陈晓跃逢人就说自己要去北方上学。到了武汉之后，他才知道武汉原来也算是南方。这让陈晓跃这个广东人有点不知所措，因为在他从小的认知里，广东以北就是北方。

中专四年，匆匆而过。转眼就到了毕业季。2003年5月，晨鸣纸业要在广东东莞建分公司，配套一个小型的发电厂。公司到学校招聘，陈晓跃觉得机会不错，东莞距离潮州三百多公里，也不远。没有犹豫，直接跟晨鸣纸业签了就业协议。约好一毕业就去报到入职。那年暑假，陈晓跃被老师留在学校，帮忙招生。上学期间，他一直担任班干部，是班主任的左膀右臂。主要是工作有了着落，心不慌，反正不急着去报到。忙完了招生，就在陈晓跃收拾行李打算回家的时候，班主任急急忙忙地找到了他。

"晓跃，湖北省超高压输变电局来学校招聘。这是大型国企，要比晨鸣那个民企更有保障一些。这里还有几个名额，老师建议你再认真考虑一下。"

陈晓跃遵从了班主任的建议，参加了湖北省超高压输变电局的面试，顺利被录取。2003年9月12号，拿到派遣证的陈晓跃与同批录取的五十多个同学，一起接受了半个月的岗前培训。之后，他被分配到荆门线路工区的斗笠变电站。从此，这顶"斗笠"再也没有从陈晓跃头上摘下来。

500千伏斗笠变电站在荆门掇刀区的麻城，是中国的第二代变电站，同时也是湖北省第二座综合自动化变电站，第五座500千伏变电站。斗笠变电站东连孝感变电站，南接江陵换流站，北连河南，西接川渝电网的枢纽变电站，是三峡电力外送、川电东送、鄂豫水火电调剂的大平台，更是川渝与华中联网、西电东送、南北电网互供的高速大通道。

在斗笠变电站，陈晓跃一年定岗，通过了实习值班员的考试。两年后，成为副值班员。又过了两年，晋升为值班员。陈晓跃五年走过的路，凤凰山变电站的汤凯波一年就跨过去了。陈晓跃听说之后，暗自叹了一口气。学历是起点，有时候也是人生履历中的硬伤。

在荆门，闻不到海的味道，只有汉江水韵与长湖风情。父母还在潮州从事养殖，不时给身在荆门的陈晓跃邮寄一些海的味道，如醉蟹、干虾、鱼干……这些都是父母亲手腌渍制作，耐储存的海产品。尤其是，陈晓跃结婚，把家安在荆门之后，父母更是频频邮寄。虽然已经在湖北生活了好多年，但内心对食物的喜好依然是潮汕味道。

2015年，陈晓跃正式担任斗笠变电站的站长。从实习值班员到站长，可谓是十年磨一剑。准确的时间是12年。

平时陈晓跃会多上班、值班，为的就是春节的时候可以回老家过年。父母年纪越发大了，陈晓跃想多回去陪陪他们。2020年1月中旬，陈晓跃在武汉参加完职代会之后，回荆门接上女儿，安排好值班，21号就回了老家。妻子由于工作的缘故，一时脱不开身，比陈晓跃父女晚到了两天，23号也回到了潮州。就在当天晚上，武汉封城的消息传来。

斗笠变电站的现状是两个60后、一个70后、两个80后、三个90后，人员结构相对双河变电站，不算老化，但是老的老、小的小——60后体能、精力下降，90后业务技能还不足以独当一面。春节期间安排了两班倒，按说应该没有大问题。荆门分部的工作群里信息此起彼伏，看着刷屏一样的信息，陈晓跃给单位主要领导发了一条信息：我以最快的速度赶回来！

原本陈晓跃买好了24号揭阳潮汕国际机场飞宜昌三峡机场的机票。在携程网订票的时候，显示航班正常。两个小时之后收到信息：航班取消！25号，全天在网上设计行程，终于组合出一条揭阳潮汕国际机场飞山东遥墙国际机场再飞襄阳刘集机场的线路，但转机时间太长，只好作罢。26号，困兽挣扎、猫爪挠心的一天。27号，荆门的一个朋友要开车去长沙黄花国际机场送女儿坐飞机。得知消息的陈晓跃喜出望外，赶紧买了揭阳潮汕国际机场飞长沙黄花国际机场的机票。与朋友在黄花国际机场会合后，开车5个小时返回了荆门。妻子和女儿滞留老家，3个月之后才回到荆门。

回到荆门的陈晓跃并没有第一时间贸然去上班，他独自在家自我隔离了7天才正式上班。与此同时，两个从武汉赶回荆门的同事，也被他勒令在家隔离7天。疫情当头，安全为上。

隔离完，交班，陈晓跃发现这一次交班跟以往不一样。同事与他彼此之间都非常郑重其事，这里之前他们从来没有过的感觉。是为自己的健康庆幸，抑或是为变电站的安全庆幸。

那天，陈晓跃在斗笠变电站里默默地慢慢走了一圈，走过被同事戏称为海南椰树风情路的那排棕榈树，它们挺拔俊俏，玉树临风。设备区内种的是草坪，春三月的时候，会萌发出一片新绿。红叶石楠球不经意间又增肥了一圈，刚刚生发出的嫩叶，红得娇艳欲滴，不是花却胜似花。从双河变电站移植来的桂花树，被绿化工人裹了一层绿色的抗寒裹树布，被扎成了一个绿油油的大粽子。等8月桂花香的时节，它自己就能将香气遍布全站的角角落落。还有那棵倔强的铁树，已经5米高了，看样子还不肯罢休，大有继续长高的趋势。这棵铁树移来的时候已经有些年纪，已经在斗笠变电站开过一次花了。据说，铁树开花极为罕见，它寓意着难得的祥瑞与福报，能有幸看到的人都是幸运之人。陈晓跃觉得自己就是个幸运的人，从工作至今的18年，从未离开过斗笠变电站，所以才有幸得见铁树开花这样的人间奇观。

转了一圈，有点渴。回主控楼，去喝杯茶。从潮州回来的时候，父亲给他带了一盒上好的乌龙茶。任凭工作紧张、生活急促，茶还是要喝的嘛！茶主静，人嘛，只有在心明气静的时刻才能三省吾身，才能行有不得，反求诸己。

海洋量子号

　　邓梦黎家与胡洪炜家是邻居，她跟胡洪炜的妹妹是好朋友。在邓梦黎的记忆里，洪炜哥哥从来不带她们一起玩。小时候的胡洪炜倔强，是个不爱说话的闷葫芦，不喜欢学习，不过动手能力很强，经常能做出各种各样稀奇古怪的手工玩意儿，身边会聚拢一大群看西洋景的孩子。妹妹和邻家小妹都只有仰望的份儿。多年之后，邻家哥哥胡洪炜成了全国青年岗位能手、全国道德模范、全国劳模、最美职工，变得更加自信、从容，依然只有仰望的份儿。

　　在大人眼中，邓梦黎从小到大是个好孩子，一是听话，在家听家人的话，在学校听老师的话；二是学习好。这两条都是硬杠杠！"别人家的小孩"邓梦黎考上了中南民族大学计算机系，还辅修了英语，毕业时拿到了双学位。父亲是输电中心的线路工，母亲是超能公司的出纳。邓梦黎的工作选择由不得自己，父母早就替她做出了选择。在父母的职业考量中，女孩子进入电力系统，最佳选择是成为一名调度，其后呢是从事继电保护或者是去变电站。那一年与邓梦黎同时被录取的青工，大多都是电力相关专业的，最终，邓梦黎被分配去了凤凰山变电站。

　　真正报到上班，已经是2006年底。虽然拿的是双学位，但是与真正的工作相距太远，邓梦黎一切都要从头学起。彼时的凤凰山变电站有甲、乙、丙3个运行班组，每个班组4个人。3个班交替值班，上一休二。因为是新人，邓梦黎没有被编入班组，她3个班组都跟，周一到周六，正常上班，每周只休息一天。每天早上，邓梦黎都会去等班车，半个小时或者一个小时就能从市区到凤凰山变电站，这得视路况与堵车程度而定。

变电站的交接班是非常有仪式感的。整个过程最起码需要一个小时。甲班的值班完成值班任务，乙班的接班人员在规定的时间内到岗。乙班要把甲班上一个班次中所有的情况理顺一遍，监盘情况、设备区内现场情况，甲班值班人员需要陪着乙班把整个设备区巡视一遍，回到室内，乙班要把甲班所有记录在册的数据过一遍，甲班、乙班负责人分别签字，这时交接班才算真正完成。乙班接班之后，再重新梳理一遍，就开始正式值班。每个小时抄一次表，值班人员4个小时轮换一次。值班的时候，是无法保障充足睡眠的。邓梦黎觉得自己整个2007年似乎都在上班。

武汉新洲的500千伏道观河变电站2007年9月投产运行。2009年，邓梦黎作为值班长被调整到了道观河变电站工作。相比凤凰山变电站而言，道观河变电站设备全国产化，设备统一，刚投产运行两年，发生缺陷的概率低，而且仅仅是一个开关站，只有500千伏的低压侧，并没有主变压器。从凤凰山变电站到道观河变电站，工作地点变了，但是工作性质、工作要求、工作模式与之前一模一样，仅仅是工作量与值班时的劳动程度略显不同。相比凤凰山变电站而言，道观河变电站离家远了，原来坐班车顺畅的时候，路上只需要半个小时，现在则需要两个小时。道观河变电站依然有甲、乙、丙3个运行班组，每个班组3个运行人员。因为距离远，交接班的频次延长为上二休四。因为每个班组的运行人员有限，大家尽量不轻易调班，如果换班，不但需要班长、站长都同意，还会给大家带来诸多麻烦。变电站运行人员就像一组咬合紧密的齿轮一样，按部就班，有序地旋转，其中任何一个人出现一点意外都会打乱节奏。

道观河变电站毗邻道观河，山青水碧，人间胜境。这里的地势东高西低，东部是连绵的山丘，西部则是丘陵地带。有道是，人往高处走，水往低处流。道观河水就由地势较高的东部向着地势低洼的西部丘陵地带潺潺地流淌开去。放眼大中国，西部地势整体高于东部沿海，绝大多数河流的流向是自西向东，正如《荀子·宥坐》的成语"万折必东"一样。明代文学公安派第一人袁宏道游历过道观河之后，在他的文章中将道观河写作"倒灌河"，以此来标注这条与众不同的河流。道观河沿岸的确有道观遗址，可上溯至东晋。随着佛教在中原大地的兴起，这里后来便成了佛教的道场。有释道之地，何愁没有儒教的身影，于是乎，儒释道相互交融，各美其美，美美与共。

工作的地方，风景如画，春有百花秋有月，夏有凉风冬有雪，莫将闲事挂心头，便是人间好时节。被值班表操控着的邓梦黎每一次监盘，每一次行走在设备区，经常会产生幻觉，恍惚间觉得自己就是一台工业时代精密、精良的机器。她希望自己的人生当中能有一点出格的、不那么按部就班的、不同寻常的小叛逆。

他就是在这个时候，像天外来客一样进入她的生活。他是邓梦黎高中时的学弟，不但比邓梦黎小一届，年龄也比她小一岁。邓梦黎考上中南民族大学的第二年，学弟被江汉大学英语专业录取。毕业后，邓梦黎入职湖北超高压输变电公司。学弟在学校期间就取得了海员证，并且在毕业后不久便通过了皇家加勒比国际游轮的层层选拔与考核，成为娱乐部的 Program Manager（节目编制经理）。

其实，每个时代的人，都有着自己独特的记忆方式，对于很多80后、90后来说，人人网是最初的社交平台，那里面镌刻着的，是每个人的青春；流淌着的，是每个人的回忆。人人网的算法基于六度空间理论。所谓的六度空间理论是一个数学领域的猜想，也叫小世界理论。一个人和任何一个陌生人之间，所间隔的人不会超过六个。换句话说，最多通过六个中间人，一个人就能认识任何一个陌生人。何况邓梦黎与他之间所隔的并非不可跨越的万水千山。他们在人人网上看到了彼此的身影，获得了彼此的QQ号，加了好友。邓梦黎打开学弟的QQ空间，进入了乘风破浪的皇家加勒比国际邮轮的梦幻世界。

那天，邓梦黎正在休班，她像梦游仙境的爱丽丝，畅游学弟的QQ空间，她一夜之间浏览了他5年的工作轨迹，欧洲、南美、亚洲、澳洲……看着他从一脸的青涩与稚嫩，蜕变得自信、优雅，举手投足间，一个眼神、一个手势都散发着成熟男人的魅惑。东方既白，一夜无眠的邓梦黎在幻境里照着镜子，在这个童话般的奇妙世界里重新审视自己，检视自己的生活。学弟的世界是动态的，连睡梦中都在发生着位移，躺下时与醒来时，窗外不是同一片风景；学弟的世界里有美景、美食，化着精致妆容的男男女女，在恣意享受着属于他们的浪漫假期。自己的生活是怎样的呢？是固定的。从早上开始，每天班车的出发时间是固定的，不能早也不能晚，早了需要等待，晚了就会错过，需要自己想办法去上班。甚至连每天过早，都是乏善可陈的那几样，几十年如一日。变电站里的工作也是，卡丁卡卯，只要科学与严谨，没有弹性与张力。今天是这样，明天是这样，后天还是这样。抑或今年如此，明年如此，后年依旧如此。邓梦黎的生活是那种从参加工作的第一天，就能够预见到退休前的最后一天，无波无澜，无风无浪。警报与故障是意外，但同时也是枯燥与单调的调味品。

成年人的生活里应该都没有"容易"二字。邓梦黎在学弟光鲜的工作背后，看到的是漂泊，无依，一个人面对孤独时的坚韧。"企鹅"欢快的滴滴声，成了邓梦黎与学弟之间的纽带，跨越时区的爱恋，在你来我往的温侬软语中迅速升温。恋爱的女人自带光芒，素颜也是极美的妆容，因为爱情才是最好的化妆品。同事发现了邓梦黎的不同寻常，纷纷打趣："小邓，是不是有男朋友了？"父母也发现了女儿的异样："丫头，有事别瞒着我们啊！"

犹豫再三，邓梦黎还是把她跟学弟的交往告诉了父母。父母听完，差点惊掉了下巴。老两口怎么也想不到他们一向自诩听话的女儿能给他们这么大的惊喜，不，是惊吓！原本他们把女儿留在身边，让她进入本系统内工作，就是希望她能稳稳定定地工作，顺顺利利地结婚、生子，过本本分分、平平安安的日子。如果嫁给一个常年生活在邮轮上游走全世界的男人，对家里的事情没有半点帮衬，将来女儿的日子会是怎样的一种光景？不知道便罢，知道了，就绝不允许这样的事情发生。父母开始着手张罗着给邓梦黎介绍对象，让她去相亲。父母有举措，邓梦黎有对策。让她相亲，她就去，见个面、吃个饭，加个QQ聊一聊，然后……然后就没了下文。"拖字诀"在父母这里收效巨大，眼见着女儿一天大似一天，父母败下阵来："你喜欢就好！我们不管了！"

对于未来要一个人面对的生活境遇，邓梦黎不是没认真想过。她觉得未来的丈夫人选，人品第一，必须是一个靠谱的人。不靠谱的人即便在身边也不会成为依靠，嫁给一个行迹不定却靠谱的人，两个人用此情长久来抵御朝朝暮暮的遗憾吧。爱情从来都是双向奔赴。邓梦黎的犹豫，其实也是在邮轮上学弟的考量。他们都放弃了在周围熟悉的环境里寻找相伴终生之人，而是选择了远方的彼此。

2011年9月，邓梦黎踏上了梦寐已久的皇家加勒比国际邮轮海洋量子号，与心爱的恋人开启了一段梦幻之旅。翌年，她与学弟步入婚姻的殿堂。

刚参加工作的时候，邓梦黎英语专长一度获得师父与同事的赞许。尤其是在检修、维护时，邓梦黎熟练地帮他们破译着一条条的故障指令。被认可、被肯定的邓梦黎越发活泼开朗，充满自信。结婚之后，丈夫继续环游世界。邓梦黎的梦幻之旅暂时告一段落，依旧维持着以往的生活秩序与节奏。她工作调整，进入鄂东分局电气试验班，开始学习新的技术技能。当邓梦黎开始崭露头角，入选湖北省公司技术比武的受训团队时，却发现自己怀孕了。刚结婚时，邓梦黎曾经有过一次意外流产，所以这一次她不敢再掉以轻心。在技术比武与保胎生子之间，她选择了后者。2005年，邓梦黎平安生下一个男孩。

对于自己的婚姻选择，邓梦黎从来没有后悔过，哪怕是一个人带孩子，濒临崩溃的时候，也是眼泪流到嘴角，自己舔舐。

哺乳假期结束，回归职场，邓梦黎的工作随之做了调整。有一次，同事跟她开玩笑说她现在销声匿迹，活像一个隐身人。邓梦黎笑了笑，不知如何作答。目前她负责着人力资源、党建、培训，尽职尽责，没有纰漏。邓梦黎自我评价不是一个事业心强的人，但具备最起码的职业精神。电视里播放着邻居家的洪炜哥哥在北京参加"新当选全国劳动模范和先进工作者"新闻发布会片段，熟悉的声音，豪言铮铮："我不仅要当中国的状元，更要当世界的状元！"邓梦黎驻足聆听，身边也有荆楚工匠，也有国网劳模，他们的优秀与付出，邓梦黎也都看在眼里，不羡不嫉。

每天，邓梦黎都会跟丈夫打电话，与视频里的他分享着自己的日常，触手可及，却又遥不可及。跟丈夫视频之后，邓梦黎总会短暂陷入一股不可名状的情绪中。奔四的女人，花开荼蘼，庆幸曾经青春绚烂的时节盛放过，无悔。职场也拼搏过十年，弹指一挥间。她早已做出了选择。每个人都有权利自主定义属于自己的星辰大海，追求不同，不分高下。

挈云篇

《如梦令·挈云》

尘世兜兜转转，十载随心如愿。前路有知音，何惧挈云万变。向晚，向晚，一盏明灯高远。

汤尧的长征

晚上8点31分,汤尧的手机里弹出一条"云上襄阳"的推送:

预警升级:襄阳市气象台2021年7月15日18时6分发布暴雨红色预警信号。

尧打开视频,既有高空拍摄的画面,也有在行驶的汽车上劈波斩浪的图像,此时襄阳已是汪洋一片。画面上一行醒目的黄色提示字幕:"过去3小时,樊城城关一带已经出现90毫米以上降水,预计未来3小时,我市市区和襄州区东部降水将达100毫米以上,阵风7~9级,伴有雷电,地质灾害、中小河流洪水气象风险较高,请注意防范。"

汤尧心里一紧,赶紧给500千伏樊城变电站的值班人员打电话。好巧不巧的,这个节骨眼上他被派来武汉参加高级工培训。这也不能请假!好在培训马上结束,明天下午就可以赶回去了。作为站长,在防汛的关键时刻缺席,汤尧心里多少有些七上八下的忐忑。千万不要出问题!

16号只有半天的培训,课程一结束,汤尧午饭都没吃,立刻打车去了车站。不管动车还是高铁,选择了最早发车的一班。上车前在车站买了一个汉堡,攥在手里,直到车徐徐开动,才沉下来吃了一口。

一个多小时过后,汤尧开上了自己的车——一辆纯黑色的斯巴鲁森林人。培训出发前,汤尧把车停在了襄阳东站的停车场上。所幸这里地势高,排水好,车毫发无损。

  市区还有积水路段,尤其是涵洞,积水仍然很深。入口处,放着"禁止通行"的标识牌。汤尧只得调转车头,从另一条路绕行。他猛踩油门,车箭镞一样射了出去。他有点着急,一门心思想着赶紧回到变电站。汤尧喜欢自己这辆车的性能,再说了,男人鲜有不喜欢SUV的。早在张掖的时候,汤尧就一直想买辆车,当有时间的时候可以开车到处走走,看看。汤尧喜欢张掖的自然风光,尤其那绚烂多彩的张掖丹霞地貌,七彩丹霞看色,冰沟丹霞看形,平山湖丹霞看险。张掖除了没有海洋风情,其他所有的自然地貌一应俱全,而且还都美到极致。中国第二大内陆河——黑河孕育了丰美肥沃的河西走廊。张掖的诸般好处,汤尧都知道,他其实很喜欢那里。那里的夏季短而酷热,冬季长而严寒,干旱少雨。这样的气候让一个从出生到大学毕业都浸润在江风江韵的汤尧,用了好长一段时间才得以适应。当年,张掖供电公司到宜昌三峡大学招聘,报名的时候,汤尧是真的希望自己能走出宜昌这座小城。他不顾父母的反对,与张掖供电公司签订了就业协议,去了祖国的西部。

  前方路面有一汪积水,汤尧降了车速。溅起的水花不大,其实路边并没有行人。一个人的教养不仅仅表现在人前的行为举止,无人监督的时候,依然保持,这才是真正的由内而外的教养。所谓"君子慎独,不欺暗室。卑以自牧,含章可贞"。就是这个道理。

  平心而论,汤尧在张掖的工作、生活都是愉快的。与同事的关系融洽,工作勤勤恳恳,日常表现可圈可点。每年春天,张掖总少不了沙尘天气。2010年4月4号,甘肃省气象局启动沙尘暴四级应急响应。这是2010年以来兰州遇到的最强沙尘暴天气,最大风速达8级,瞬间极大风速达10级,最小能见度为0。那天,来势凶猛的沙尘暴使得张掖市区输电线路全部跳闸。整个城市陷入一片黑暗。铺天盖地的沙尘暴疯狂地撕扯着黑暗中的一切，能自主应急发电的部门单位寥寥无几。没有电，城市供水系统瘫痪；没有电，城市交通瘫痪；没有电，城市通信系统瘫痪……恐慌，恐惧，恐怖。张掖市委市政府下了死命令：组织一切力量，确保24小时内恢复城市供电。大多数人在遮天蔽日、劈头盖脸的沙尘暴面前，是寻求自保，想办法回家，回到安全的地方，与家人共克时艰。电力人则是逆行者，向外走，去现场，将自己全部暴露在沙尘暴的攻击范围里。那一次抢修很艰难，也很悲壮。城市供电线路是陆续恢复的，一条，两条，三条……虽然超过了24小时期限，但他们真的尽力了。多年之后，等新冠肺炎疫情肆虐的时候，汤尧经常会回想起那次沙尘暴里的抢修行动。彼时，他已经离开了张掖，成为一个守护主网的人，责任更重。一条500千伏的超高压输电线路，支撑起的是一座城市。疫情期间的社会运转，如果没有电，后果不堪设想。

张掖虽美，但父母一直希望儿子能回到身边。那年，汤尧递交辞职信时，张掖供电公司的领导和同事都感到震惊、诧异。关切之余，他们询问汤尧原因。当得知汤尧已经考取了三峡大学的研究生，即将脱产深造时，纷纷送上了祝福。就这样，工作3年之后的汤尧又回到了熟悉的大学校园，攻读研究生。父母喜出望外，他们觉得这一次他们的儿子一定能留在他们身边。3年之后，汤尧参加了国网湖北省电力有限公司检修公司的入职考试，通过后被分配到鄂西北运维分部的樊城变电站。

襄阳市在2010年12月9日之前的曾用名是襄樊市，那是新中国成立之初赋予这个城市的新生。襄阳市虽不是武汉"九省通衢"，却也是"南船北马，七省通衢"之地。滔滔汉水奔流不息，襄阳西接渝陕，东连江汉，南通湘粤，北达宛洛。历史上的襄阳范围局限在汉江之南，现在古城墙附近。襄阳市政府在襄城区，商业主要集中在樊城区。500千伏樊城变电站建在襄阳市东南16公里的望城岗，2005年1月26日投产运行，它是湖北省电力公司超高压输变电公司第 8 座 500 千伏变电站，它不如凤凰山变电站、双河变电站历史悠久，也不如后来的柏泉变电站、屈陵变电站先进智能，但它是鄂西北第一座 500 千伏变电站，北与河南白河变电站相连，南与斗笠变电站携手，随州变电站、十堰变电站、卧龙变电站都需要通过樊城变电站与湖北主网相连，说它是华中电网南北大通道上重要的枢纽变电站一点都不为过。

  在樊城变电站，从实习值班员到站长，汤尧只用了 3 年的时间。他大部分时间都在站里，休班时就回鄂西北运维分部的单人宿舍。他买了车，在江北的樊城区买了房，女朋友没着落，也就没装修。毕竟爱巢是两个人一起筑造才能有意义。

  每次开车到变电站，最后一个红绿灯都会是红灯。红灯停！每次走到这里，似乎是时间有意在迫使汤尧慢下来，想清楚。今天也不例外。樊城变电站就在前方，一步之遥。"没有积水！"汤尧一直悬着的心终于落了地。一般来说，一座变电站的设计寿命是 30 年，其中许多关键部位的电子元件的寿命仅为 10 年。凤凰山变电站 40 年原地重建，涅槃新生。双河变电站 40 年，修修补补。樊城变电站 2005 年投入运行。二八年华，对一个少女而言是最美的时节，每一天都是崭新的，散发着青春的芳香。16 年，对于一座设计寿命 30 年的变电站而言，已是年过半百。对于一座已略显疲态的变电站而言，更加需要变电运行人员耐心、细心、悉心的照拂与呵护。刚当站长的那一年，樊城变电站更换监控设备，需要母线停电。推地刀不但是个技术活，还是个力气活。倒闸操作一定要按顺序进行，如果闭锁装置失灵或隔离开关和接地刀闸不能正常操作，必须严格按闭锁的要求条件检查相应的断路器、刀闸位置状态，只有核对无误后，才能解除闭锁进行操作。地刀一般来说都是电动的，但是因为使用频次少，电动功能往往失效，这个时候就只能手动。推地刀时容易产生电弧，蓝色的弧光拉着长线，嗞嗞作响。倘若没有强大的心理素质，何以应对？那次，汤尧一连推了6把地刀，推完最后一把，整个人累得虚脱倒地。站里面刚入职的几个90后，以前从来没有见过此种情形，在一旁连连惊呼，对自己年轻、帅气的汤站长的英勇神武的敬佩之情，如滔滔汉水，绵延不绝。

　　樊城变电站有一支年轻的队伍，最大的是1981年出生的。按年龄排序，1987年的汤尧在这里位居第三。其余的都是90后。汤尧带队伍有自己的章法和套路。他觉得，一个优秀的变电运维人员的标准，就是对变电站各个层面都有涉猎，不能只求某一个领域的精尖，而是力求在广博的基础上有所侧重。只有这样，才能从容应对各种突发状况，才会处变不惊，能够在千变万化的缺陷面前做出准确的判断，迅速有的放矢。2019年，樊城变电站更换变压器，调试送电时，整整工作了23个小时，人困马乏。当一个人严重缺乏睡眠时，反应会变得迟钝。凌晨1点，正在工位上工作的汤尧一边操作，一边听监护人念命令。突然，他脑中警铃大作，凭借丰富的经验，他意识到漏加了一项保护，赶忙叫停。同事与汤尧都吓出了一身冷汗。如果不是及时发现，将造成整个襄阳地区大面积停电。严重程度虽不及2018年11月的咸宁变电站带电合接地开关恶性误操作，但静下来想想，也是十分后怕。自此，凡是重大操作，汤尧一般都不假手他人。站长就该在最应该出现的时候冲锋在前。非重大操作时，他一定会留在现场，甚至充当监护人。就像这一次樊城变电站遭遇特大暴雨，他虽然没能在现场，但第一时间赶了回来。也像新冠肺炎疫情期间，他带头坚守在站里53天一样。

　　突然觉得有点饿，这时汤尧才想起来，上高铁前买的汉堡，他只吃了一口就塞进了包里。再拿出来已经是冷透了的一坨，直接让人失了胃口。窗外暮色渐浓。暴雨过后，碧空如洗，晚霞散在夕阳西。绝美的落霞让汤尧有片刻失神。中国的电力正在经历一个大时代，无人值守的智慧站将成为趋势与目标。这是一个需要技术突破的年代。忽然想起前几天在武汉培训时与专家在课余时关于新时代长征精神的闲谈。其实每一代人都有每一代人的"长征",新时代的"长征"不一定是肉体上的"湘江战役""四渡赤水""巧渡金沙江""强渡大渡河"以及"突破腊子口"和"激战嘉陵江"。长征精神是永恒的,但每个时代的长征精神都可以被具体化,都可以被深化,外延到每个人的工作与生活中。想到这里,汤尧傲娇地笑了一下,自己从中午开始的急行,直到夕阳西下,这三百多公里的路程,可不也是"长征"嘛!

十年成师

与汤尧相比，同样是宜昌人的高琛，就业之路简单、顺遂很多。2011年华中科技大学电气工程自动化专业毕业之后，参加国网考试，成功入职湖北检修公司。在武汉上了4年大学，高琛觉得大武汉不适合自己，在心底依然挂念宜昌那座小城的温润与闲适。在分配去向选择时，高琛主动申请了宜昌，回到了父母身边。从心所愿，皆大欢喜。

从小到大，高琛对电一点都不陌生，他的父亲就在宜昌供电公司工作。到了宜昌运维分部，被分派到徐海章的班组。彼时，他对带电作业一无所知，以为自己将来会跟父亲工作的供电公司一样，工作范围就在宜昌城区。真正入职之后，高琛先去了山东济南，后去了山西临汾的国网培训基地，参加了为期5个月的入职培训。虽然只是一个宏观的认识，但高琛逐渐意识到自己的工作与繁华都市无缘，田间地头、高山峡谷、森林草甸，广袤的大自然才是自己的舞台。

新入职员工第一时间都会拜师，高琛幸运地结缘自己的班长徐海章。两个人在师带徒协议上按下了鲜红的指印，师父徐海章给高琛的第一印象是性格直爽，天天乐呵呵的。徐师父精力充沛，一身正能量，极少负面情绪。跟师父相处一段时间之后，高琛发现自己的师父从来不抱怨，典型的乐天知命一派，大事能化小，小事能化了。徐海章对高琛采取的是循序渐进式的教育，既不急功近利，也不揠苗助长，完全是一副放养的状态，静待花开。高琛也不是冒进的性子，一步一步来，按部就班，稳扎稳打，先考了电工登高作业证，又考出来带电作业证。每次考了证，高琛都会先向师父汇报，徐海章话也不多说，一个好字就把徒弟打发了。

转眼间，拜师两年了。有一次停电作业，更换地线悬式绝缘子。以前，高琛登过塔给徐海章做过辅助。这一次，徐海章笑眯眯地指挥高琛："你上去！把那一片换下来！"这是高琛第一次独立做任务。正常来说更换一片绝缘子，也就半个小时的时间，即便是新手，也不会超过一个小时。但高琛愣是一个半小时还没有完成。

"高琛，你……你……"站在杆塔下的徐海章大声喊着高琛的名字，给他支着儿。奈何离地太远，高琛听不清楚师父的话。本来就着急，师父再在地面催促，越着急越慌乱，高琛更加手忙脚乱，失了主意。咦？怎么听不见师父的声音了？唉？人呢？地面上空荡荡的，只剩下微风拂过，一片青色的草浪。师父呢？哪里去了？

"高琛……"一转身，师父已经爬到塔上来了。高琛有点忐忑，怯生生地喊了一声："师父！"

"别急！我说着，你照我说的去做！"徐海章站在高琛身边，嘴里说着步骤。高琛深吸一口气，稳稳心神，在师父的指导下快速完成了工作。师徒二人一前一后下塔，一边往下走，徐海章一边让高琛复述一遍刚才的操作规范与要领。等从塔上回到地面站定，高琛也说完了。

"这回记住了？"

"嗯。"高琛不好意思地点了点头。

"今天就算你正式出师了！"徐海章笑着拍了拍徒弟的肩膀，"刚才我在上面给你计时了，速度比我还快呢！"

一朝出师的高琛，就像一棵已经在地下扎根三载的毛竹。前三年仅仅长了三十厘米，殊不知它早就在地下盘根错节，拓展了几十平方米的疆域，一旦破土而出，就爆发出惊人的能量，能在短短的两个月内疯狂生长二十米。

269

每年的夏天，不同等级的电网都会面临重大考验。夏季，尤其是最炎热的时候，工业、民用各类大功率家电、制冷设备用电时段高度集中，暴雨、雷暴、洪涝等极端恶劣天气时有发生，也在时刻考验着电网系统的可靠性。安全、稳妥地迎峰度夏是主网一年一度的大考验。

2017年夏天，气温较往年同期偏高，用电量激增，电网负荷徘徊在临界点。高压线引流板发热是这个季节相对集中高发的故障。每年迎峰度夏保电的前提是不停电，只能采取带电作业，每年这个时候的输电线路检修，就是带电作业工作强度最大的时候。站在杆塔下，最低处的铁塔摸上去都烫手，越往上，温度越高。带电作业，需要穿电位均压服，俗称屏蔽服，是采均匀的导体材料和纤维材料制成的一种特殊工作服。不穿衣服都热的要命，何况还穿着厚厚的屏蔽服。宜昌不但高温还湿热。几乎每天都有人中暑。一天，一个工友在等电位作业时，中暑呕吐，在线上吐完后继续坚持工作，活干完，又在导线上吐了一阵，勉强靠意志支撑着下塔，一下来就晕倒在地。第二天，又有一个工友爬塔，爬到8米处就中暑，差点摔下塔来。高琛所在的输电3班能从事带电作业的只有6个人，先后5人中暑，只剩下高琛一个人战高温、斗酷暑。检修的最后一天，高琛更换一片发热的引流板。每次爬塔前，他都有所准备，随身携带一瓶水，先用水给引流板降温再实施更换。那天，水一浇在引流板上立刻汽化，整瓶水倒完了，引流板的热度依然不退。隔着厚厚的工装手套，高琛的手还是被烫伤了。他忍着剧痛完成了更换。最后一块引流板消缺结束，夏季带电作业画上句号。输电3班5人中暑、1人烫伤。唯一没中暑却被烫伤的是高琛，高琛的超强体能，也得益于师父徐海章的真传。工作之余，徐海章非常注意锻炼身体。只有练就一个好身体才能适应线路工繁重的工作。高琛白天工作，晚上就去健身房健身，1米78的身高，75公斤的体重，身体健康，身材健硕。那年夏天，能坚持到最后，高琛自己都佩服自己。师父徐海章也对自己的爱徒连连称赞。

时代在发展，无人机巡线技术方兴未艾。那年，国网湖北省电力公司检修公司在武汉举办无人机培训班。宜昌分部派出的学习人员是高琛。

无人机技术对高琛而言既熟悉又陌生。课堂上的民航无人机法规、气象学、飞行原理、飞行动力学等专业知识是第一次接触。高琛觉得无人机驾驶证理论有点类似于机动车驾驶证的考试，理论考试都是100道选择题。汽车驾照，即便不学习，仅凭日常生活中的交通常识也能得分，但无人机理论考试，如果不学习基本原理知识，很可能一道题都做不对。实操考试主要考两个动作——原地自旋360度和"8"字飞行。第一次上手实际操控无人机，高琛精准的方向感、超越大多数人的空间感知能力，令培训老师赞叹不已。无人机遥控器，在高琛手中变成了一个大玩具。在那一瞬间，高琛穿越回到了日夜有网游相伴左右的大学时代，周围不再是无人机培训现场，也不再有培训班上的学员，而是3D的《魔兽世界》，自己正和一群英雄踏上艾泽拉斯的冒险之旅，投身充满魔法与挑战的魔幻世界。兴趣是最好的老师。从来没有一次学习培训能像无人机培训班这样让高琛全情投入，他像发现了新大陆的哥伦布一样，废寝忘食，白天实操，晚上钻研理论，把无人机的飞行原理彻底弄通搞透，在培训老师的指导下把无人机拆解、组装，把每一个零部件都研究了一遍，甚至无师自通地动手设计、改装。培训结束，高琛以优异的成绩拿到了无人机驾驶证。2017年11月8日至10日，国家电网公司首届输电线路无人机巡检技能竞赛在武汉凤凰山国网特高压交流试验基地举行，来自公司系统各供电企业的26支参赛队伍展开"小型多旋翼无人机缺陷查找"团体赛和"小型多旋翼无人机'8'字飞行"个人赛的现场竞技。一番激烈比拼之后，国网湖北电力获团体项目一等奖。高琛就是湖北代表团的主力之一。

2021年，高琛参加工作整整10年了。十年磨一剑，一朝试锋芒。新入职的青工曲直完成岗前培训，进入了高琛所在的班组。曲直身高

1米85，性格开朗，是个好奇心强烈的大男孩，一个大号的好奇宝宝。

"我这么高能从事带电作业吗？"曲直对带电作业心存向往，愿望强烈。

"也不是不可以，虽然你身高不理想，但也不是完全不可以。全国劳模胡洪炜个子也不矮，也有一米八吧！咱们的何相奎何师傅也是一米八多，不也搞了一辈子带电作业嘛！你也就只比他们高那么一点点！"高琛不忍心直接给曲直泼冷水，"小曲，退一步讲，如果你实在搞不了带电作业，你就搞无人机嘛，这个方向更有前景的。"

曲直没有把高琛的话当耳旁风，而是认真考虑。高琛看他那个认真、执着的劲头，就带着曲直感受了一下无人机自主巡检以及激光扫描建模。曲直开心得像个孩子。高琛忽然在曲直的眼中看到了熟悉的光芒，那正是自己初次接触无人机时眼中闪烁的光芒。

又到了两年一度的师带徒协议签署。曲直正式拜高琛为师，两个人郑重地在师带徒协议上按下了鲜红的指印。坐在一旁的徐海章乐得眉开眼笑，那高兴劲儿比自己获得"国网劳模"时还开心。徒弟高琛十年成师，如今也成了师父。徒弟收了徒弟，这回，徐海章就成了名副其实的师公啦！

越飞越高

国家电网首届输电线路无人机巡检技能大赛，国网湖北电力荣获团体项目一等奖，高琛是成员之一，付子峰则是主力队员。付子峰不仅荣获团体项目一等奖，个人项目也是第一名，被授予"国家电网公司技术能手"。付子峰一战成名！

付子峰是妥妥的"电三代"，爷爷是湖北省超高压输变电局武汉线路工区初创阶段的元老付新臣。付老有6个子女，付子峰的父亲付阳行五，曾经在凤凰山变电站从事变电检修。3岁之前，付子峰跟着爷爷奶奶一起生活，是被老人带大的。在他心目中，爷爷就是爷爷，从未想过爷爷的职业、经历。等到付子峰走出校门，步入职场，父亲才告诉付子峰他爷爷也曾经是搞输电线路的。每次去探望爷爷，付子峰都会让爷爷给他讲过去的故事，也会跟爷爷分享最新的输电线路技术。付子峰眉飞色舞的表述经常让爷爷似懂非懂，不明就里，但付新臣意识到孙子真正长大成人了，已经能够独当一面，干一番经天纬地的事业了。

付子峰从小爱玩，也会玩，这是所有认识他的人的共识。小学五年级的时候，家里有一台海鸥 50mm f1.8 的照相机。"六一"儿童节那天，付阳带付子峰去东湖游玩，付阳本来是要给儿子拍几张照片的。付子峰在一旁看父亲摆弄了一会儿相机，他觉得很有意思："爸爸，我能拍几张照片吗？"

付阳觉得11岁的儿子傻得可爱："行！怎么不行啊！爸爸先给你拍几张再说！"

父亲给付子峰抓拍了几张照片，经不住儿子的一再央求，就把相机给了他。本来还想再教教付子峰怎么操作，奈何付子峰拿到相机就一溜烟跑没了影。付阳在后面紧赶慢赶才追上付子峰。远远看着儿子煞有其事地取景、拍摄，付阳只觉得可爱，没做他想。反正相机里胶卷已经所剩无几，就让子峰玩吧！平时两口子都忙，顾不上孩子，好不容易带他出来玩一次，让孩子尽兴也没什么不好。

惊喜是在照片洗出来之后，付阳惊讶地发现，11岁的小子峰有着非常好的艺术感觉，他拍出来的照片，构图合理、主体突出、画面干干净净，一点都不庞杂，别有一番趣味。当时正巧有一个儿童摄影比赛，付阳就把付子峰拍的照片送去参加评选。虽说最后只拿到了一个优秀奖，但一个11岁少年的作品能在一众摄影爱好者中脱颖而出，已属不易。从那个时候，付子峰就爱上了摄影。网上有句话，摄影穷三代，单反毁一生。参加工作不久，付子峰就花8000块钱买了一台佳能550D。当时他正在热恋中，每次陪女朋友出去玩，就给女朋友拍照片，哄得佳人喜笑颜开。3年后，略有积蓄了！付子峰又斥资50000元更新了自己的设备。玩了没几年，新宠又被束之高阁，因为他又有了新目标、新玩具。这次的新玩具不仅仅是玩这么简单了，而是在无意间为他打开了一扇通向职业高峰的窗口。当然，这是后话。

除了爱摄影，付子峰还有一大爱好——玩游戏。这得从付子峰中学时说起。幼儿园、小学的时候，父母忙，爷爷奶奶还能照顾一下小子峰。随着老人年岁渐长，已经无暇顾及他，中学的时候，父母把付子峰送到了湖北华一寄宿学校，那是华中师大一附中控股的全日制寄宿型九年义务教育民办学校。周日中午坐校车到校，周五下午坐校车回家。付子峰自律性比较差，虽然能按照学校要求自己洗衣服、叠被子，但是学习上兴趣寥寥，不是班里最差的，更不是最好的。老师抓得紧的时候,他成绩就水涨船高;老师一放松,成绩就一泻汪洋。

熬过艰难的中考,刚上高中那会儿,付子峰信誓旦旦许下一番豪言,力争拼搏三年考上理想的大学。高一成绩不错,尤其是理科,其中又以物理最为突出。老师对他青睐有加,父母也对他刮目相看,觉得阳光就在风雨后,再坚持两年,守得云开见月明。高二,2002年,大型网络游戏时代开启。《石器时代》《传奇》《反恐精英》等争相上线,让热血少年眼花缭乱。武汉情智学校的管理相较其他学校没那么严格,付子峰是走读生,每天下午放学后,他都是先去网吧玩一会儿再回家。有时候玩得兴起,连家都忘记回了。父母为了让儿子按时回家,只得给他买了一台电脑。这下付子峰倒是按时回家了。人家的孩子是回家先做作业,学习完之后玩玩游戏,放松一下;付子峰不是,他是玩游戏玩够了,看会儿书调节一下因为玩游戏而紧绷的脑神经。游戏一直玩到高考。无缘大学,只读了一个专科——武汉电力职业技术学院。

大学三年,功课不紧张,可以尽兴,玩摄影,玩网络游戏。青春就是用来挥霍的,这是付子峰的美好时代。可惜光阴如梭,三年转瞬即逝。2007年,付子峰入职湖北省电力公司超高压输变电公司,被分配到宜昌输电公司。

在武汉实习的时候,付子峰意外弄伤了手。去宜昌公司报到时,他的手还打着石膏、绑着绷带。瘦高瘦高的付子峰,身高一米八,体重一百零八斤,一个月后在老师傅的督促下,才逐渐适应了线路工的工作。

宜昌山高林密,付子峰巡线的时候遇到过蛇,也踩过捕兽夹子。有一年付子峰跟同事一起去宜昌的无人区巡线,他们分到了五基塔的任务。付子峰心算了一下,每基塔之间相隔400米,也就是两公里的距离。到了现场才知道,这五基塔分别位于五个山包上。一个山包到另一个山包的距离可不是400米!那天付子峰背了一瓶2升的康师傅绿茶,同事背了两瓶1.5升的矿泉水。除了水,两个人没带一点食物。

从上午9点直到下午4点半，巡线完毕的两个人饥肠辘辘，饿得头晕眼花，从山上手脚并用连滚带爬地下来，狼狈至极。

2010年，付子峰从宜昌调回武汉输电公司，被分派到陶军的班组。经过在宜昌3年的锻炼，付子峰胆大心细、能干吃苦的特质逐渐显现。虽算不上最优秀，却也是一个称职的外线工。

2011年，武汉输电公司接到通知，要选派几个人去广东顺德安尔康姆公司学习无人机技术。最终敲定的学习人选是带电班的刘继承、胡光和运维班的罗晓亮、付子峰。那是付子峰第一次接触无人机。仿佛是命中注定一样，一眼万年，从在安尔康姆公司播放的宣传片中看到无人机的那一刹那，付子峰就深深迷恋上了。他知道，这就是他一直在寻找、期待的未来。

学习培训的时间不长，只有一周的时间。向来对学习不感冒、提不起兴趣的付子峰，居然是听课最认真、学习笔记记得最全、提问问题最多的一个。培训完是试飞。试飞地点选在了一个湖边。那天的试飞手是胡光。刚开始时，一切正常，无人机飞得稳稳当当。突然，飞机失控，一个倒栽葱扎进了水塘。安尔康姆公司的人赶紧下水打捞。无人机也都安装有黑匣子，查看黑匣子数据后得出结论是那台无人机的机械故障，并非无人机飞控手的责任。但这次无人机事故还是对胡光的心理产生了部分阴影，此后好长一段时间，胡光都不愿意再接触无人机。

2014年5月，国家电网举办第一期无人机培训班。输电检修中心的胡光、罗晓亮、刘继承、于江、付子峰同期前往山东莱芜雪野航空俱乐部参加了培训，第一批拿到了无人机驾驶证。

从2011年初次接触无人机，到2014年取得无人机驾驶证。这个突如其来的新鲜元素一经出现就占据了付子峰生命热忱的全部，它挤占了付子峰的摄影空间，取代了网络游戏在付子峰心中的地位。为了无人机，照相机可以暂时搁置。在无人机面前，网络游戏犹如半老徐娘，顿失颜色。但客观来说，2011年至2015年，无人机在输电线路运检中的实际应用是犹抱琵琶半遮面。人人都知道那是未来，是趋势，但没有人愿意主动走出原先的舒适区，去打破，去尝试。当然，也有非常重要的一个原因，彼时的无人机价格不菲，每一次的使用都有可能有意外情况发生，损耗也是企业生产中需要计算的成本。

2015年11月11日零点，各大电商发起的"双十一"购物狂欢节准时拉开帷幕。付子峰早就坐在电脑前，今夜他要实施一项计划，购买一台私人的无人机。"私人"这个词不太精准，因为即将下单的无人机不是付子峰个人独有，它是刘继承、罗晓亮和付子峰每人出资两千元集资购买，准确的说法是"私有"。他们三个对无人机的兴趣有增无减，但单位里的无人机价格过于昂贵，每一次碰触都让他们心有余悸。好在，无人机的价格逐渐下降。当付子峰提议3个人凑钱买一台玩一玩时，一拍即合。就这样，2015年4月8日面市的一款微小型一体航拍无人机大疆"精灵3"成为他们的目标。从美国纽约、英国伦敦和德国慕尼黑三地同步举行发布会向全球推介时，付子峰早就关注这款产品。"精灵3"最吸引付子峰的是它的生态系统，其开发平台可以让开发者对产品进行自由开发。也就是说，飞控手可以自由编程来实现对无人机的操控。这多好玩啊！

双十一快递扎堆，他们百爪挠心、忐忑又兴奋地等了10天才等来了快递小哥。3个大男孩有了新玩具，学着用，玩着学，工作之余操练不停。有一次，付子峰在东湖试飞，东湖绿道上空的无人机，像极了一只翱翔天际的飞鸟，高度不同、风景不同。它是付子峰从小挚爱的照相机，只不过换了一个视角；它是付子峰挥洒青春激情的游戏，只不过不是虚拟空间。

2016年夏天，武汉遭遇特大暴雨，全城开启"看海"模式。降雨中心位于江南地段，其中洪山、光谷地段降雨量达97~115毫米，汉阳、沌口地区降雨量达56毫米，全市大面积积水。马路成为航道，冲锋舟取代了汽车。雷暴天气导致500千伏葛南线跳闸。汤正汉带队消缺。巡线人员坐着冲锋舟沿线兜了好几圈，存疑的几基杆塔也都爬上去查看了一番，都没有发现故障点。工作陷入僵局。付子峰主动请缨："我用无人机沿线飞一遍吧！"

"好吧！"无计可施的汤正汉只得死马当作活马医，万一找到了呢！

飞了第一遍，没找到。付子峰稳稳心神，又飞了第二遍。这一次，他把飞行高度降了一点。突然，监控器里一个亮点稍纵即逝。付子峰心下一动，操控着无人机回旋锁定刚才的位置，果然找到了线路上的雷击痕迹，一个金属熔化点。故障点找到，排除就只剩下时间问题。从此，汤正汉对付子峰赞不绝口。汤师傅本就口才了得，付子峰用无人机找故障点的事情经他的口说出来，一波三折，一咏三叹。从那时起，付子峰便与无人机画上了等号。等到付子峰在国家电网首届输电线路无人机巡检技能大赛上一战成名，他便成了输电检修中心无人机的代名词。

在"百度"搜索栏上输入"付子峰"的名字，后面紧跟着的是"喷火无人机"。基于大数据算法的搜索引擎，这样的自主提示该是多少用户共同输入之后的互联网记忆？

2017年3月，500千伏直流龙政线的导线上挂住了一只风筝。以前这样的缺陷都是人工爬塔，在导线上行走，将风筝摘除。耗时耗力，每一次的带电作业都存在各种不确定的安全风险。如果采用无人机呢？那是付子峰第一次尝试喷火无人机。直流线路磁场大，电磁波会影响无人机的操控。无人机飞近之后，磁场会切断信号，无人机失控。付子峰手动控制着无人机，精准完成了喷火消缺。一道火舌喷涌，风筝瞬间化为灰烬。这是中国超高压第一次在500千伏直流线路上带电实施喷火消缺。那一刻，付子峰创造了历史。

2021年，输电检修中心成立无人机班，付子峰成为班长的不二人选。无人机班越来越被运维班与带电作业班倚重，成为他们不可或缺、无可代替的依傍。

遭受龙卷风侵袭之后，缠绕在500千伏玉军一回45+1号杆塔地线上的大型异物成了刘超超的心头大患。他给付子峰打电话求助。

无人机腾空而起，为脚踩大地的人们提供着更宽广的视角。地面上，付子峰架起了激光炮，这是一种激光除异物装置，精准定位异物后发射激光，瞬间产生的高温能够快速切割异物，使其自然掉落。天空与陆地联动，为抢修送电争取着时间。

2021年4月，国网湖北省电力有限公司出台《输电线路无人机自主巡检实用化提升工作方案》，计划到2021年底实现无人机自主巡检管理规范化、作业智能化、业务数字化，建成国网公司输电线路无人机自主巡检示范单位。湖北电网迎来无人机自主巡检新时代。

科技创新一小步，人类发展一大步。科技改变生活已经成为人类的共识。每一次午夜梦回，付子峰都在想，无人机还能替代我们做什么？

张楚谦的调查问卷

2021年12月28日，国网湖北省电力有限公司下发通知，抽调17人成立驻马店—武汉1000千伏特高压交流输电线路工程（湖北段）业主项目部，负责统筹本工程湖北段全线70余公里的现场建设管理工作。国网湖北超高压公司输电检修中心运维技术管理专责张楚谦是17人之一。

填写这份调查问卷时，张楚谦正在1000千伏南阳—荆门—长沙特高压工程（襄阳段）业主项目部参观学习，用他自己的话说就是"过来抄作业"。

问题1：接到新任务通知，第一反应是什么？

张楚谦：第一反应是兴奋。特高压工程，我虽然之前没有从事过相关的专业，但对这个技术早有耳闻。我看过一个数据，是国家电网公司测算的，一回路1000千伏特高压直流电网可以输送600万千瓦的电量，最远距离长达5000公里，损耗却只有1.5%，损耗量比500千伏超高压线路整整少了16倍。输送同样功率的电量，如果采用1000千伏特高压线路输电，可以比采用500千伏高压线路节省60%的土地资源。

特高压是国家电网"十四五"期间的重点布局，能够参与国家重点工程建设，很兴奋，也很期待。当然随之而来的也有对未来两年抽调期内个人发展的顾虑，比如能否在短时间内对未知领域的技术技能有所掌握，如何兼顾原有专业的学习及能力提升，等等。

问题 2：预判一下，特高压未来会成为主流线路吗？

张楚谦：应该会的。我的判断是基于特高压在全国电力能源的供给、调配、联络中，不仅会是我国主流线路，甚至是未来全球能源互联网中的重要地位。国网在"碳达峰、碳中和行动方案"中提出，"十四五"期间，国网新增的跨区输电通道将以输送清洁能源为主。为什么要建这么多条特高压线路？因为新能源分布比传统能源分布更加不均衡。新能源它不像煤，还可以道路运输。风能、光能，西部比较多，必须要通过远距离的大容量的输电线路，修建这些输电线路是电网助力实现"双碳"目标的必由之路。

所以与其说特高压是主流线路，不如说它有很强的战略地位。区域电网中 22 万伏、50 万伏线路其实都是主流线路。特高压电网的优势就是它能够把局部大区域乃至全国连接在一起，比如华中与华西、华东这样大区联起来，起到优化能源配置的作用，尤其是在大量新能源并网后，这种平衡送受端的作用将更加突出。所以，我认为特高压在电网内的战略地位预示了它将会走得更远。

问题 3：去项目部工作两年，会对自己的生活造成什么影响？

张楚谦：我们的项目部设在黄冈红安县的八里湾镇，距离武汉也就七八十公里。在一些非常时期会比较繁忙，可能回不了家，不是大问题，这点我是有心理准备的。另外个人问题确实会有一些影响，项目启动之后再看情况而定吧。

问题 4：照顾家人与投身工作之间会有冲突吗？如果有，如何平衡？

张楚谦：我的家人，就是我的父母。他们都受过良好的教育，有各自钟爱的事业，是非常优秀的，是我心目中父母模式的理想型。他们俩感情非常好，是一对神仙眷侣，他们有自己的生活，假期他们会外出旅行，从来不会征求我的意见，只是通知我一声。我也不想去破坏他们的假期，我就去约自己的同学、朋友玩。

我是成年之后才意识到父母之间的爱情是那种一直在成长的爱情。很多夫妻结婚之后，两个人的成长是不同步的，也许一个继续向前，一个原地踏步，很容易导致情感错位。而我的父母这么多年来一直相互成全、相互促进、相互成长。这也是我选择晚婚的一个原因，父母的婚姻其实给了我一个择偶标准，我也希望能找到一个真正理解我并且能够跟我一起成长的人。我没有被父母催婚，他们对我更多的是一种信赖，我们日常的相处更像是朋友。读大学的时候，我已经在他们给我准备的房子里单独生活，所以我们之间其实不存在说我照顾他们，或者他们照顾我。"照顾"这个概念仅限于我读大学之前。

上大学之后，我与父母之间就是一种平等与独立的关系。我的父母一直保持着学习的热情，他们对电子产品的熟悉程度以及使用熟练度甚至比我还要好。工作后，因为经常加班，我在家吃饭比较少。每周可能只能跟他们吃一两次饭，我们家的餐桌氛围有点像那个谈话节目《圆桌派》，话题涉及社会时政、经济趋势、文化教育、前沿医疗，包罗万象。我的父母有时候各执一词，有时候意见一致，有分歧，也有共识，一顿饭可以吃很久。他们的身体、心理甚至都比我健康，他们的状态就是我要努力修炼、力争达到的一种工作与生活平衡的状态。当然，如果家人需要我，在照顾家人与投身工作之间做选择，我肯定会选择家人。工作中我并非无可替代，而父母是我最爱的人，父母优先，家人是第一位的。

问题 5：在输电检修中心工作了几年？说说自己这几年的变化？

张楚谦： 2014年8月参加工作，2022年是第8个年头，中间曾经被借调过，但人事关系一直在输电检修中心。变化还是挺大的。我经常写点东西，有时候翻看自己以前写的东西，就会感觉到变化。身体状态肯定会有一点，精神状态肯定也不像刚参加工作时那么好，毕竟三十岁之前熬夜不觉得累。但更多的变化是心态，以前抗压能力弱一些，现在更从容一些。以前工作中会烦躁、会沮丧，但这几年感觉自己心态变得平静了许多。大家现在对我的评价也是说"楚谦做事非常稳"。

在变的过程中才能感受到不变的，其实我觉得变化是很好的东西。如果一个人没有变化，那简直是太恐怖了。在变的过程中，我发现我有一点是不变的——情怀不变，"穷则独善其身，达则兼济天下"的情怀从来没有变过。有时候我也会反思自己为什么烦躁、郁闷？可能是我感觉成长已经到了一个瓶颈，需要进入一些新的领域去开阔一下视野。这次被抽调到驻马店—武汉1000千伏特高压交流输电线路工程（湖北段）业主项目部工作，真的是一次天赐机遇，让我在三十岁的时候可以在一个全新的领域审视自己。

问题6：自己目前的工作是自己真正的兴趣爱好吗？如果重新选择，最希望从事的职业是什么？

张楚谦： 我大学专业是电气工程及其自动化，进入国网也算是学有所用。我个人的观点是兴趣爱好最好不要与工作重合，否则就不能称其为兴趣爱好。我理解的兴趣爱好是具有消遣、娱乐、放松身心功能的。如果兴趣爱好成为职业，肯定就不是享受了。比如有人工作之余喜欢体育运动，有人喜欢书法绘画，但成为职业运动员或者书法家、画家，在追求卓越的路上，一定披荆斩棘，困难重重。我兴趣爱好特别广泛，坦白说就是好奇心重，确切地说我真正的兴趣是求知，对一切未知充满着渴望。如果有人告诉我一个新鲜东西，我就想去试一下，不仅想试，还想着怎么把它弄通、搞懂。我觉得自己核心的兴趣是"修身齐家治国平天下"的理想抱负，这是我工作的支撑点。如果真的有机会重新选择，我可能会去考公务员，从基层社区或者街道做起。"如果"这个词很有意思，它往往是带些许遗憾或悔意的，如果当初怎样怎样就好了，就是悔不当初的一种事后诸葛亮的心态。但这个世界上，我想没有如果！

问题7：输电检修中心的成才林，人才济济，觉得自己属于哪一类人才？

张楚谦：我觉得自己属于那种综合能力比较强的类型，我有意识地不让自己成为一个单一发展的人，而是全方位地体验与探索。我本科是华中科技大学的电气工程及其自动化，研究生读的是武汉大学的行政管理学，不管是技术技能还是综合管理能力，我都希望自己能够在工作、学习中得到提升。

问题8：胡洪炜的成才之路对你有什么启发？怎么看榜样的力量？

张楚谦：我很清楚自己不可能成为胡洪炜式的人物，每一个先模人物的产生都有其特定的时代背景和独特的个人气质，自问这些我并不具备。在离得远的人心目中，胡洪炜是全国劳模，是技术能手，是标杆、是偶像。胡洪炜就在我身边，他的优秀毋庸置疑，但他的付出与辛苦，离得远的人不知道，但我知道。你那本《生命交响》中有一篇写胡洪炜的《禁区勇士》，在输电检修中心采访时，你问了所有被采访对象同一个问题："如果要对胡洪炜说一句话，会说什么？"在那篇文章的结尾处，你把我们的回答都罗列出来了。无一例外，我们都希望胡洪炜别太累，保重身体。

"伟大出自平凡，平凡造就伟大。"这句话是被无数个榜样验证过的真理。社会需要榜样。集体中有一个特别优秀的人，就会产生"鲶鱼效应",就会逼迫你不得不变得更强大、更优秀,所以输电检修中心会有"成才林"。2019年的时候,我当选了主网先锋、文明建设标兵、青年先锋,还有其他的一些荣誉,但获得荣誉并没有影响到我的工作和心态,我没有去刻意维护、保持我的那种状态,我更崇尚于一种自然而然、水到渠成的感觉,无论是工作,还是生活。

问题9:最近喝醉过吗?为什么?

张楚谦:2021年9月吧!我去成都参加青创赛,我们的"基于特高压与数字技术融合的智慧线路"项目晋级了,大家特别开心,一起喝酒庆祝。我作为项目负责人肯定是带头嘛,然后就喝多了。我一般不会让自己喝醉的,我经常会提醒自己要保持清醒。我记得那天在酒桌上并没有失态,是回到酒店房间里才醉的,吐了一个晚上。有个同事照顾我,他说我说了好多话,但我自己不记得当时说过什么了。

问题10:2021年留意过四季变化吗?手机里有没有拍过一朵花或者一片云?

张楚谦:当然会留意!我是搞线路运维的,四季变化,尤其是天气变化要格外留意,事关线路安全嘛。手机里有很多照片,但特意拍花、拍云还比较少。3月的时候用无人机拍过油菜花田中的杆塔。去年夏末秋初,有一天下班路上的晚霞格外绚烂,是介于绯红与紫中间的那种绮丽的颜色,停下来拍了一组照片。我喜欢自然风光,一般出去旅游,如果在人文景观与自然风光当中二选一,我肯定偏向于去看自然风景。

问题11:怎么理解"偷得浮生半日闲"?

张楚谦:这个问题很有意思,现在有个非常流行的说法,说只要你是拿工资上班的,只有偷懒才能算赚钱。上班不摸鱼就证明你没赚钱，工资是你应得的，只有不工作才证明你在赚钱。古人的说法比较文雅，偷得浮生半日闲。现代词汇直白、无趣，躺平、摸鱼、"丧文化"大行其道吧。我觉得这种思维比较可怕。

问题 12：2021 年，满负荷工作最长的时间？做什么了？

张楚谦： 在输电检修中心，我负责运维、创新和带电作业三个板块的工作，这其实是三个人的工作量。2021 年有一个项目结算的时候，我连续几天大概就只睡了 3 个小时，压力确实很大，这边项目结算，现场又是跳闸等事故，抢修的时候还有很多扯皮拉筋的事情，一团糟。以前的我会烦躁，真的，但在 2021 年，我没有那样的感觉，心态上总体是放松的，分轻重缓急，一件事一件事地做。喝咖啡、喝红牛，实在扛不住了，就睡一下，着急跳脚、吹胡子瞪眼都没用。接到去特高压项目部的通知之后，我就建了一个群，交接我手头的工作，现在除了科技工作外，都交接得差不多了。回头看看，这几年，自己的确做了好多事，成就感远大于疲惫感。

问题 13：会主动关注政经时事、娱乐八卦吗？

张楚谦： 我关注时事多一些，因为需要写材料，用电量是观察经济走势的窗口。用电量是经济的"晴雨表"，从这个角度看中国经济的复苏活力，非常有说服力。娱乐八卦我不看，偶尔听周围的同事说一下，我对这个压根不感冒。

问题 14：2021 年看了几部电影？点评一下！

张楚谦： 今年电影看得少，只看了一部日本电影《入殓师》。这其实是一部老电影，2008 年的，当时没在国内上映。电影是根据日本作家青木新门的小说《纳棺夫日记》改编的。其实我之前已经在网上看过了，这次在国内公映，我还是贡献了一张电影票。我读过云南作家胡性能的一篇小说《生死课》，当时号称是"中国版的入殓师"。小说《纳棺夫日记》我也读过。个人感觉，《生死课》比《纳棺夫日记》差太多了，同样都是探讨生与死的问题，无论小说《纳棺夫日记》还是改编后的电影《入殓师》，表层意义是描写、刻画死亡，但本质上表现爱与成长。《生死课》则带有作者的价值评判，有明显的二元对立的善恶与是非。

相比电影而言，我更喜欢纪录片。我父母推荐给我一部纪录片《河西走廊》，也是一部老片子，2015年央视出品。虽然是电视纪录片，但用的是电影的手法去拍摄的，其中的场景再现片段恢宏壮丽，虽是非著名演员出演，但很多段落演绎得挺感人的。

问题15：最近读了什么书？

张楚谦：2021年，精读了一本书，意大利政治家、思想家尼可罗·马基雅维利的《君主论》，拿破仑批注版。书的一面是马基雅维利的原著，另一面是拿破仑的批注。阅读的时候相当于读拿破仑的阅读笔记，重新认识了一下拿破仑。歌德说，拿破仑是我从来没有见过的，最富于创造力的人。丘吉尔也说，这世界上没有比他更伟大的人了。这一次重读这个版本，实际上是从一个侧面更加真实地了解了拿破仑，一个伟大的灵魂。

问题16：面对即将开始的新工作，在做什么准备？

张楚谦：这段时间一直都在学习。很多东西需要重新学习，好在我的学习能力还是不错的。这次来襄阳现场观摩学习，我觉得自己像个愣头青。特高压有一套独立的标准，目前所有的特高压工程都是国家电网直管，每条线路都有单独的建设管理纲要，非常复杂，要学的新知识非常多。生活上倒没什么需要准备的，尽量做到平衡吧。

问题 17：每个人都会有意识地规划自己的未来。在这个过程中，如何面对"有心栽花花不开，无心插柳柳成荫"？

张楚谦： 一个人在职业发展中，知道自己想要什么，并愿意付诸努力，前提初心是正念，走的是正道。回答这个问题的时候，我也思考为什么自己愿意以一己之力承担原本需要三个人完成的工作。虽然累，但是我坚持下来了。我这算是为自己规划未来吗？应该算吧，在一个比拼实力的集体当中，实力就是能力，能力就是业绩。我从事的工作多，能力得到锻炼，业绩获得累积。在做好本职运维工作的同时，熟悉生产体系，有科技创新成果、专利、论文，掌握带电作业的核心技术……别人学不来的我掌握。我相信那句话，机会垂青有准备的人。我非常敬佩"清澈的爱，只为中国"的人，会感动，也会流泪。耕耘投入的人，收获时就会坦然。至于说"有心花""无心柳"，这是一个概率问题吧！我有长期的宏观目标，也有自己短期的小目标。从2014年参加工作以来，我感觉每一年都对自己有更加清晰的认识。就是那个哲学之问：我是谁？

张楚谦，1992年生，先后迁居宜昌、襄阳、武汉，本科毕业于华中科技大学电气工程及其自动化专业，硕士研究生就读于武汉大学行政管理学。2014年参加工作，至今就职于国网超高压公司输电检修中心，分别在线路班组、带电班组、生产技术室从事线路运维、科技创新、带电作业等工作，曾兼任党支部委员、团支部书记等多个职务。

莫愁前路无知己

周凯在学校里第一次知道毕如玉是因为一场演出,武汉大学电气学院合唱团的演出。毕如玉是合唱团的女高音。后来成了同事,说起当年的往事,才知道毕如玉的妈妈曾经是武汉大学交响乐团的小提琴手,她多多少少遗传了一点母亲的音乐细胞。

周凯与毕如玉是武汉大学电气学院的同门,都是电气工程及其自动化专业的博士,同窗数载后又同时入职湖北省电力公司检修公司变电检修中心,成了同事,也成为变电检修中心的第五个、第六个博士。在他们俩到来之前,这里也曾入职过几位博士:第一个博士工作几年之后,调动去了湖北省电力公司;第二个博士待了几年,转行去了武汉电力职业技术学院当老师;第三个博士觉得空有一身绝学,在变电检修中心无用武之地,也离开了;第四个博士始终无法融入变电检修中心,痛定思痛之后,辞职而去。若说此前的几位博士的经历对周凯、毕如玉毫无影响,那是不可能的,如果说影响巨大,也有点夸张。

周凯谦谦君子,宁静内敛温润如玉。当初他考大学的时候,叔叔给了关键的专业选择建议。三峡大学毕业之后,考入武汉大学硕博连读,深扎在电力系统及其自动化领域。毕业的时候,在从事学术研究还是从事技术应用两难选择之际,又是叔叔,20世纪90年代从武汉电力职业技术学院辞职下海的叔叔,再次给了周凯职业选择建议。别看周凯人看上去儒雅谦逊,一旦拿定主意就是咬定青山不放松,任尔东西南北风。至于毕如玉,也差不多的心态。前四位博士都是一个又一个关于选择的故事,故事里的事永远是别人的,只有生活才是自己的。毕如玉的求学经历与周凯略有不同,她从本科就在武汉大学就读,直到博士毕业才告别美丽的珞珈山。

周凯、毕如玉都是对自己的未来有着清晰的认识、明确的规划以及准确定位的人。无论婚姻、还是工作,他们都是科学、高效,谋定而后动,一击即中,绝对弹无虚发。周凯已经做了父亲,有子万事足。毕如玉则在专心享受自己的爱情,整个人沐浴在爱的光芒之中。那是一段多年前就命中注定的缘分。两个都极不愿意相亲的人,因着不得不的原因加了彼此的微信,深度潜水,一言不发。奈何经不住双方介绍人的再三询问,只得约在一起去看一场电影。两个人心照不宣地选择了一部动画片《神偷奶爸》。原本是打算一场电影看完,各自回复介绍人一句"不合适",而后就永远消失在彼此的生活里。看电影总不能一句话也不说吧!再说,彼此都隐隐有种似曾相识的感觉。毕如玉性情直接,张口就问:"你是不是参加过××的婚礼?"

"对呀,我是她先生的同学。"

"××是我的同学!"缘分就是这般妙不可言。

生活中有爱的人,工作中才有张力。周凯与毕如玉以及一群同事创建了远创硕博工作室团队,相互补位、助力,共同完成科技项目和QC小组活动。早在1993年7月,湖北超高压局就下发了关于开展群众性QC小组活动的通知,从那时起,在全局范围内开展群众性全面质量管理活动。QC小组,中文译名:品管圈,即在生产、服务及管理等工作岗位上从事各种劳动的相同、相近或互补的员工,自愿结合,集思广益围绕企业的经营战略、方针目标和现场存在的问题,以改进质量、降低消耗、改善环境、提高人的素质和经济效益为目的而组织起来,按照一定的活动程序来解决工作现场、管理、文化等方面所发生的问题及课题,运用质量管理的理论和方法开展活动。在QC小组中,周凯更喜欢解决实际工作中存在的问题，专注一隅；而毕如玉则因超强的学习、应变能力，屡屡在各种比赛中斩获佳绩，独领风骚，享受竞争的压力与快乐。

2021年4月，周凯主导的"一键顺控"创新技术在500千伏道观河变电站改造完成。彼时，500千伏道吉一、二回线路正在配合黄黄高铁建设进行迁改。这条线路是黄冈地区电网的主干线，关系到整个黄冈地区的供电安全。迁改施工停电后，必须在最短时间内恢复供电。过去，500千伏变电站停、送电转换状态需要进行倒闸操作，依靠人工频繁操作隔离开关、接地刀闸，过程烦琐冗长，不出错的前提下需要2个小时。变电站电压等级越高，倒闸操作越复杂。变电站从人员培训、规章制度等方面采取了很多措施，但依然很难杜绝失误。

周凯作为远创硕博工作室负责人，一门心思致力于用数字技术帮助传统的运检业务提质增效。"一键顺控"技术是智能电网的一个高级应用，也是变电站倒闸操作的发展方向。它将大量烦琐的人工操作步骤输入计算机，只要在计算机上点击一下所需的任务，就可以自动地完成设备遥控操作，同时还能够自动校验是否操作到位，提高工作效率，避免人为误操作。近年来的新建变电站已自带"一键顺控"功能，2020年5月投产运行的500千伏吴都（鄂州）变电站和500千伏建始变电站都是智能变电站。如果遇到停电、送电的情况，只需人工按一下键，依靠一键顺控技术，时间从2个小时缩短至10分钟以内。

新建变电站不在周凯的技术实践范围内，他瞄准的是那些高龄老站。道观河变电站已经是周凯团队进行"一键顺控"改造的第6座500千伏变电站，还有25座500千伏变电站的"一键顺控"改造排在工作日程表上。未来两三年内，这将是他们投入巨大精力的一个领域。"一键顺控"已经从一个科技创新项目，变成了实实在在的生产成果。还有什么比这个更值得开心的呢？也许，唯有儿子期待抱抱的眼神吧。

一花独放不是春，周凯有收获，毕如玉也有。2021年8月3日下午,"湖北工匠杯"技能大赛——国网湖北省电力有限公司电力监控系统网络安全专业职工职业技能竞赛落幕。检修公司荣获竞赛团体一等奖,毕如玉获得个人二等奖。个人一等奖获得者可以被省人社厅授予"湖北省技术能手",差以毫厘,失之千里,与技术能手失之交臂,毕如玉不免有点小遗憾。

其实,这次竞赛毕如玉是硬着头皮接下来的。她的专业是继电保护,对监控系统网络安全有所涉猎,但并不精通。比赛之前,参加集训时,毕如玉原本以为自己已经够拼的,谁知与自己组队的队友没有最拼,只有更拼。聚是一团火,散是满天星。团队赛他们是队友,个人项目时他们又会是彼此的竞争对手。竞赛共有省内地市供电公司及省检修公司16支队伍31名选手参赛,采取CTF夺旗赛形式,参赛选手通过考场电脑登录电力监控系统网络安全实训平台进行答题。竞赛试题主要考查选手对web安全、逆同性、密码学等方面技能的掌握,根据试题要求完成web访问相应地址、进行抓包测试、下载程序或文本文件、运用相应工具进行反编译操作等。这31名选手中,有知名院校信通专业毕业的选手,还有省公司网络攻防红蓝队的选手。网络安全本就是信通专业的传统科目,这些信息都让毕如玉惴惴不安。

赛前,周凯问毕如玉获胜有几分把握。毕如玉说自己一点信心也没有。

比赛成绩一公布,周凯直接打趣毕如玉:"你扮猪吃老虎呢!明明是大女主的戏份,非要乔装小白兔!"

毕如玉原本还有些许遗憾,在家人的抚慰、同事的调侃中恢复了常态。这次竞赛倒是让她对自己未来的工作方向有了重新的考量。

周凯、毕如玉,不是湖北省电力公司检修公司的第一批博士,也不会是最后一批。这是一个开放包容、兼收并蓄的集体,真正想融入其中的人,必定能够找到自己的位置。

莫愁前路无知己，天下谁人不识君？

2022年1月1日，新年伊始，国网湖北省电力有限公司检修公司正式更名为国网湖北省电力有限公司超高压公司。新的一页翻开了！

后记：折一枝垂杨柳

《挈云志》是我继《生命交响》之后写的第二本关于湖北电网的书。相比第一本书只写一个事件的一个节点，第二本书的时间跨度有点长，四十年。

与荆楚大地的缘分肇始于2018年10月。那是我第一次到湖北，因为写《国碑》，人民英雄纪念碑。我需要遍访人民英雄纪念碑大须弥座上八块浮雕事件发生地，其中的武昌起义，坐标就在武汉。那一次采访的主要精力放在参观博物馆、纪念馆，是在今天的时空回望旧日历史。2020年的5月、6月实地感受了湖北新冠疫情的"后疫情时代"；2021年7月、8月的行程一直则徘徊在国网湖北超高压公司及其基层单位。2022年春节假期刚过，再次奔赴武汉做补充采访。我体验过武汉的暮春、盛夏和初秋，但对于武汉的冬天并没有直观的感受，要在心理层面真正拥有一座城市，就要看过它的四季、用脚丈量过它的街巷；深嗅它的气味、品尝它的烟火滋味。

我是一个没有文学原乡的人，开始写作之初，就没有刻画自己的家乡——山之东，而是起笔写了云之南。我用了三年的时间走遍云南的山川、河流，又用了三年的时间去了解、感知湖北，调动自己的五感六识去靠近、走近湖北从事特殊行业的一个群体——主网人。采访的时候，我会用手机录音、拍照，在采访本上速记，笔迹凌乱、潦草，堪比医生手写的处方。当一本书完成之后，我会把笔记本装进档案盒，编号留存，在电脑里专门建立一个文档储存照片，录音则全部删除。很多人会好奇我为什么能在很短的时间之内挖到那么多的鲜活素材，甚至是隐私。我其实不愿意回答这个问题。采访，从来不是单向的，那是一种双向的作用力，我获取多少，其实我就袒露了多少。最好的爱情是双向奔赴，一场成功的采访也是如此。我了解了被采访对象，他同时也了解了我，我接纳他的那一刻，他同时也接纳了我。采访是个极度耗费精气神的过程，一天的采访结束，我一点也不想吃饭，只想喝水。我的胃里空空荡荡，却又满满当当。中国的上古神话中有一种动物叫食梦貘，梦是它们赖以生存的食物。别人的故事就是我的食物，一天下来，我已经吃饱了，甚至吃撑了，只想喝口水，稀释一下自己的情绪。太多浓缩的故事，有的笑中带泪，有的压抑憋闷，它们囤积在胃里，难以消化。物理的真实的人间烟火就再也吃不进去了。

采访是存储，写作的过程则是单纯地提取。职业化的写作不需要等待灵感敲门再开工，坐在书桌前，双手放在电脑键盘上，文字就会噼里啪啦地从心里流淌出来。我理解的灵感像个永动机，它其实一直盘旋环绕在写作者的周遭，它一直在按照它本身固有的频率运动着。写作者在书写的过程中会一步步接近它，直到与它同频共振，四手联弹。灵感是等不来的。

我热爱我笔下的每一个人物，他们活在我的文字里，活在我的七情六欲里。我写他们的时候，也是在书写我自己。一本书从第一个字，到最后一个字，越到最后我越不愿意结尾。我知道自己生性凉薄，对远方和未来充满着好奇与期许。这本书一旦完结，我就会重复以往的操作，删除录音、封存笔记和照片，与这段曾经挥手再见，然后投入下一段旅程。我会故意拖稿，十天、半个月，甚至一个月，满足一下自己挽留的潜意识。我像大观园里的宝玉，喜聚不喜散，总希望那些个美好的妙人儿能多在我的生命中驻留，哪怕一刻钟，一小会儿。我是一个对永恒心存执念的人。有人说，男人多情而长情，女人专情而绝情。我笔名一半，所以多情、长情、专情、绝情都占一点儿。脚踩大地，眼中有人，心中才会有情，下笔写出的文字才能有深意。文学的本质是人学，从写作这个角度而言，我希望自己永坠情网，终生为情所困。

二月的武汉，江边的垂柳芽苞鼓鼓的，只需再轻轻用一寸力就可以喷薄而出。春天的颜色是从鹅黄开始的，鹅黄、嫩绿、水绿、新绿、翠绿、碧绿、青绿、油绿，最后是饱经风霜的黛绿、老绿。绿色，给人希望，生生不息。《挈云志》从采访到成书，似乎就是一场告别。在这段时间里，书中采写的人物，有的退休告别职场，有的工作调整履新。第一次采访结束，从武汉返回黄河口，一周之后，得知书中一个人物工作调整了；第二次补充采访回到家，同样是一周之后，又被告知另一个采访对象的工作也调整了。消息传来时，北京冬奥会闭幕式正在举行，电视里正在上演中国式浪漫，折柳送别，惜别怀远。

晴川大道的垂柳已经萌绿了吧！如果已经迎风生发，那我就折一枝送给你，送给2022年的早春二月。

一半于黄河口，梦梅书屋
壬寅年丽月